Impressum:

Besuchen Sie uns im Internet:
www.herzsprung-verlag.de

© 2024 – Herzsprung-Verlag GbR
Mühlstraße 10, D- 88085 Langenargen
info@herzsprung-verlag.de
Alle Rechte vorbehalten.
Erstauflage 2024

Bearbeitung: CAT creativ – www.cat-creativ.at

Cover gestaltet mit einem Foto von © Monika Arend

Druck: Bookpress – Polen

ISBN: 978-3-96074-835-9 - Taschenbuch
ISBN: 978-3-96074-836-6 - E-Book

Monika Arend

Abgrundtiefe

Algarve

Ein Portugal-Krimi

Herzsprung-Verlag

Prolog

„Schau mal! Delfine!"

„Wo?"

„Da!" Er schwang seinen Arm wie ein Dirigent den Taktstock.

„Du spinnst."

„Wetten?"

Flugs nahm er den Fotoapparat zur Hand. Zoomte. Starrte im Wechsel aufs Display und aufs Wasser und drückte mehrmals ab. Der Atlantik lag ungewöhnlich glatt unter ihnen, wurde aber regelmäßig von bogenförmigen, dunkelgrauen Körpern durchschnitten, die sich unaufhaltsam näherten. Schwierig, bei dem Gegenlicht ein Foto zu machen, doch einen Versuch war es wert. Sein Gesicht glühte und die Haare wehten ihm vors Gesicht.

„Da! Da! Jetzt sind sie ganz nah! Sie haben sogar Junge!" Erneut drückte er den Auslöser.

„Ja, jetzt sehe ich sie auch. Ach, wie schön!"

Er schaute zu Boden. Noch etwa zwei Meter bis zur Kante. Er machte einen Schritt nach vorne. Und noch einen kleinen. Die Delfine gaben alles. Wie spielerisch und unbeschwert sie wirkten. Er konnte sich von dem Anblick kaum losreißen. Ein letztes Foto und dann zurück auf den Weg.

Ein Windstoß erfasste ihn und schob ihn nach vorne. Er gebärdete sich wie ein Tänzer. Den Fotoapparat noch in der Hand verlor er den Boden unter den Füßen.

„I am free!", kam es ihm auf dem Weg nach unten in den Sinn. Er musste lachen. „I am free! Free fallin'."

1

Ingo faltete das Zelt zusammen und rollte die Isomatte auf. Kopfschüttelnd dachte er an die vergangene Nacht. Jugendliche hatten bis zum Morgengrauen Party gemacht. Das Wummern der Bässe lag ihm noch in den Ohren. Im Augenblick war es mucksmäuschenstill. Klar. Die Halbstarken schliefen nun tief und fest. Er reckte sich und gähnte. Betrachtete den blauen Himmel. Seit Tagen lag ein stabiles Hoch über der Algarve. Was wollte er mehr? Es war allerdings höchste Zeit, sich einen anderen Zeltplatz zu suchen. Sollte er in die Berge fahren? In der Gegend um Monchique gab es zahlreiche Bauernhöfe. Vielleicht konnte er auf einem von ihnen unterkommen. Doch eigentlich wollte er an der Küste bleiben. Er beschloss, Richtung Sagres zu reisen und sich unterwegs nach einem geeigneten Campismo umzuschauen. Wie aus dem Nichts überfielen ihn wieder diese Unruhe und das Gefühl, mit einer banalen Situation überfordert zu sein. Das ging schon seit Monaten so. Wann hörte das endlich auf? Oft träumte Ingo, er würde den Boden unter den Füßen verlieren. Atemübungen sollten helfen, hatte er gelesen und sich entsprechende Literatur besorgt. Er schloss die Augen, atmete durch die Nase ein und zählte bis fünf. Hielt den Atem an und zählte bis sieben. Schließlich atmete er aus und zählte dabei bis zehn. Die Übung wiederholte er mehrmals. Dann öffnete er die Augen. Schon besser.

Er räumte die Reisetasche gemeinsam mit den Campingsachen in den Kofferraum. Daneben stellte er den Karton mit Geschirr, Getränken, Instantkaffee und weiteren Lebensmitteln. Geräuschvoll schloss er den Kofferraumdeckel. Rache war süß. Das Handy verstaute er im Tagesrucksack und bugsierte diesen auf den Beifahrersitz. Als Ingo ins Auto stieg, ertönte plötzlich ein lauter Hahnenschrei. Wann hatte er seinen Klingelton zuletzt gehört? Vor drei oder vier Tagen. Ingo schaute auf die Uhr. Gerade mal acht. In Deutschland neun. Sollte Charlie an ihrem freien Tag so früh aus den Federn gekrochen sein? Er kramte das Telefon hervor und sah aufs Display. Unbekannte Nummer. Zögernd nahm er das Gespräch an.

Bevor er seinen Namen nennen konnte, hörte er ein heiseres: „Hallo?"

„Hallo!", rief Ingo. „Hemmersbach hier. Wer ist denn da?"

„Vitor. Vitor Oliveira."

Oliveira? Wer sollte das sein? Der Mann sagte: „Ich möchte danken." Es klang feierlich. Ingo zog die Stirn in Falten. „Wofür?", fragte er vorsichtig.

Ein Räuspern.

„Du hast gerettet mich."

Dieser Oliveira musste sich verwählt haben. Ingo wollte das Gespräch gerade beenden, als es ihm plötzlich dämmerte. Im Geiste sah er eine Person auf der Aussichtsplattform in Burgau liegen, Gesicht nach unten. Wann war das gewesen? Vor etwa zehn Tagen. Ingo war aus dem Auto gesprungen, hatte sich neben den Mann gekniet und ihn angesprochen. Keine Reaktion. Aus einer Stirnwunde sickerte Blut auf den Asphalt, wo es sich zu einer Lache ausbreitete. Ingo tastete nach dem Puls. Ziemlich schwach. Er brachte den Verletzten in die stabile Seitenlage und schaute sich um. Der Platz war an diesem trüben Tag menschenleer. Ingo hatte zum Handy gegriffen und einen Notruf abgesetzt.

„Herr Oliveira, sind Sie der Mann aus Burgau?", fragte er.

„Ja, ja!", ertönte es aus dem Hörer.

Woher hatte er Ingos Nummer?

„Komm zu mir! Dann wir reden. Okay?", rief er. Als Ingo keine Antwort gab, fuhr er unbeirrt fort: „Mein Haus ist Rua 25 de Abril, direkt neben kleinem Lebensmittelladen. Bis gleich."

Das Gespräch war beendet.

Erneut rief sich Ingo den besagten Nachmittag ins Gedächtnis. Oliveira musste gestolpert und hingefallen sein. Oder er hatte einen Schwächeanfall erlitten. Ingo hatte den Erste-Hilfe-Kasten aus dem Auto geholt und die Wunde versorgt. In dem Moment, als der Bewusstlose zu sich kam, begann es zu regnen. Ingo hatte seine Jacke ausgezogen, um ihn warm zu halten. Kurz darauf traf der Rettungswagen ein. Die Sanitäter kümmerten sich um den Verletzten und schoben ihn auf einer Trage in das Fahrzeug. Einer der Männer hatte Ingo nach seinem Namen gefragt. Er hatte dem Sanitäter seine Visitenkarte gegeben. Was erklären könnte, wie Oliveira an Ingos Nummer gekommen war. Nett, dass er extra anrief. Offenbar setzte er voraus, dass Ingo sich noch in der Gegend aufhielt und Zeit hatte. Im Grunde lag er mit beidem richtig. Aber sollte er Herrn Oliveira wirklich einen Besuch abstatten? Für Ingo war es selbstverständlich gewesen, zu helfen. Er startete den Motor und fuhr los. Beim Verlassen des Geländes ging ihm der alte Mann allerdings nicht mehr aus dem Kopf. Er hatte auf dem großen Platz so einsam und verlassen gewirkt. Hatte er Familie? Freunde?

Ingos Gedanken sprangen hin und her. Warum hatte er sich nicht sofort eine Ausrede einfallen lassen? Doch war es nicht unhöflich, die Bitte auszuschlagen?

Ingo rief sich Burgau in Erinnerung. Enge Gassen, winzige Häuser, urige Lokale. Fischerboote und Sandstrand. Ein malerischer Ort, besonders beliebt bei Surfern.

Er folgte dem Straßenverlauf und fuhr in den Kreisverkehr hinein. Die zweite Ausfahrt führte nach Sagres. Er musste sich jetzt entscheiden. Vor seinem geistigen Auge sah er wieder den traurigen Blick des alten Mannes. Wie von Geisterhand gezogen, fuhr Ingo Richtung Burgau. Nach einer Stippvisite würde er die Reise guten Gewissens fortsetzen können.

Nach ungefähr fünf Minuten erreichte er den Ortseingang und parkte auf dem Seitenstreifen der Ausfallstraße. Er sprang aus dem Auto und machte sich zu Fuß auf den Weg in den Ortskern.

Von Weitem erblickte er die Obst- und Gemüseauslagen des Ladens. Ein zotteliger Hund trottete vorüber. *Vitor Oliveira* las Ingo auf einem Messingschild neben einer zweiflügeligen dunkelroten Tür. Er betrachtete die ausgefallenen Schnitzereien und wollte soeben klopfen, als hinter der Fensterscheibe ein Gesicht auftauchte.

Kurz darauf stand Oliveira auf einen Stock gestützt im Türrahmen und schaute Ingo durch schwarz umrandete Brillengläser an. Er trug eine dunkelgraue Stoffhose und ein kurzärmeliges Hemd. Darüber einen blauen Pullunder. Die Füße steckten in Cordpantoffeln. Genau wie damals, allerdings musste ihm die Brille beim Sturz vom Kopf gerutscht sein.

Ingo sagte: „Bom dia, Senhor Oliveira."

„Komm rein!", brummte der und drehte sich um.

Ingo betrat einen dunklen Flur. Es roch nach Knoblauch und Chili. Er folgte Herrn Oliveira in ein kleines, quadratisches Wohnzimmer. Die Rollläden waren halb heruntergelassen. An der linken Seite erblickte Ingo einen Flachbildschirm, der sich fast über die gesamte Wandbreite erstreckte. Die Stimme einer Nachrichtensprecherin hallte durch den Raum.

Oliveira wies auf ein durchgesessenes Sofa. Auf einem Tisch mit weißer Spitzendecke stand ein Teller mit Krümeln, daneben eine Tasse mit dem Rest einer braunen Flüssigkeit.

Ingo spürte, wie ihm die Enge des Zimmers und der Lärm die Luft abschnürten. Als hätte Oliveira dies bemerkt, griff er nach der Fernbedienung und stellte den Apparat leiser. Dann ließ er sich in einen Sessel fallen.

Eine Frau mittleren Alters kam herein und murmelte: „Bom dia!" Sie roch nach Zitrusfrüchten und bewegte sich geschmeidig.

Ingo grüßte zurück.

„Manuela, Nachbarin", erklärte Oliveira. „Kaffee? Tee?"

„Danke, nein. Ein Glas Wasser wäre prima", antwortete Ingo.

Oliveira sagte etwas zu Manuela, die eilig den Raum verließ. Er wirkte wie ein von Schicksalsschlägen gezeichneter Mann, ging es Ingo durch den Kopf. Doch in seinem Blick lag auch Neugier und Wärme.

„Haben Sie sich inzwischen von dem Sturz erholt?", fragte Ingo.

„Nenn mich Vitor!" Sein Gastgeber lächelte. „Ich war in Klinik. Habe ab und zu noch Schmerzen. Bein tut weh, Kopf tut weh. Ist normal. Ich bin 84."

Ingo fühlte sich ein bisschen an seinen Vater erinnert. Zwei Jahre war er bereits tot. Sie hatten sich immer gut verstanden. Leider hatte Ingo oft das Gefühl gehabt, zu wenig Zeit für seinen alten Herrn gehabt zu haben. Besonders nach dem Tod der Mutter. Der Job hatte Ingo mit Haut und Haaren verschlungen. Irgendwann war es zu spät für Gespräche und gemeinsame Erlebnisse gewesen.

Eine Weile schwiegen sie. Plötzlich sagte Vitor: „Wenn du nicht wärest dagewesen, ich wäre tot."

Ingo horchte auf. Soweit er sich erinnerte, war die Kopfverletzung nicht so schwer gewesen. Aber was wusste er von Vitors Vorerkrankungen? Wenn der alte Mann an dem windigen Tag stundenlang im Regen gelegen hätte, wäre er vielleicht tatsächlich an Unterkühlung gestorben. „Jeder in meiner Situation hätte geholfen", sagte Ingo.

„Können Sie, ähm, kannst du dich denn an den Sturz erinnern?"

Vitor schüttelte den Kopf. „Vielleicht ist mir geworden schwindelig. Was weiß ich?"

„Vitor, du sprichst ganz gut Deutsch. Hast du mal in Deutschland gelebt?", wechselte Ingo das Thema.

Er nickte. „Habe paar Jahre in Mainz gearbeitet. Lange her."

„Das ist ja interessant!", rief Ingo. „Leider spreche ich nur ein paar Worte Portugiesisch. Schwierige Sprache."

Aus der Küche hörte er Geschirrklappern. Dann rauschte Wasser. Manuela kam mit einem Glas herein. Ingo nahm es entgegen und sagte: „Obrigado." Schon war Manuela wieder verschwunden. Er trank einen Schluck.

„Manuela hat Suppe gekocht, möchtest du essen mit mir?", fragte Vitor.

Ingo hob abwehrend die Hand. „Danke. Sehr nett, aber ich will gleich weiter."

„Machst du Urlaub oder bist du wegen Arbeit hier?"

„Ich verbringe einen längeren Urlaub in der Algarve."

„Erstes Mal in Portugal?"

„Ich war vor Jahren mal in Lissabon. Tolle Stadt, kann man natürlich nicht mit der phänomenalen Küstenlandschaft hier im Süden vergleichen."

Vitor nickte. „Jetzt ist gute Zeit. Im Sommer mehr los. Wo wohnst du? Im Hotel?"

„Bin mit Auto und Zelt unterwegs. Hotel ist nicht so meins. Ich war zehn Tage in Luz auf dem Campismo. Ich will weiter Richtung Sagres."

In Vitor kam Bewegung. Er rutschte in seinem Sessel hin und her, schaute Ingo an und strahlte.

„Du kannst wohnen in meinem Haus", sagte er.

Ingo klappte die Kinnlade herunter.

„Hier?" Er schaute sich um. „Das ist zu freundlich, aber ..."

„Ich spreche von Ferienhaus. Unten am Strand." Vitor erhob sich ächzend, schlurfte zu einem Schrank und öffnete eine Schublade. Holte ein Foto heraus und hielt es Ingo unter die Nase. Darauf war ein frei stehendes, graues Gebäude zu sehen. Es befand sich in der Nähe der Stelle, wo er Vitor gefunden hatte, erinnerte sich Ingo.

„Bis vor paar Monaten habe ich vermietet. Wird mir zu viel. Aber Möbel, Geschirr. Alles da." Vitor kramte erneut in der Schublade und zog einen Schlüssel hervor. „Du kannst bleiben, solange du willst."

Ingo erhob sich und schüttelte den Kopf. „Klingt verlockend. Aber ich kann das nicht annehmen."

„Schau dir Haus an! Einfach Straße runter und dann links."

Vitor ließ sich zurück in den Sessel fallen. Erneut betrat Manuela den Raum und bettete seine Beine auf einen Hocker. Sie wechselten ein paar Worte. Manuela nickte und wie ein Flaschengeist war sie wieder fort.

„Also, was ist?" Der alte Mann hielt den Schlüssel in die Höhe und ließ ihn wie ein Katzenspielzeug hin und her pendeln.

„Na gut", sagte Ingo und griff danach.

Plötzlich umklammerte Vitor seinen Unterarm. Die Lippen waren blutleer. Er schnappte nach Luft. Dann erschlaffte die Hand.

„Alles okay?", fragte Ingo alarmiert.

„Geht gleich wieder", hauchte Vitor und raunte Ingo zu: „Bitte bleib!"

2

Marcelos Blick glitt über die Fassade der Ferienanlage. Zwanzig Balkone in Schiefergrau, Altrosa und Maisgelb, verteilt auf zwei Etagen. Extravagant. Die Farbwahl ging auf Ralphs Kappe. Marcelo hätte es schlichter gehalten. Mattweißer Außenanstrich, Giebel und Fensterläden in Ultramarinblau. Das hätte eher zu diesem Ort am südwestlichsten Zipfel Europas gepasst, dessen Hauptstraße einer Westernkulisse glich.

Selbst in den Wintermonaten regnete es hier selten, aber der starke Wind hatte Marcelo bei der Arbeit an der Fassade oft vor Herausforderungen gestellt. Er betrachtete den Kratzer, den er sich beim Versuch, die Planen zu bändigen, zugezogen hatte. Ralph telefonierte seit mindestens zehn Minuten. Marcelo stand wie bestellt und nicht abgeholt vor ihm. Verstohlen musterte er seinen Arbeitgeber. Das volle Haar schimmerte unnatürlich blond in der Sonne. Die Designersonnenbrille war grottenhässlich und eine Provokation für das Auge des Betrachters. Die schmalen Lippen, über die selten ein Lob kam, bewegten sich ununterbrochen. Wenn alle nach Ralphs Pfeife tanzten, war die Welt für ihn in Ordnung. Wehe, wenn nicht. Das selbstgefällige Grinsen und die Art, wie er nach Luft schnappte, so als wäre sie nur für ihn reserviert, fielen Marcelo in diesem Moment besonders unangenehm auf. Was hatte jemand wie Ralph in Sagres verloren? Marcelo blickte sich um. Ein junger Typ mit Surfbrett unterm Arm überquerte die kaum befahrene Straße. Ein Mann mit braunen Rastalocken und Vollbart radelte grüßend vorbei. In Sagres ging es fast ausschließlich um Wind und Wellen. Marcelo konnte sich Ralph nicht im Neoprenanzug vorstellen.

Marcelos Gedanken gingen wieder zurück zu den vergangenen Wochen. Beim Außenanstrich hatte er Unterstützung von zwei Ortsansässigen bekommen. Die Renovierung der Wohnungen hatte er allerdings weitgehend alleine bewerkstelligen müssen. Handwerker waren hier Mangelware, hatte Ralph gesagt und Marcelo mit offenen Armen empfangen, nachdem er sich auf die Stellenausschreibung im Internet beworben hatte. Im Grunde war dieser Job für ihn ein Glücksfall gewesen. Er hatte – kaum, dass er in der Algarve angekommen war – Geld verdient. Aber er hatte auch Geld ausgegeben. Viel Geld.

Endlich ließ Ralph das Handy sinken. „Hast du es dir überlegt?", fragte er eher beiläufig. Er fixierte Marcelo mit einem Blick, der keinen Widerspruch duldete.

„Was genau meinst du?"

„Ich habe dich doch letztens gefragt, ob du auch in Zukunft für mich arbeiten wirst. Ich brauche einen Verwalter. Du bist genau der richtige Mann dafür."

Marcelo hatte nicht nur als Anstreicher für Ralph gearbeitet. Er war auch als Hausmeister für die bereits bezogenen Wohnungen zuständig gewesen. Ralph suchte einen Dummen, der sich dauerhaft um die Belange der Feriengäste kümmerte und Reparaturen zeitnah ausführte. Und das rund um die Uhr. Klar, Ralph machte sich seine gepflegten Hände nicht schmutzig. Er konnte wahrscheinlich nicht einmal mit einer Bohrmaschine umgehen, geschweige denn einen Schrank zusammenbauen. Auch solche Arbeiten hatte Marcelo während der letzten Wochen ohne Murren erledigt.

Er machte eine Handbewegung Richtung Ferienanlage, die in der Sonne strahlte. „Ich bin mit der Arbeit fristgerecht fertig geworden. Die vereinbarten zwei Monate sind genau heute um."

„Das stimmt. Aber nenn mir einen Grund, warum du mein Angebot ablehnen solltest."

„Ich muss mich um mein eigenes Business kümmern." Marcelo betonte das Wort Business.

„Du willst dich selbstständig machen?" Ralph lachte schallend.

„Selbstständig heißt selbst und ständig arbeiten."

Was hatte er denn die letzten Wochen gemacht?

„Bei mir hast du ein geregeltes Einkommen", säuselte Ralph.

Er sprach von einem Hungerlohn. Jahrelang hatte Marcelo sich für Typen abgerackert, die das große Geld gemacht hatten, während er in die Röhre geschaut hatte. Damit musste endlich Schluss sein. Außerdem war es Marcelo leid, mit fleckigen Fingern und Farbklumpen im Haar herumzulaufen. Nachts konnte er vor Rückenschmerzen kaum schlafen. Er wollte beruflich eine ganz neue Richtung einschlagen. Die knappe Freizeit der letzten Wochen hatte er genutzt, alles in die Wege zu leiten. Marcelo schloss die Augen, als würde er noch einmal über Ralphs Vorschlag nachdenken. Im Geiste sah er sich jedoch umgeben von freundlichen Mitarbeitern. Jetzt war er der Chef und nicht mehr Befehlsempfänger. Was Ralph konnte, das konnte er schon lange. Er straffte die Schultern und sagte: „Sorry. Ich bin raus. Aber da wir gerade zusammenstehen: Wann bekomme ich meinen Lohn?"

Ralph betrachtete seine frisch polierten schwarzen Lederschuhe, eines der Paare, die er bei einem Spezialisten in Lagos hatte anfertigen lassen, wie er gerne erzählte. Dann schaute er wieder auf und sagte: „Die erste Hälfte habe ich dir längst überwiesen. Rest folgt."

„Kannst du mir das Geld bitte bar auszahlen? Heute noch?", fragte Marcelo mit fester Stimme.

„Bar? Wie stellst du dir das denn vor? Meinst du, ich trage so viel Kohle mit mir rum? Und die Bank hat bereits zu." Er klopfte Marcelo auf die Schulter. „Keine Bange, Anfang April überweise ich dir deinen Lohn, mein Freund."

Von Freundschaft konnte keine Rede sein. Dieser Selfmade-Millionär, dem vermutlich alles in den Schoß gefallen war, war nicht Marcelos Umgang.

Der Gedanke, er müsse nun tagelang auf das Geld warten, versetzte ihn in Panik. Außerdem fragte er sich, warum er nicht einen Sonntagszuschlag ausgehandelt hatte. Dafür war es leider zu spät.

Ralph fragte: „Wo wirst du eigentlich demnächst wohnen?"

Interessierte ihn das wirklich?

„Du hattest von Portimão gesprochen, nicht wahr?"

Er hatte nichts begriffen.

Als Marcelo keine Antwort gab, hakte Ralph nach: „Kann ich dich denn bei Bedarf anfordern?"

Marcelo schüttelte den Kopf. „Ich werde keine Zeit für Auftragsarbeiten haben. Morgen früh räume ich mein Zimmer."

„Tja, da kann man dann wohl nichts machen." Ralph schaute auf die Uhr. „Ich muss gleich nach Lissabon. Bleibe über Nacht. Wirf den Schlüssel einfach in den Briefkasten."

„Mach ich." Marcelo dachte an das Zimmer in der Größe einer Abstellkammer. Zum Glück hatte er dafür keine Miete zahlen müssen. Ralph gab ihm einen kräftigen Händedruck und schlenderte von dannen, ohne sich noch einmal umzudrehen.

Marcelo beschloss, zur Praia do Tonel zu fahren. Der Strand war weitgehend naturbelassen und lag etwas abseits. Man traf dort die Surfelite. Vielleicht konnte er ein paar Kontakte knüpfen und Werbung für seine Dienstleistung machen. Oder sich einfach in den Wellen austoben und an nichts anderes denken. Viel zu selten hatte er Gelegenheit dazu gehabt.

Auf Marcelos Handy ging eine Nachricht ein. Er überflog den Text und erstarrte.

3

Ingo bummelte die steile Kopfsteinpflasterstraße hinunter, vorbei an hellen Hausfassaden, Laternen und bunt bemalten Stromkästen. Über seinem Kopf und entlang der Gebäude waren Leitungen gespannt, die an Lakritzfäden erinnerten. Die Gasse öffnete sich zum goldenen Strand hin. Rechts befand sich eine Bar mit großer Terrasse. Auf der linken Seite waren zahlreiche Holzboote mit den Rümpfen nach oben auf einer Betonfläche deponiert. Ein Asphaltweg führte an einer verwitterten Mauer entlang bis zu einem lang gezogenen weißen Bau mit Parktaschen davor. Vitors Ferienhaus lag oberhalb und war über eine schmale Steintreppe zu erreichen. Ingo betrachtete den Schlüssel in seiner Hand, der ein wenig abgenutzt aussah. In welchem Zustand würde er das Haus vorfinden? Er stapfte die Stufen hinauf. Die Terrasse und ein mit Butterblumen übersätes Wiesenstück waren von einem niedrigen Mäuerchen mit breitem Durchlass in der Mitte umgeben. Ingo betrat das Grundstück. Der Ausblick auf Strand und Meer raubte ihm den Atem. Unzählige Surfer schaukelten auf ihren Brettern auf und nieder. Die Ebbe hatte einen breiten, dunklen Sandstreifen freigelegt. Rechts und links war die Bucht von lehmfarbenen Felswänden eingerahmt, aus deren Spalten grün-graue Büsche hervorlugten. Er schloss die Augen und konzentrierte sich auf die Atmung. Einatmen, Atem anhalten, ausatmen. Das Wellenrauschen untermalte die Entspannungsübung. Ja, hier fühlte er sich geerdet.

Er betrachtete eingehend das einstöckige Steingebäude mit roten Dachschindeln und großen Fenstern. Dann schloss er die Tür auf und betrat einen unmöblierten Flur, von dem man in einen großen Raum gelangte. Ganz anders als Vitors Wohnzimmer war dieser sonnendurchflutet. Es roch nach Stein und kaltem Rauch. In der Mitte stand ein ovaler Mahagonitisch mit sechs Stühlen darum. Links befand sich ein Sideboard. Auf der gegenüberliegenden Seite war eine Einbauküche in den Wohnraum integriert. Gasherd, Kühlschrank, Waschmaschine und Spülmaschine. Ingo konnte sein Glück kaum fassen. Nach mehreren Wochen Campingurlaub wähnte er sich nun in einer Nobelunterkunft. Er öffnete die Schränke und erblickte stapelweise Teller, Tassen und Kochgeschirr. In einer Schublade befand sich ein Besteckkasten. Doch was war das? Auf der Anrichte lagen leere Bierflaschen. Daneben türmten sich Pizzakartons. Ein Aschenbecher quoll über vor lauter Kippen. Ingo runzelte die Stirn. Stammte der Abfall von den letzten Gästen? Vitor hatte davon gesprochen, dass er das Haus seit Wochen nicht vermietet habe. Ingo schaute in den Kühlschrank. Dieser war leer und blitzeblank.

Er durchquerte den Raum und betrat einen breiten Flur, von dem auf beiden Seiten je zwei Türen abgingen. Rechts vorne war ein Bad mit Dusche und Toilette. Hinter den anderen Türen verbargen sich Räume mit breiten Betten, Kleiderstangen und Kommoden. Ingo betrat das Zimmer neben dem Bad, setzte sich aufs Bett und prüfte die Matratze. Nach etlichen Nächten auf der Isomatte würde sich seine verspannte Rückenmuskulatur erholen. Nichts sprach also dagegen, das Angebot, ein paar Tage hier zu wohnen, anzunehmen. Er musste nur noch den Wagen holen und konnte sich dann häuslich einrichten.

Auf dem Weg nach draußen fiel ihm rechts eine Kunststofftür ins Auge. Er öffnete sie und blickte in einen Raum, größer als die anderen. Ein Bett mit zerwühlten Laken fiel Ingo ins Auge. Daneben standen zahlreiche Kisten, zum Teil zugeklebt, zum Teil mit Kleidungsstücken bedeckt. Männerklamotten. Rechts sah er einen in die Jahre gekommenen Schreibtisch. Wohnte doch jemand in dem Haus? Er musste Vitor unbedingt darauf ansprechen.

Ingo trat ins Freie. Der Himmel war stahlblau, aber es wehte ein starker Westwind. Plötzlich erschien eine schlanke Gestalt auf der Treppe und murmelte: „Olá!" Manuela ging mit einem Stapel Bettwäsche und Handtüchern an ihm vorbei. Offenbar war sein Einzug beschlossene Sache. Er folgte ihr und nahm ihr die Sachen ab. Manuela schaute sich in der Küche um und wollte soeben nach den Pizzakartons greifen.

Ingo rief: „It's okay. I will clean the kitchen." Er fragte, wem die Sachen in dem vorderen Zimmer gehörten.

Sie schaute ihn an und antwortete mit Bedauern in der Stimme: „No speak English."

Er musterte sie. Eine attraktive Erscheinung mit hohen Wangenknochen und großen, dunklen Augen. In Vitors düsterem Wohnzimmer hatte er ihr Alter schlecht schätzen können. Sie war Mitte bis Ende vierzig, vermutete er. Das schwarze Haar trug sie zu einem Zopf geflochten. Eine Strähne hatte sich daraus gelöst und lag dekorativ auf ihrer Schulter. Manuela wandte sich zum Gehen. Er bedankte sich noch einmal und brachte die Bettwäsche in sein neues Schlafzimmer. Dann wählte er Vitors Nummer. Der alte Mann nahm den Anruf nach dem vierten oder fünften Klingeln entgegen und rief: „Sim!"

„Ingo hier. Das Haus ist grandios. Ich würde gerne ein paar Tage bleiben."

„Freut mich."

„Eine Frage habe ich allerdings noch: In einem der Zimmer liegen Sachen. Wohnt da jemand?"

„Ich muss schlafen", sagte Vitor und legte auf.

Ingo war nun genauso schlau wie vorher. Aber er hatte einen Hausschlüssel, die Schlafzimmertür konnte er ebenfalls abschließen. Alles andere sollte ihm egal sein.

Er sammelte das Leergut ein, stopfte es zusammen mit den Pizzakartons in einen blauen Sack, verließ seine neue Heimstätte und lief beschwingten Schrittes die Treppe hinunter. Er passierte einen Platz mit verrosteten Stühlen, auf denen lebensgroße Teddybären und Angelruten drapiert waren. Daneben standen ein Gitarrenkoffer und ein Skischuh.

„Was es nicht alles gibt", dachte Ingo. Bei seinem ersten Besuch in Burgau waren ihm diese Gegenstände nicht aufgefallen, vermutlich weil er mit dem verunfallten Vitor beschäftigt gewesen war. Er schlenderte zu der Stelle am Rande der Plattform, an der Vitor damals gelegen hatte, und blickte in die Tiefe. Nicht auszudenken, wenn der alte Mann über das niedrige Mäuerchen gekippt wäre.

Ingo lief zu einer Wertstoffinsel und entsorgte den Müll. Dann machte er sich auf den Weg zurück zur Ausfallstraße und legte einen Zwischenstopp im Lebensmittelgeschäft ein. Er packte Orangen, Milch, Brot, Butter, Schafskäse, in Knoblauch eingelegte Oliven und frische Tomaten in den Einkaufskorb. Vor dem Weinregal im Keller verweilte er etwas länger und zog schließlich eine Flasche mit dem Aufdruck *Vinho Verde* heraus. Ingo hatte einmal gelesen, dass es sich hierbei um einen jungen, eher herben Wein handelte. Den wollte er unbedingt probieren. Er bezahlte seine Einkäufe, verließ den Laden und ging zu seinem Auto. Kurz darauf stellte er den Wagen auf einem der Stellplätze unterhalb des Ferienhauses ab. Dann trug er die Einkäufe sowie seine Reisetasche und den Rucksack ins Feriendomizil. Am Nachmittag saß er mit einem Glas Wein in der Hand vorm Haus. Am Strand herrschte jetzt Hochbetrieb. Sonnenanbeter lagen auf Badetüchern. Kinder bauten Burgen oder planschten im seichten Wasser. Junge Leute hatten ein Feld neben der Mauer abgesteckt und spielten dort Boule. Die folgenden Stunden verbrachte er mit Lesen, Chillen und Dösen. Immer im Wechsel. Am frühen Abend vernahm er ein Donnergrollen. Von Westen zogen dunkelgraue Wolken heran und schoben sich vor die Sonne. Der Strand leerte sich schlagartig. Ein Blitz zuckte über den Himmel und dicke Tropfen klatschten auf die Terrasse. Ingo sprang auf und flüchtete ins Haus.

4

Der Zug ratterte an Orangenplantagen und Weinstöcken vorbei. Ab und zu ertönte ein Hupen. Denise lehnte den Kopf an die Scheibe und erschrak, als sie das kalte Glas spürte. Einen Moment schloss sie die Augen. Sie hatte Mist gebaut. Großen Mist. Aber jetzt war sie weit weg. Weit genug? Die Algarve lag zwar am südwestlichen Zipfel Europas, doch die Behörden waren vernetzt. Andererseits gab es an der zerklüfteten Küste bestimmt unzählige Verstecke. Sie zog den Zettel mit der Adresse aus dem Rucksack. An der nächsten Haltestelle musste sie aussteigen. Das hatte ihr der Schaffner bestätigt. Sie sprang vom Sitz und schulterte den Rucksack. Der Zug verlangsamte das Tempo und hielt schließlich an. *Ferragudo*, las Denise, öffnete die Tür und kletterte die Stufen hinunter, bemüht, nicht das Gleichgewicht zu verlieren.

Es gab nur ein Gleis. Sie erblickte ein Lokal mit Biergarten. Das Wellblechdach wurde von rostigen blassgelben Pfeilern getragen. Steinkästen mit Geranien, Tagetes, Agaven und Lavendel umrahmten die Terrasse. Knoblauch- und Rosmaringeruch lag in der Luft. Portugiesische Wortfetzen und lautes Lachen drangen an ihr Ohr. Ein schmaler Durchgang führte zum winzigen Bahnhofsvorplatz. Denise passierte die Einfahrt eines Wohnmobilstellplatzes und erreichte bald darauf einen Kreisverkehr, in dessen Mitte Palmen standen.

„Das Café, in dem Henriqueta arbeitet, liegt an der Hauptstraße, nicht weit vom Bahnhof entfernt", hatte Cacilda gesagt. An Henriqueta konnte Denise sich gut erinnern. Ein stilles Mädchen mit wunderschönen braunen Augen.

Schräg gegenüber standen rote Plastiktische und -stühle. Ein Storch flog über ihren Kopf hinweg. Mitten im Ort!

Kurz darauf betrat sie das Café. Henriqueta lief hinter dem Tresen auf und ab. Sie hatte die Lockenmähne zu einem Zopf gebunden. Einige Strähnen umspielten ihre ebenmäßigen Züge. Sie nickte Denise zu und schaute sie erwartungsvoll an. Offenbar wartete sie auf die Bestellung.

„Hi, Henriqueta! Ich bins. Denise!"

„Denise?" Ungläubiges Staunen. Henriqueta musterte sie unverhohlen. Dann rief sie: „Klar. Das Grinsen kenne ich. Schön, dass du schon hier bist! Wie war die Fahrt?"

„Total reibungslos. Ich musste ja nur einmal umsteigen."

„In einer halben Stunde habe ich Feierabend", flüsterte Henriqueta. „Dann gehen wir zu mir. Möchtest du einen Kaffee? Und vielleicht was essen?"

„Gerne. Ich könnte was Süßes vertragen." Denise betrachtete die Gebäckstücke in der Auslage und zeigte auf eines davon. „Was ist das hier?"

„Eine Art Schokocroissant. Schmeckt noch besser als in Frankreich", antwortete Henriqueta und lachte.

„Dann hätte ich gerne eins und dazu bitte einen Milchkaffee."

„Okay. Setz dich in die Sonne! Ich bring gleich alles raus."

Beim Verlassen des Cafés hätte Denise mit dem Rucksack um ein Haar den Zeitungsständer umgeworfen. Sie wählte den Tisch ganz am Rande. Platzierte das Gepäck so, dass niemand darüber stolpern konnte, und sank auf einen Stuhl.

Sie sah sich um. Auf Dächern, Schornsteinen und Straßenlaternen standen und hockten Störche in riesigen Nestern. Ab und zu ertönte Geklapper. Gegenüber befand sich ein Möbelhaus. Auf den Querstreben der Fassade hatten ebenfalls Störche Platz für ihre Behausungen gefunden.

„Zimmer mit Aussicht", ging es Denise durch den Kopf. Auf der Straße herrschte mäßiger Verkehr. Plötzlich erklang Hufgetrappel. Eine Pferdekutsche fuhr vorbei. Ein Mann hielt die Zügel in der Hand. Rechts und links von ihm hockten dunkelhaarige Kinder. Die nachfolgenden Autos stauten sich, aber niemand hupte.

Henriqueta kam mit einem Tablett. Sie stellte den Teller mit dem Croissant auf den Tisch und daneben ein Glas mit hellbrauner Flüssigkeit. „Das ist ein Galão. So nennen wir den Milchkaffee. Lass es dir schmecken!"

„Danke, das mach ich." Denise nahm einen großen Bissen und ließ die Schokocreme im Mund zergehen.

Plötzlich drang ein satter Motorensound an ihr Ohr. Für technische Details interessierte sie sich grundsätzlich nicht. Aber das Geräusch würde sie nie im Leben vergessen. Ihr Herz setzte einen Schlag aus. Sie schaute auf die Straße. Derselbe Wagentyp, identische Farbe, aber portugiesisches Kennzeichen. Ihre Hand zitterte, als sie nach der Tasse griff. Ein Wunder, dass sie jetzt nicht die Radieschen von unten betrachtete. Das Bushäuschen hatte nicht so viel Glück gehabt und war bestimmt längst ausgetauscht worden. Denise führte die Tasse zum Mund. Der Kaffee lief ihr warm die Kehle hinunter. Sie aß das Croissant bis auf den letzten Krümel auf. Dabei geriet sie ins Grübeln. Wie sollte es weitergehen? Nach Deutschland konnte sie vorerst nicht mehr zurück. Aber wie lange würde sie sich verstecken müssen? Sie zuckte zusammen, als Henriqueta neben sie trat.

„Ich habe Feierabend. Wir können los."

„Ich muss noch bezahlen", sagte Denise und kramte in ihrer Geldbörse.

„Schon erledigt. Du bist eingeladen."

„Oh, vielen Dank." Denise sprang auf.

„Jetzt lass dich endlich mal umarmen!", rief Henriqueta. Sie küsste Denise rechts und links auf die Wange. Henriqueta machte große Augen beim Anblick des Rucksacks. „Der ist bestimmt megaschwer. Kommst du zurecht?"

Denise lachte. „Klar. Passt schon." Sie wuchtete das Teil in die Höhe.

„Okay! Dann lass uns losgehen. Es ist nicht weit."

An der nächsten Ecke blieb Henriqueta stehen, deutete mit der Hand geradeaus und sagte: „Zum historischen Ortskern von Ferragudo mit Fischerhafen, Kirche und Burg geht es da vorne. Außerdem haben wir mehrere Strände. Es wird dir hier gefallen. Aber jetzt stellen wir erst mal das Monsterteil ab." Sie bogen links ab und erreichten nach etwa hundert Metern ein zweistöckiges weißes Haus mit blauer Tür.

„Ich wohne oben", sagte Henriqueta, schloss auf und stapfte die schmale Holztreppe hinauf.

Kurz darauf standen sie in einem Raum mit gelben Wänden und grauem Steinfußboden, einer roten Couch und ein paar Kiefernmöbeln.

Henriqueta lächelte und deutete auf das Sofa. „Ich werde hier schlafen, dann stör ich dich morgens nicht, wenn ich zur Arbeit gehe. Du kannst in meinem Schlafzimmer übernachten."

Denise schüttelte den Kopf. „Ach, ich will dir keine Umstände machen."

„Machst du nicht, wirklich. Aber weißt du, das kam ja alles sehr spontan, sonst hätte ich mir ein paar Tage Urlaub genommen und dir die Gegend gezeigt."

Sie betraten das Schlafzimmer, in dem sich ein Doppelbett mit geblümter Tagesdecke, eine Frisierkommode und ein weißer Kleiderschrank befanden. Auf dem Nachttischschränkchen stand ein herzförmiger Bilderrahmen mit dem Foto eines lächelnden jungen Mannes.

Denise stellte den Rucksack vor das Bett. Er wirkte wie ein riesiges Fass in dem Raum. Sie dachte an ihre Wohnung in Köln, vermutlich dreimal so groß wie Henriquetas Appartement. Terrasse mit Blick auf den Rhein.

Sie kehrten zurück ins Wohnzimmer. „Darf ich wohl mal dein Bad benutzen?", fragte Denise.

„Klar. Vorne links."

Auf der Ablage über dem Waschbecken steckten zwei Zahnbürsten in einem Becher. In der rechten Ecke befand sich eine Duschkabine. Denise spritzte sich Wasser ins Gesicht und betrachtete ihre Frisur im Spiegel. Das Hellrot stand ihr gar nicht so schlecht, fand sie. Links war allerdings alles ausrasiert. Die schulterlangen Haare auf der rechten Seite waren zu Zöpfchen geflochten und mit bunten Perlen verziert. Kein Wunder, dass Henriqueta sich erschrocken hatte.

Als sie sich wieder zu ihr gesellte, sagte diese: „Cassi hat was von einer Europa-Tour erzählt. Klingt spannend."

Hatte Cacilda ihr tatsächlich abgenommen, dass sie die Zeit zwischen zwei Jobs nutzen wollte, Südeuropa auf eigene Faust zu erkunden? Der große Rucksack, den sie mit sich herumschleppte, machte das Bild stimmig. Dass sich darin fast ihr gesamtes Hab und Gut befand, musste niemand erfahren. Wie hätte Cacilda wohl reagiert, wenn sie den eigentlichen Grund für Denise' Reise erfahren hätte?

„Ich wollte eigentlich direkt nach dem Abitur auf Tour gehen. Damals fehlte mir das Geld. Später war immer was anderes. Na ja, jetzt passt es. Ich habe beschlossen, mit dem Land meiner besten Freundinnen anzufangen."

„Eine gute Entscheidung."

Die Erinnerung an den überstürzten Aufbruch aus Deutschland

traf Denise wie eine Keule. Eine Woche lag die Katastrophe nun zurück. Es kam ihr wie eine Ewigkeit vor. Denise verspürte plötzlich Übelkeit. Der Raum begann sich zu drehen. Dann knickten ihr die Beine weg.

5

Marcelo sank in den Sand und strich sich das nasse Haar aus dem Gesicht. Mit der Zunge fuhr er sich über die spröden Lippen, die nach Salz schmeckten. Wie lange war er durch den Atlantik gepaddelt in der Hoffnung, die perfekte Welle zu erwischen? Zwei Stunden oder sogar drei? Er beobachtete die in Neopren gehüllten Gestalten, die regelrechte Tänze auf dem Wasser vollführten. Dazu fehlte ihm noch die Praxis. Er hatte sich erst vor wenigen Wochen ein Board zugelegt, war aber dem Surfen jetzt schon verfallen. Wenn er auf dem Brett saß und sein Blick über den Ozean schweifte, konnte er alle Probleme ausblenden. Zeit und Geld spielte dann keine Rolle mehr. Doch jetzt kam ihm wieder die leidige Nachricht in den Sinn. Er zückte das Handy und las sie Wort für Wort. Er hatte sich auf die falschen Leute eingelassen, das war ihm jetzt klar. Sie drohten damit, ihm die Reifen aufzuschlitzen, sollte er seine Schulden nicht innerhalb von fünf Tagen zurückgezahlt haben. Er hätte hinter Ralph herlaufen, ihn am Kragen packen und brüllen müssen: „Wir gehen sofort zum Geldautomaten und dann bekomme ich, was mir zusteht!"

Jetzt war es zu spät. Sollte er nicht doch noch ein paar Wochen für Ralph arbeiten und sich dann erst in die Selbstständigkeit stürzen? Aber die Saison stand kurz bevor. Sobald die Touristen in die Algarve strömten, musste Marcelo mit seinem Gewerbe am Start stehen. Das Vorhaben war allerdings auf Kante genäht. Seine Ersparnisse waren komplett für den Lieferwagen draufgegangen. Um weitere Investitionen tätigen zu können, hatte er den Kredit aufnehmen müssen. Er grübelte, welche Möglichkeiten ihm blieben, das Geld zu beschaffen, sollte Ralph nicht rechtzeitig überweisen.

Er dachte an Ernesto, seinen Kumpel vom Bau. Marcelo wusste, womit dieser sich etwas nebenbei verdiente. Dealen kam für Marcelo allerdings nicht infrage. Viel zu riskant. In Zukunft weiterhin als Anstreicher zu arbeiten und das Gewerbe parallel zu betreiben, war ebenfalls keine Option. Entweder ganz oder gar nicht. Er schloss die Augen und lauschte dem Wellenrauschen.

Plötzlich lag ihm die Stimme seiner Mutter im Ohr. „Du schaffst das, mein Kleiner. Du musst nur an dich glauben", hätte sie jetzt gesagt. Antonia hatte in einem fremden Land quasi bei null angefangen und sich und ihren Sohn alleine durchgebracht. Natürlich hatten sie ein bescheidenes Leben geführt. Als Küchenkraft hatte Antonia nicht viel verdient. Aber sie hatte ihn mit Liebe überschüttet. Er vermisste sie so sehr. Dieser verdammte Krebs.

Marcelo musste sich eingestehen, dass er nicht immer der Engel gewesen war, den sie in ihm gesehen hatte. In der Jugend hatte er Dummheiten gemacht und war auch einmal mit dem Gesetz in Konflikt geraten. Die Zeiten waren aber endgültig vorbei.

Nicht weit entfernt baute ein Paar mit einem kleinen Jungen eine Sandburg. Unter Jubel der gesamten Familie spülte die Flut Wasser in den Graben. Die junge Mutter nahm das Spektakel mit dem Handy auf. Marcelo fühlte sich an früher erinnert. Er sah sich mit einer großen Schaufel im Sand spielen, spürte die stolzen Blicke seiner Mama. Doch er hätte sich auch einen Vater zum Burgenbauen gewünscht.

In seiner frühen Kindheit waren sie regelmäßig in die Heimat seiner Mutter gereist. Aber irgendetwas musste vorgefallen sein, was sie dermaßen verärgert hatte, dass sie danach nie wieder hergekommen waren. Wie alt war er damals gewesen? Sechs oder sieben.

Oft hatte sie in den Wochen vor ihrem Tod zum Hörer gegriffen, Löcher in die Luft gestarrt und dann wieder aufgelegt. Im Dezember ging es dann steil bergab mit ihrer Gesundheit. Im Delirium rief sie oft: „Papa!" Zum Schluss konnte sie kaum noch sprechen. Doch dann schaute sie Marcelo tief in die Augen – und auf einmal hatte er begriffen. Mit dem Handrücken wischte er sich nun Tränen von der Wange. Die Entscheidung, einen Neuanfang in der Algarve zu wagen, bereute er nicht. Was hatte er zu verlieren?

Er sah Ernesto, der mit dem Brett unterm Arm auf ihn zukam. Das dunkle Haar war auf dem Kopf zusammengebunden und in seinem Gesicht bildeten sich Grübchen, als er breit grinste. Marcelo erzählte ihm von seinen Plänen. Im Gegensatz zu Ralph wirkte Ernesto interessiert. Sie vereinbarten, in Kontakt zu bleiben.

Dann hob Ernesto die Hand, rief: „Adéus!", und stürmte davon.

Marcelo liebte den Klang der Sprache. Als Kind hatte er auf die Frage nach seiner Muttersprache meist voller Stolz: „Portugués", geantwortet. Leider war sein Vokabelschatz limitiert. Von Ernesto hatte er das Fluchen und ein paar Phrasen, mit denen man bei Frauen punkten konnte, gelernt.

Er beobachtete, wie Ernesto lospaddelte. Die Wellen überschlugen sich nun krachend. Sollte er sich erneut in die Fluten stürzen? Nein, er musste packen. Wenn danach noch Zeit blieb, würde er an Ralphs Villa vorbeischlendern. Vielleicht traf er Fátima dort an. Er sah sie vor seinem geistigen Auge. Langes, schwarzes Haar, volle Lippen, die sie stets feuerrot schminkte, und Augen wie Onyx. Was wollte sie mit einem Typen wie Ralph? Okay, er war vermögend, aber mindestens zwanzig Jahre älter als sie. Soweit Marcelo wusste, arbeitete Fátima in einer Boutique in Lagos. Von ihr würde er sich gerne einkleiden lassen. Oder lieber auskleiden.

Er ging zurück zur Ferienanlage. Als hätte der Himmel ihn erhört, kam Fátima auf ihn zu. Er grüßte und wollte ihr so viel sagen. Sie hielt ein Handy am Ohr, winkte ihm kurz zu und schon schwebte sie von dannen. Würde er bei Fátima eine Chance haben? Alles spekulativ, solange sie mit Ralph zusammen war. Und Marcelo musste zuerst seine Schulden begleichen und seine Dienstleistung ans Laufen bringen. Eine Frau wie Fátima hatte Ansprüche.

Plötzlich stand ihm die Lösung, wie er sich Geld beschaffen konnte, vor Augen. Warum war er nicht eher darauf gekommen? Ein Donner ließ ihn zusammenzucken.

6

„Denise? Alles okay?"

Denise öffnete die Augen und blickte in Henriquetas besorgtes Gesicht. „Mmh", murmelte sie.

„Du warst bewusstlos. Ist wirklich alles gut?", wollte Henriqueta wissen.

Denise nickte stumm.

„Passiert dir das öfter?"

„Nein, das war das erste Mal." Das entsprach nicht ganz der Wahrheit. Denise erinnerte sich vage, dass sie in der Kindheit bereits einmal einen Ohnmachtsanfall gehabt hatte. Sie rappelte sich hoch. Ihre Beine fühlten sich wie Pudding an.

„Setz dich aufs Sofa! Ich hol dir was zu trinken", sagte Henriqueta. Sie verschwand im Nebenraum, kehrte kurz darauf mit einem Glas Wasser zurück und reichte es Denise.

„Danke. Ach, ist mir das unangenehm. Vielleicht lag es am Schlafmangel. In Lissabon bin ich kaum ins Bett gekommen. Cassi hat mir tagsüber die Stadt gezeigt und nachts haben wir Party gemacht."

Henriqueta grinste. „Kann ich mir lebhaft vorstellen."

Denise nahm einen großen Schluck und fühlte sich gleich besser. Sie sagte: „Wir haben stundenlang gequatscht. Über die Lehrer, unsere Klassenkameraden, die Clique." Sie erinnerte sich, wie sie Cacilda in der fünften Klasse kennengelernt hatte. Cacilda, das Temperamentsbündel. Cacilda, die Überfliegerin. Cacilda, der Rettungsanker. Der Kontakt war auch nach ihrem Weggang aus Deutschland nie abgebrochen.

„Cassi hat mir die gesamte Nachbarschaft und unzählige Freundinnen vorgestellt. Und ich frag mich, wie viele Cousinen und Cousins ihr eigentlich habt."

Henriqueta lachte. „Viele. Und ja, Cassi kennt Gott und die Welt. Ich habe auch ein paar Jahre in Lissabon gelebt. Habe mir eine Wohnung mit meiner Schwester geteilt. Sie ist wirklich extrem. Manchmal feiert sie nächtelang durch und dann schuftet sie wieder bis zum Umfallen. Ich habe auch immer ihren Ehrgeiz bewundert."

Henriqueta war ganz anders als ihre Schwester, so ruhig und geerdet, ging es Denise durch den Kopf. „Eine eigene Wohnung in Lissabon konnte ich mir nicht leisten. Aber Cassi verdient als Tierärztin sehr gut. Und Dino …" Henriqueta hielt einen Moment inne. „Hast du Dino auch kennengelernt?" „Nein, er war auf Geschäftsreise." „Ach, jetzt verstehe ich einiges." Henriqueta schmunzelte. „Dann hattet ihr ja sturmfreie Bude."

„Seit wann wohnst du in Ferragudo?"

„Vor drei Jahren bin ich durch meine große Liebe zunächst in Portimão gelandet." Henriqueta lächelte versonnen. Denise dachte an das Foto auf dem Nachttisch.

„Ich hatte damals schon eine Ausbildung im Hotelgewerbe hinter mir und habe in Praia da Rocha in einem großen Hotel gearbeitet. Im Winter war ich meist arbeitslos. Seit einem Jahr habe ich den Job im Café. Der ist saisonunabhängig. Die Wohnung hat mir eine Kollegin vor etwa einem halben Jahr vermittelt. Leider arbeitet Miguel, mein Freund, im Moment in Porto. Wir sehen uns nur am Wochenende." Sie wirkte auf einmal sehr traurig. „Er hat einen Job in Lagoa in Aussicht. Das ist ganz in der Nähe. Ich hoffe, es klappt."

Jetzt lächelte sie wieder und fragte: „Hast du Hunger? Ich will uns gleich was kochen."

Denise nickte.

„Süßkartoffelauflauf mit grünem Spargel? Wäre das was für dich?"

„Hört sich megalecker an. Ich helfe dir natürlich."

„Aber nur, wenn du dich besser fühlst."

Denise leerte das Glas und stand auf. „Ich könnte Bäume ausreißen", scherzte sie.

„Okay, dann komm mit!"

Die Küche war erstaunlich groß und mit Induktionsherd, Espressomaschine und Spülmaschine ausgestattet. An einer Seite stand ein Esstisch mit vier Stühlen. „Ich liebe das Kochen", sagte Henriqueta. „Selbst für mich alleine bereite ich jeden Tag etwas Frisches zu."

„Da haben wir was gemeinsam", stellte Denise fest.

Henriqueta schälte die Süßkartoffeln und den Spargel. Denise zerkleinerte Zwiebeln, hackte Kräuter und presste Knoblauch. Gemeinsam bereiteten sie eine Creme zu, die sie über das aufgeschichtete Gemüse gossen, hobelten Käse darüber und schoben den Auflauf in den Ofen. Schon bald erfüllte ein unglaublicher Duft die gesamte Küche.

Nach dem Essen machten sie es sich im Wohnzimmer gemütlich. „Ich freu mich so, dass du hier bist", sagte Henriqueta. „Wie lange wirst du bleiben?"

„Morgen reise ich weiter."

„Ach, schon?" Henriqueta klang enttäuscht.

„Ja, ich will eine Küstenwanderung machen."

„Oh, wie toll!", rief Henriqueta. „Vor zwei Jahren bin ich mit einer Freundin von Lagos bis zum Cabo de São Vicente gewandert. Jetzt ist eine gute Zeit. Es ist nicht ganz so heiß. Was hast du denn genau vor? Willst du von hier nach Carvoeiro laufen? Oder in die andere Richtung, also rüber nach Portimão und von dort nach Alvor? In Alvor musst du aber den Bus nach Lagos nehmen. Da liegt eine Lagune zwischen. Oder du läufst einen großen Bogen durchs Landesinnere."

Denise schwirrte der Kopf. „Ich habe noch gar keinen Plan. Vielleicht kannst du mir eine Strecke empfehlen."

Henriqueta überlegte einen Moment, dann sagte sie: „Ich würde vorschlagen, du fährst mit dem Zug nach Lagos, läufst bis zur Ponta da Piedade und weiter nach Porto Mós. Von da geht es die Küste entlang Richtung Sagres. Der Weg nennt sich Rota Vicentina. Ist mit einer grün-blauen Markierung gekennzeichnet."

„Klingt gut."

„Wo willst du übernachten? In Hostels? Zelt hast du ja keins dabei."

„Ehrlich gesagt habe ich mir noch gar keine Gedanken gemacht. Bin ziemlich spontan aufgebrochen." Was stark untertrieben war. Sie hatte zwei Stunden Zeit gehabt, den Rucksack zu packen, eine falsche Spur zu legen, Cacilda anzurufen und zum Bahnhof zu rennen.

„In der Gegend gibt es zahlreiche Unterkünfte. Du kannst ja im Internet schauen."

Denise schluckte und sagte: „Das Problem: Ich habe kein Handy."

Henriqueta dachte vermutlich, sie hätte sich verhört. „Echt nicht?", rief sie. „Wie geht denn so was? Ich glaube, ich könnte keinen Tag ohne sein."

Genauso hätte Denise sich vor einer Woche auch noch ausgedrückt. Doch sie durfte nicht online gehen, aus Gründen, die sie vorher nie für möglich gehalten hätte. „Digital Detox nennt man das, ist

voll im Trend." Sie kicherte, dabei war ihr eher zum Heulen zumute.
„Und wie willst du das Wetter checken? Bei uns scheint zwar meist
die Sonne, es kann aber auch mal Unwetter geben."

Wie zur Bestätigung vernahm Denise durch das geöffnete Fenster
einen Donner. Der Himmel war pechschwarz.

„Und was ist, wenn du mal umknickst?" Henriqueta wirkte äußerst beunruhigt. „Besorg dir wenigstens ein Prepaid-Gerät!"

„Ich denke drüber nach."

„Ach, ich habe irgendwo noch eine Wanderkarte. Die kannst du
gerne mitnehmen." Henriqueta sprang auf, kramte in einer Kiste
und reichte Denise einen Faltplan.

„Danke. Dann kann ja eigentlich nichts mehr schiefgehen."

„Wie lange wirst du denn unterwegs sein?"

„Weiß nicht. Vielleicht ein paar Wochen."

„Ein paar Wochen? Da kommst du aber ziemlich weit. Du könntest von Sagres die Westküste hochlaufen."

„Ja, warum nicht? Ich nehme mir aber erst mal kleine Etappen
vor und werde viele Pausen einlegen. Mein Rucksack ist ganz schön
schwer."

„Was hältst du davon, wenn ich dir für die ersten Tage Unterkünfte
raussuche? Und die Zugverbindung nach Lagos brauchst du auch."

„Das würde mir echt weiterhelfen."

Henriqueta holte Block und Stift und nahm ihr Smartphone zur
Hand. Dann ließ sie sich wieder auf der Couch nieder.

Am Abend kamen sie auf die Vergangenheit zu sprechen.

„Wie alt warst du eigentlich, als deine Eltern mit euch nach Portugal zurückgegangen sind?", fragte Denise.

„16."

„War es nicht schwer für dich? Du bist doch in Deutschland geboren, oder?"

„Ja. Cassi und ich waren mit der Schule fertig. Unsere Eltern haben
uns zweisprachig erzogen. Aber weißt du, meine Wurzeln liegen in
Portugal und die Mentalität steckt einfach in mir." Sie schlug sich
mit der Faust gegen die Brust.

Denise war beeindruckt. Sie überlegte, wie sie sich bei Henriqueta
bedanken könnte. Ihr kam eine Idee. „Ich muss meine Sachen um-
sortieren, habe ganz bescheuert gepackt. Kann ich das im Wohnzimmer machen?", fragte sie.

„Klar."

Sie holte den Rucksack, kramte darin herum und kippte schließlich den Inhalt auf den Boden. Einen Teil ihrer Kleidung hatte sie bereits bei Cacilda gelassen. Aber sie schleppte immer noch zu viel Ballast mit sich herum. „Manche Sachen sind noch fast ungetragen. Möchtest du mal schauen, ob was für dich dabei ist? Wir haben ja ungefähr die gleiche Größe."

Henriqueta winkte ab. „Ach, das ist lieb, aber …"

Denise hielt ein violettes T-Shirt mit Erdmännchen-Aufdruck in die Höhe. Henriqueta machte große Augen. „Wie cool ist das denn? Ich liebe Erdmännchen!"

„Dann schenke ich es dir."

„Oh, danke schön." Henriqueta schlüpfte hinein. Es passte wie angegossen. Auch eine Markenjeans ging in ihren Besitz über. „Die sieht aus wie neu", merkte sie an.

„Stimmt, aber mir ist sie ein bisschen zu eng. Sie kneift am Po." Denise grinste.

„Wenn ich die Sachen anhabe, werde ich immer an dich denken." Henriqueta strahlte. Dann musterte sie Denise und sagte: „Du, was mich brennend interessiert: Was ist denn mit deinen Haaren passiert? Ich war früher so neidisch auf dich. Wollte deine Haare immer anfassen, weil sie wie Gold geglänzt haben."

„Stimmt. Daran erinnere ich mich."

„Also, wer hat dich so verunstaltet?"

„Dreimal darfst du raten!"

Henriqueta hielt sich die Hand vor den Mund. „Meine Schwester", hauchte sie.

„Ja, aber es war meine Entscheidung. Ich habe Cassi gesagt, ich brauche eine optische Veränderung." Den Grund dafür hatte Denise verschwiegen. „Nach der zweiten Flasche Wein hat sie zur Schere gegriffen. Sie wollte doch als Kind Friseurin werden."

„Ich weiß. Ich habe Cassi zum Glück nie an meine Haare gelassen. Man sieht ja, was dabei herumkommt. Ab und zu muss sie in der Tierarztpraxis Hunden oder Katzen das Fell wegrasieren. So kann sie an ihre Kindheitsträume anknüpfen." Sie lachten schallend.

Henriqueta zeigte Denise noch zahlreiche Fotos von ihrem Freund und dessen Familie. Plötzlich gähnte sie und sagte: „Sei mir bitte nicht böse, ich leg mich gleich hin. Ich muss früh raus. Du kannst aber gerne ausschlafen. Bring mir den Schlüssel einfach im Café vorbei."

„Geht klar."

Als Denise im Bett lag, fühlte sie sich richtig gut. Am liebsten hätte sie sich für immer in diesem Ort, in dieser Wohnung, bei dieser lieben Person verkrochen.

7

Ein Schrei zerriss die Stille. Ingo sprang aus dem Bett. Da! Schon wieder! Er schaute aus dem Fenster. Dutzende Möwen kreisten über dem Strand. Der Himmel färbte sich gelb-violett. Ingo erinnerte sich, dass er von Vitor geträumt hatte. Aus der Kopfwunde war unaufhörlich Blut geflossen. Was für ein Unsinn. Barfuß lief er ins Bad und duschte. Danach schlüpfte er in Shorts und T-Shirt und machte sich in der Küche an der Kaffeemaschine zu schaffen.

Das Frühstück, zwei Scheiben Brot mit Schafskäse und Oliven, nahm er auf der Terrasse zu sich. Die Möwen waren verstummt und der Strand lag in goldenes Licht getaucht vor ihm.

Als die Sonne hoch über der Bucht stand, kehrte er ins Haus zurück. Ihm fiel ein, dass in seiner Reisetasche ein Berg Schmutzwäsche steckte. Auf dem Campingplatz war die einzige Waschmaschine fast ununterbrochen in Betrieb gewesen. Ingo ging ins Schlafzimmer und holte die Sachen. Kurz darauf drehte sich die Wäsche in der Trommel.

Mit dem neuesten Thriller von Nicci French setzte er sich wieder vors Haus. Im Wagen befand sich noch ein Karton mit Literatur, die er sich für die Reise zusammengestellt hatte. Bisher hatte er nur in einem Algarve-Reiseführer geschmökert. Er schlug die erste Seite des Thrillers auf, doch seine Gedanken drifteten zu Vitor. In seinem Gesichtsausdruck hatte Ingo Einsamkeit erkannt und noch etwas anderes. Angst! War ihm bewusst geworden, wie schnell das Leben zu Ende sein konnte?

Ingo schaute auf den Atlantik. Glatt und dunkel lag er vor ihm. Zwei junge Männer in Sportkleidung liefen durch den Sand, ansonsten war niemand zu sehen. Sollte er Doktor Drömel ein Panoramafoto schicken? Ingo sah seinen Arzt im Geiste vor sich, wie er ihm mit ernster Miene zugehört und schließlich gefragt hatte: „Identifizieren Sie sich stark mit der Arbeit, also mehr als Ihnen guttut?"

Natürlich identifizierte sich Ingo mit der Arbeit, sonst hätte er wohl den falschen Beruf gewählt. Aber er litt häufig unter Migräne, Unruhe und Schlafproblemen.

„Das nennt sich Burn-on-Syndrom. Ein Dauerfeuer quasi. Irgendwann macht der Körper dicht. Totalausfall. Soll ich weitersprechen?"

Dr. Drömel schaute Ingo fragend an.

Der schwieg.

„Sie sind Mitte fünfzig. Wenn Sie das Renteneintrittsalter bei guter Gesundheit erleben wollen, müssen Sie jetzt handeln. Beantragen Sie eine Kur zur Erhaltung der Arbeitskraft."

„Ich soll in eine Rehaklinik?", rief Ingo entsetzt.

„Oder laufen Sie den Jakobsweg. Das soll Wunder wirken."

„Bloß nicht!"

„Dann nehmen Sie sich wenigstens eine Auszeit. Wie sieht es mit Resturlaub aus?"

„Ich habe noch den kompletten Jahresurlaub."

„Von diesem Jahr?"

„Ehrlich gesagt – auch vom letzten."

„Na wunderbar. Ich setze gleich ein Schreiben an Ihren Vorgesetzten auf."

Ingo sprach am nächsten Tag mit seinem Chef Bernhard Stiefelhagen. Der hatte den Brief bereits vorliegen. „Drömel ist ein guter Freund von mir", erzählte er und schmunzelte. „Ingo, der Mann hat recht. Du nimmst jetzt acht Wochen Urlaub. Wag es ja nicht, vorher wieder anzutanzen!"

Zunächst war Ingo völlig verunsichert gewesen. Was sollte er mit so viel freier Zeit anfangen? Zu Hause würde ihm die Decke auf den Kopf fallen. Aber wo sollte er hinfahren? Er erinnerte sich, dass ihm ein Kollege von der Algarve vorgeschwärmt hatte. Ingo teilte die Begeisterung inzwischen. Dass er nun in diesem Haus wohnen durfte, an diesem wunderschönen Platz, setzte der Auszeit die Krone auf.

Ingo beschloss, Vitor am Nachmittag einen Besuch abzustatten und sich zu bedanken. Oder reichte ein Anruf? Er holte sein Telefon aus dem Haus. Vor einer halben Stunde war eine Nachricht eingegangen. Ingo las: *Paps, gehts dir gut?*

Er drehte ein Video und schrieb:

Mir geht es hervorragend. Das ist der Blick von der Terrasse meiner neuen Unterkunft.

8

Uta öffnete die Augen. Ihr Kopf dröhnte. Sonnenstrahlen fielen auf den roten Hartschalenkoffer, der in dem schlicht eingerichteten Hotelzimmer wie ein Diamant wirkte. Sollte sie nicht besser sofort wieder abreisen? Über einem quadratischen Tisch hing eine Aufnahme der braunen Felslandschaft. Ein weiteres Bild zeigte eine Verschmelzung von Atlantik und Quellwolken, in das pastellfarbene Licht der untergehenden Sonne getaucht. Uta zog sich die Decke über den Kopf. Der Gedanke, acht Tage an dem Ort des Grauens zu verbringen, erschien ihr wie eine unüberwindbare Hürde.

Ein Brummton ertönte vom Nachttisch. Sie schob die Decke zur Seite und griff nach dem Smartphone.

„Guten Morgen, meine Liebe!" Eine glockenhelle Stimme erklang aus dem Lautsprecher.

„Morgen, Miri", murmelte Uta.

„Hab ich dich geweckt?"

„Nee, ich war schon joggen."

Miriam lachte.

„Wir sind übrigens eine Stunde zurück", sagte Uta für den Fall, dass Miriam nun jeden Tag um diese Zeit anrufen würde.

„Ach, stimmt. Dann hast du bestimmt noch nicht gefrühstückt. Das erklärt deine schlechte Laune."

Uta verkniff sich einen Kommentar. Sie fühlte sich hundeelend und verspürte keinen Hunger.

„Warum hast du dich gestern Abend nicht mehr gemeldet? Ich habe mir Sorgen gemacht. Wie war die Anreise? Ist das Hotel gut? Erzähl doch mal!", sprudelten die Sätze aus dem Hörer.

„Miri, wir wissen beide, dass ich nicht zum Vergnügen hier bin. Aber wenn du schon fragst: Der Flug war ätzend. Knallvolle Maschine. Turbulenzen. Elend langer Transfer. Als wir am Hotel ankamen, hat der Himmel die Schleusen geöffnet. Habe wie ein begossener Pudel an der Rezeption gestanden. Noch Fragen?"

„Du Arme. Hast du denn wenigstens gut geschlafen?"

„Geht so." Das war gelogen. Uta hatte kaum ein Auge zugemacht. „Auf jeden Fall habe ich einen Brummschädel."

„Du hast doch nicht etwa die Dosis erhöht?"

„Natürlich nicht. Vielleicht liegt es an den Temperaturen. Es ist wesentlich wärmer als bei uns." Uta stand auf und blickte aus dem Fenster. Das Sonnenlicht schmerzte in den Augen. Vor ihr lag ein ovaler Pool mit einer üppig bepflanzten Insel. Weiße Sonnenliegen umgaben das Becken. Eine ältere Frau mit Badehaube zog Bahnen im Schwimmerbereich. In der Ferne schimmerte der Atlantik. Uta überlief eine Gänsehaut. Warum nur hatte sie auf Miriam gehört?

Als hätte die ihre Gedanken erraten, sagte sie: „Ich kann mir vorstellen, wie du dich fühlst."

Das konnte Miriam garantiert nicht. Niemand konnte das.

„Du musst da jetzt durch, sonst wirst du die Dämonen der Vergangenheit nie los. Du weißt, was du zu tun hast."

Uta schluckte schwer und schwieg. Miriam fuhr mit samtweicher Stimme fort: „Ruh dich ein paar Tage aus, leg dich an den Pool, gönn dir eine Massage! Und dann machst du dich auf den Weg."

Uta war sich nicht sicher, ob sie es überhaupt bis zum Pool schaffen würde. Sie war vollkommen antriebslos. „Ich versuch mein Bestes, aber ..."

„Du wirst doch wohl nicht kneifen?", rief Miriam.

„Und wenn?"

„Uta, du bist eine starke Frau!"

Uta durchschritt den Raum und erreichte einen Schreibtisch. Obenauf lag ein Block. Das Hotellogo prangte in der rechten oberen Ecke. Sie erinnerte sich, wie sie beim Verlassen des Busses die überdimensionale Figur neben dem Eingang erblickt hatte und am liebsten sofort wieder kehrtgemacht hätte. Im Badezimmer war ihr das Symbol dann von allen Seiten entgegengesprungen. Es lauerte auf Handtüchern, dem Seifenspender und der Fußmatte. Miriam hatte das Hotel ausgesucht. Sie hatte ja nicht wissen können, was der Anblick eines harmlosen Tieres bei Uta auslösen würde.

„Bist du noch dran?", fragte Miriam in das Schweigen hinein.

„Ja."

„Du bist nicht gerade kommunikativ heute Morgen."

„Wundert dich das? Miri, es war ein großer Fehler herzukommen."

37

„War es nicht. Aber ich hätte dich begleiten müssen, das wird mir gerade klar."

„Du konntest dir keinen Urlaub nehmen. Punkt."

Wieder folgte eine lange Pause.

„Ich wäre froh, wenn die acht Tage rum wären", seufzte Uta schließlich. Die Algarve hatte ihr schon einmal Unglück gebracht. Was würde dieses Mal passieren?

„Lass den Kopf nicht hängen. Du kannst mich jederzeit anrufen. Auch nachts."

„Ich komme schon klar. Ich melde mich in ein paar Tagen bei dir."

„In ein paar Tagen?" Miriams Stimme klang schrill. „Du, ich mache mir Sorgen um dich. Bist du sicher, dass du keinen Unsinn machst?"

„Ach, Miri. Dazu hätte ich im vergangenen Jahr genug Möglichkeiten gehabt. Und ich weiß, du meinst es nur gut. Aber wie du selbst sagst, ich brauche einfach ein bisschen Ruhe." Sie schaute wieder aus dem Fenster. Der Atlantik schimmerte im Sonnenlicht, als wolle er sie verhöhnen. Sie wollte soeben das Gespräch beenden, als ihr noch etwas einfiel. „Denkst du an die Fische?"

„Mal sehen." Miriam kicherte. „Ich kann echt nicht nachvollziehen, was du an denen so faszinierend findest. Die dümpeln doch nur vor sich hin und glotzen blöd."

„Miri, du weißt, sie sind mir sehr wichtig. Es ist das Einzige, was mir von …" Ein Kloß im Hals hinderte sie daran, weiterzusprechen.

„Beruhige dich! Natürlich kümmere ich mich."

In ganz düsteren Momenten erwischte Uta sich dabei, wie sie mit den Fischen redete. Sie hatte manchmal das Gefühl, sie würden ihr zuhören. Es gab in ihrem Umfeld auf jeden Fall Menschen, die weniger empathisch waren. Ihr fiel sofort jemand ein. Sie schlug sich vor die Stirn. „Oje, ich muss Klaus anrufen! Er hat mir gestern eine Nachricht geschrieben. Er sucht eine Akte."

Miriam schnaubte. „Typisch Klaus. Du bist gerade einen Tag weg und schon ist er völlig hilflos. Lass ihn mal auflaufen. Damals musste er ja auch ein paar Wochen ohne dich auskommen."

Utas Puls beschleunigte sich beim Gedanken an diese Zeit. Ein Schluchzen entfuhr ihrer Kehle.

„Ach, sorry. Ich bin ein Trampel!", rief Miriam. „Aber so kann es nicht weitergehen."

„Vielleicht ist es gut, dass ich jetzt Zeit zum Nachdenken habe. Auf jeden Fall bin ich dir unendlich dankbar. Ohne dich …" Sie kämpfte gegen die Tränen an.

„Ich bin immer für dich da. Du würdest dich ja auch um mich kümmern, wenn es mir schlecht ginge."

Das stimmte. Aber Uta war in diesem Albtraum gefangen und nicht Miriam.

9

Der Gurt schnürte ihr die Luft ab. Der Fahrbandrand kam näher und näher. Auf einmal tauchte ein kleines Mädchen auf. Es winkte. Denise schreckte hoch. Ihr T-Shirt war schweißnass und das Bettzeug völlig zerwühlt. Hatte sie im Schlaf geschrien? Was hatte es mit dem Kind auf sich? Im Traum hatten sich vermutlich zwei Ereignisse der Vergangenheit miteinander vermischt.

Sie stand auf, ging in die Küche und füllte ein Glas mit Leitungswasser. Ihre Hand zitterte, als sie es zum Mund führte. Die Katastrophe lief plötzlich wieder wie ein Film vor ihren Augen ab. Sie wollte ihn zurückspulen und alles ungeschehen machen. Warum nur war sie davongerannt? Hätte es nicht andere Optionen gegeben? Aber Denise war mit Vollgas aus ihrem goldenen Käfig ausgebrochen. Aufstehen, Krone richten, weiterlaufen.

Auf der Anrichte lag ein Zettel:

Guten Morgen, liebe Denise.
Frühstück bekommst du im Café. Bis gleich!

Sie lief ins Bad und duschte kalt. Dann kehrte sie ins Schlafzimmer zurück, zog sich an und machte sich erneut am Rucksack zu schaffen. Nichts lag ihr ferner, als mit diesem Monstrum auf dem Rücken bergauf und bergab zu rennen. Sollte sie nicht doch noch ein paar Tage bei Henriqueta bleiben? Nein, sie durfte die Gastfreundschaft nicht überstrapazieren. Denise verließ die Wohnung, zog die Tür zu, schloss ab und machte sich auf den Weg.

Die Tische des Cafés waren fast alle besetzt. Auch im Laden herrschte Hochbetrieb. Henriqueta stand mit einer Kollegin hinter dem Tresen. Als sie Denise durch die Scheibe erblickte, winkte sie und kam herausgelaufen. „Hi! Hast du gut geschlafen?"

„Wunderbar." Denise strahlte.

„Was möchtest du frühstücken?"

„Ach, ich habe noch gar keinen Hunger. Ich geh gleich weiter zum Bahnhof und werde den nächsten Zug nach Lagos nehmen."

Henriqueta schaute auf die Uhr. „Der kommt in zwanzig Minuten. Ich muss wieder rein, du siehst ja …"

„Kein Problem." Denise reichte Henriqueta den Schlüssel. „Hier. Danke für alles."

„Keine Ursache. Schade, dass du schon wieder weg bist. Beim nächsten Mal bleibst du länger, versprochen?"

„Versprochen."

Sie verabschiedeten sich mit Wangenküssen. Dann kehrte Henriqueta in den Laden zurück. Denise erreichte nach wenigen Minuten den Bahnsteig. Das Restaurant hatte noch geschlossen. Sie lief an einem Mann mittleren Alters im grauen Anzug vorbei. Sie nickten sich kurz zu. Denise ging zum Ende der Plattform. Kräuter wucherten in einer Böschung, und neben einer Schotterpiste lagen ausrangierte Autoreifen. Gegenüber stand ein Storch auf den Mauerresten eines Hauses und starrte vor sich hin. Ihr Blick ging unauffällig zu dem Mann im Anzug. Er musterte sie unverhohlen aus der Ferne. Als der Zug einfuhr, alt und blau, stieg er vorne ein, Denise hinten.

10

Das Auto rumpelte über die Piste. Braune Brühe spritzte bis an die Scheibe. Der Starkregen vom Vorabend hatte Spuren hinterlassen. Marcelo stellte den Wagen vor der Garage ab. Pfeifend lief er die Stufen hinauf, den Schlüssel in der Hand. Oben angekommen, blieb er wie angewurzelt stehen. Vor dem Haus saß ein Mann auf einem der Küchenstühle, die Füße auf einen zweiten gelegt. Er hielt die Augen geschlossen. Neben ihm auf der Erde lagen ein dickes Buch und eine Nickelbrille. Die Tür stand weit offen. Unter dem Fenster erblickte Marcelo das Wäschereck, das überquoll vor Socken, Unterhosen und T-Shirts.

Wo kam dieser Typ her? Handelte es sich um einen Hausbesetzer, von denen es hier einige geben sollte? Marcelo erinnerte sich, dass in einer der Parktaschen ein Wagen mit deutschem Kennzeichen stand. Er baute sich vor dem Mann auf und räusperte sich. Der zuckte zusammen und riss die Augen auf.

„Hallo! Was machen Sie denn hier?", rief Marcelo und wusste gleichzeitig, dass es eine blöde Frage war. Denn er sah ja, was der Mann tat. Relaxen. Der Typ griff nach der Brille, setzte sie auf und schaute ihn aus hellblauen Augen an.

„Ach, hallo!", sagte er lächelnd.

Das war keine Antwort auf die Frage. Marcelo versuchte es anders: „Wie sind Sie an den Hausschlüssel gekommen?"

Der Mann runzelte die Stirn.

„Den hat mir Herr Oliveira, der Hausbesitzer, gegeben."

Marcelo schnappte nach Luft. Das konnte nur ein schlechter Scherz sein.

„Wie ist denn Ihr Name?"

„Ingo Hemmersbach. Und Sie sind?"

„Marcelo …!" Bevor er den Nachnamen hinterherschieben konnte, rief der Fremde: „Hi, Marcelo! Wie kann ich dir weiterhelfen?"

Weiterhelfen? Der Typ hatte einen Dachschaden. Nur unwillig ließ er sich auf das *Du* ein. „Vitor hat dir also den Schlüssel gegeben?"

„Ganz genau."

Was fiel dem Alten ein?

Ingo schaute auf den Schlüssel in Marcelos Hand. „Ach, jetzt fällt der Groschen", sagte er. „Du wohnst also auch hier. Ich habe mich schon gewundert." Er machte eine Handbewegung nach drinnen. „Im vorderen Raum stehen ja jede Menge Sachen."

Marcelos Puls beschleunigte sich. Ingo hatte in seinem Zimmer herumgeschnüffelt? Zum Glück lagen das Gras und die Pillen im Wagen. Die Tatsache, dass der Alte Ingo offenbar nichts von ihm erzählt hatte, bescherte ihm einen extrem faden Geschmack im Mund.

Ingo erhob sich. Er war um einiges kleiner als Marcelo. Das ovale Gesicht und die hohe Stirn waren stark gebräunt.

„Bist du hier Langzeitmieter?", wollte Ingo wissen.

„Langzeitmieter?" Warum sollte er Miete zahlen? Marcelo schüttelte fassungslos den Kopf.

„Aber du kennst Vitor, oder?"

„Natürlich kenne ich ihn. Er ist mein Opa!"

„Dein Opa?" Ingo schien nun vollkommen perplex. „Hat dein Opa dir denn nichts von mir erzählt?"

„Wäre ich sonst so verwirrt?"

Was war das hier? Versteckte Kamera? Das Letzte, was Marcelo brauchen konnte, war ein tiefenentspannter Feriengast. Er fragte: „Seit wann wohnst du hier?"

„Seit gestern. Vitor hat mich angerufen. Er wollte sich bei mir bedanken."

„Bedanken? Wofür?"

„Dafür, dass ich ihm quasi das Leben gerettet habe. Okay, das ist seine Sicht der Dinge. Ich vermute, es war nicht ganz so dramatisch. Ich habe Erste Hilfe geleistet und den Rettungswagen gerufen."

„Rettungswagen?"

„Er war gestürzt und hat da unten gelegen." Ingo machte eine Handbewegung Richtung Plattform. „Ich kam zufällig vorbei."

„Wann war das?"

„Vor gut zehn Tagen. Man hat ihn ins Krankenhaus gebracht."

Marcelo kratzte sich am Kinn. Sollte er Ingo die Geschichte glauben? Wann hatte er zuletzt mit dem Alten telefoniert? Ungefähr vor zwei Wochen. Zu dem Zeitpunkt hatte er noch ganz fidel geklungen.

„Warst du länger weg?", erkundigte sich Ingo.

„Zwei Monate. Habe am Bau gearbeitet."

Was ging es Ingo an? Aber vorausgesetzt, es stimmte, was der erzählte, war es vielleicht gut, dass er ihn auf den neuesten Stand gebracht hatte. Marcelo würde Vitor nach seinem Befinden fragen und Mitgefühl heucheln. Über was sollte man mit ihm sonst reden? Er hockte den ganzen Tag vorm Fernseher, ging selten vor die Tür. Doch wie konnte er es wagen, einen Fremden hier einzuquartieren?

„Wusste Vitor denn, wann du zurückkommst?", fragte Ingo.

„Klar, ich hatte es ihm aufgeschrieben. Und meine Handynummer hatte er auch." Warum ließ der Alte ihn ins offene Messer laufen?

„Seltsam." Ingo schüttelte den Kopf.

„Und Vitor hat dir wirklich nichts von mir erzählt?", hakte Marcelo nach, obwohl er die Antwort bereits kannte.

„Nein. Wirklich nicht."

Hatte Vitors Gehirn bei dem Sturz Schaden genommen? „Wie habt ihr euch überhaupt verständigt?", fragte Marcelo.

„Dein Opa spricht doch ganz passabel Deutsch."

„Vitor?"

„Klar, er hat ja als junger Mann ein paar Jahre in Mainz gelebt."

Marcelo dachte daran, wie er sich abgemüht hatte, mit dem Alten Portugiesisch zu reden. Er hatte Hände und Füße zu Hilfe nehmen müssen. Und jetzt behauptete Ingo, Vitor spreche Deutsch. Er hatte ihn zum Narren gehalten.

Plötzlich erinnerte er sich an früher. Als kleiner Junge hatte er auf Vitors Schoß gesessen. Sie hatten Deutsch miteinander geredet, da war er sich jetzt sicher. Marcelo runzelte die Stirn. Ingo und Vitor verstanden sich offenbar prächtig. Und was war mit ihm? Er wusste so wenig von diesem sturen, alten Mann. Welche Überraschungen warteten noch auf ihn? Würde er demnächst Miete zahlen müssen? Sie waren doch Familie. Und er war Vitors einziger Nachkomme, das hatte Antonia ihm kurz vor ihrem Tod versichert.

Marcelo würde sich den Alten gleich vorknöpfen und klären, wie lange Ingo hier Dolce Vita machen durfte. Der ging zum Reck und wendete seine Wäsche.

Siedend heiß fiel Marcelo der Kredit ein. In vier Tagen war Schicht im Schacht. Der Plan war gewesen, Vitor um Geld zu bitten. Aber Marcelo fürchtete nun, sein Opa würde ihn am ausgestreckten Arm verhungern lassen.

11

„Wie lange wirst du bleiben?", fragte Marcelo. In seiner Stimme lag Ungeduld.

Es war nicht so, dass dieser muskulöse Typ mit der verspiegelten Sonnenbrille, dem Fünf-Tage-Bart und dem Tattoo auf dem Unterarm Ingo einschüchtern würde. Aber er verbreitete schlechtes Karma. Und er war äußerst unsensibel. Er hatte sich nicht ein einziges Mal erkundigt, wie es Vitor ging. Warum war er nicht längst auf dem Weg zu ihm? Vermutlich wurmte es ihn, dass sein Opa ihn nicht informiert hatte, dass er Ingo in sein Ferienhaus eingeladen hatte. Er versuchte, sich an Vitors Wohnzimmer zu erinnern. An den Wänden hingen lediglich ein Hochzeitsfoto in Schwarz-weiß und das Bild eines jungen Mädchens, ansonsten ein paar Kunstdrucke, da war er sich sicher.

Marcelo zündete sich eine Zigarette an, die kurz zuvor hinter seinem Ohr geklemmt hatte, und nahm einen tiefen Zug. Sein Handy gab einen Laut von sich. Er starrte mit düsterer Miene auf den Bildschirm, dann steckte er das Gerät in die Hosentasche.

Der Aschenbecher, die leeren Bierflaschen und die Pizzakartons kamen Ingo in den Sinn. Marcelo legte offenbar keinen Wert auf Sauberkeit und Ordnung. Ganz im Gegenteil zu Ingo. Sollte er nicht besser doch abreisen? Aber was sollte er Vitor sagen?

Marcelo schob die Sonnenbrille hoch und fixierte Ingo mit seinem Blick, da dieser ihm noch eine Antwort schuldete. Aus Trotz sagte er: „Ein paar Tage bleibe ich auf jeden Fall. Vielleicht eine Woche. Mal sehen."

Marcelos Gesichtszüge drohten zu entgleisen.

„So schnell wirst du mich nicht los", dachte Ingo. Das Haus war groß. Marcelo wohnte im vorderen Teil, er schlief hinten. Er nahm schweigend die Wäsche vom Reck und ging hinein.

Marcelo, der zu Ende geraucht hatte, folgte ihm in die Küche. Er schaute sich um. Dann warf er einen Blick in den Kühlschrank. „Ui, da hat aber jemand Vorräte angelegt", rief er und drehte sich langsam zu Ingo um. „Okay, wenn du bleiben willst, bitte. Wir gehen uns aus dem Weg. Ich bin nicht so der WG-Typ. Aber eins sage ich dir gleich: Es kann die nächsten Tage laut werden. Ich muss einiges umräumen und renovieren." Er verschwand in seinem Zimmer, kehrte kurz darauf mit ein paar Bierflaschen zurück, die er neben Ingos Lebensmittel in den Kühlschrank räumte. Marcelo würde sich alle Mühe geben, seinen Mitbewohner rauszuekeln, das war klar.

„Was genau hast du denn vor?", fragte Ingo.

„Ich mache aus dem Haus ein Wassersportzentrum. Surfen, Standup-Paddling, Kajak." Marcelo schien unschlüssig, ob er weitersprechen sollte. Dann sagte er: „Der Raum, in dem meine Sachen stehen, wird das Büro. Die hinteren Räume nutze ich privat." Er lächelte plötzlich und zeigte dabei Zähne wie aus einer Zahnpasta-Werbung.

Aber Ingo zweifelte daran, dass er wirklich der unbekümmerte Sonnyboy war, den er vorgab zu sein. Ab und zu huschte ein Schatten über sein Gesicht. Dass sein Opa ihn nicht vergötterte, war vermutlich sein geringstes Problem. Genau darüber machte Ingo sich allerdings nun Gedanken. Marcelos Pläne klangen ehrgeizig. Das war doch etwas, worauf ein Opa stolz sein konnte. Warum hatte Vitor nichts davon erzählt? Hatte Marcelo das Haus gegen Vitors Willen in Beschlag genommen? Offenbar war er in Deutschland aufgewachsen. Ingo wollte Marcelo noch einige Informationen entlocken, aber dessen Handy gab erneut einen Laut von sich. Er zog es aus der Tasche und entfernte sich mit riesigen Schritten.

Ingo hörte englische Wortfetzen. Marcelo klang aufgeregt.

Nach einer Weile kehrte er zurück und rief: „Ich muss in die Gänge kommen, habe den ganzen Wagen voll Zeugs."

Das Inventar war ihm also wichtiger als der Opa. Sollte Ingo ihm Hilfe anbieten? Nein, er war hier Feriengast. „Lass dich nicht aufhalten", sagte er und verzog sich mit der Wäsche in sein Schlafzimmer. Sollte er nicht besser doch packen und abreisen?

12

Marcelo stapfte die Treppe hinauf. Der Karton mit den Schulungsunterlagen rutschte ihm aus den schweißnassen Händen. Er konnte
gerade noch verhindern, dass die Ordner die Treppe hinunterpur-
zelten. Wieder und wieder lief er zum Wagen und schleppte Kisten,
Tüten, Reisetasche und PC ins Haus. Der Raum, in dem er bisher
geschlafen hatte, füllte sich zusehends. Solange Ingo hier war, würde
er weiter in dem vorderen Raum nächtigen.

Er kehrte ein letztes Mal zu seinem Auto zurück. Die Ladefläche
war leer, bis auf die Paddelbretter, Schwimmwesten und Neopren-
Anzüge, also Sachen, die im Wagen bleiben mussten. Marcelo öffnete das Garagentor. Der Raum sollte ihm demnächst als Lager für
Surfbretter und Kajaks dienen. Aluminiumstangen und -böden, aus
denen er Regale bauen wollte, hatte er bereits vor Wochen gekauft
und dort aufgeschichtet. Er schloss die Garage wieder und wollte ins
Haus zurückkehren, als ihm einfiel, dass er unter dem Beifahrersitz
einen braunen Umschlag – seine Notration – versteckt hatte. Er zog
diesen hervor, nahm ihn mit nach oben und schaute sich in seinem
Zimmer nach einem geeigneten Versteck um. Er hob die Matratze
an und legte den Umschlag auf den Lattenrost. Dann ging er in die
Küche, wo Ingo in ein Buch vertieft am Tisch saß. Marcelo kam um
vor Durst. Er drehte den Wasserhahn auf und trank aus der Leitung.

Ingo blickte plötzlich auf und fragte: „Ab wann gibst du denn Kurse?"

Wollte er ihn in ein Gespräch verwickeln oder war er tatsächlich interessiert? Marcelo antwortete: „Ab sofort. Ich betreibe einen
mobilen Stand-up-Paddel-Verleih." Er hatte einiges an Equipment
günstig von einem schottischen Ehepaar übernehmen können, das
vor Kurzem zurück in die Heimat gegangen war. Und trotzdem hatte
er Schulden gemacht. Am Vormittag hatte er im Stundentakt seinen
Kontostand gecheckt. Noch immer kein Zahlungseingang.

Er musterte Ingo. „Du bist schon länger unterwegs, oder?", fragte
er.

„Ein paar Wochen. Ich gönne mir eine Auszeit."

Auszeit? Was sollte das heißen? Hatte Ingo keinen Bock mehr zu arbeiten? „Und wo hast du vorher gewohnt?"

„Auf dem Campingplatz."

Konnte Ingo sich kein Hotel leisten? In Sagres hatte Marcelo Typen ohne festen Wohnsitz kennengelernt. Wenn man diesen Leuten eine kostenlose Bleibe anbot, wurde man sie nie mehr los. Wie bescheuert musste Vitor sein, Ingo auf unbestimmte Zeit hier als Gast einzuquartieren? Aber war sein Mitbewohner wirklich ein Aussteiger? Er trug Markenkleidung. Mit schlanken, gepflegten Händen umklammerte er eine Kaffeetasse. Kein Malocher, eher Akademiker, ging es Marcelo durch den Kopf. Wie alt mochte er sein? Auf jeden Fall zu jung für die Rente. Marcelo kehrte in sein Zimmer zurück und tauschte das verschwitzte T-Shirt gegen ein sauberes aus.

Auf dem Weg zu Vitor passierte er den Strand. Surfer tummelten sich im Atlantik. Am liebsten hätte er sich zu ihnen gesellt, aber er musste Tacheles mit dem Alten reden. Marcelo lief die Gasse hinauf und spürte schon bald Groll in sich aufsteigen. Vor dem Haus hielt er einen Moment inne und nahm sich vor, seinen Opa respektvoll zu behandeln, egal, was der im Schilde führte.

Vitor öffnete nach dem ersten Klopfen. Marcelo rief: „Boa tarde!", und strahlte Vitor an. Der schlurfte ins Wohnzimmer. Marcelo folgte ihm und ließ sich auf der Couch nieder. „Alles gut bei dir?", fragte er.

Keine Antwort. Die sonore Stimme eines Nachrichtensprechers drang an sein Ohr. Grelle Bilder von einem Verkehrsunfall erschienen auf der Mattscheibe. Marcelo griff nach der Fernbedienung und stellte den Ton leiser.

„Vitor, wir müssen reden!"

Der Alte hob die Brauen und warf ihm einen finsteren Blick zu. Er murmelte etwas auf Portugiesisch.

„Lass uns bitte Deutsch sprechen!", sagte Marcelo. „Ich habe gehört, du kannst das ganz gut."

Vitor zuckte die Schultern.

„Du hattest einen Unfall?" Marcelo wartete die Antwort gar nicht erst ab, sondern fuhr fort: „Geht es dir denn jetzt besser?"

Vitor nickte.

„Im Haus ist ein Deutscher eingezogen."

Der alte Mann schaute ihn nun aufmerksam an und sagte: „Ingo."

„Ich hatte dir gesagt, wann ich zurückkomme. Warum tust du das?"

„Warum tue ich was?"

„Ingo bei mir einquartieren?"

„Es ist mein Haus."

„Natürlich", stimmte Marcelo zu, musste sich aber zusammenreißen, um weiterhin freundlich zu klingen. „Ich möchte renovieren und die Möbel umstellen. Dabei ist er mir im Weg."

„Haus ist groß genug. Ich schulde Ingo Dank."

„Eine Flasche Wein oder eine Schachtel Pralinen hätte es auch getan", dachte Marcelo. Er durfte sich aber nicht provozieren lassen. Ihm wurde plötzlich klar, warum seine Mutter den Kontakt zu Vitor abgebrochen hatte. So ein Fiesling. Oder gab es noch einen anderen Grund, warum die beiden sich auseinandergelebt hatten? Was immer zwischen Vitor und Antonia vorgefallen war, Marcelo würde es herausfinden. Und wenn der Alte sich etwas hatte zuschulden kommen lassen, dann musste er sich warm anziehen.

„Wir haben eine Vereinbarung", sagte Marcelo nun mahnend, als spräche er mit einem Kind. „Als ich Anfang des Jahres hergekommen bin, hast du gesagt, ich könnte das Haus nutzen und nach meinen Vorstellungen gestalten." Er hatte Vitor sogar seine Pläne anhand von Skizzen erläutert und ihm Wassersportgeräte im Internet gezeigt. „Vitor, ich brauche jeden Raum."

„Ingo bleibt, solange er will", grunzte der Alte.

Ingo stand offenbar unter Artenschutz, da er zur richtigen Zeit am richtigen Ort gewesen war, aber deshalb war Vitor ihm doch nicht für den Rest seines Lebens zu Dank verpflichtet. Wieso war er plötzlich so garstig? Marcelo erinnerte sich an ihr erstes Telefonat vor knapp drei Monaten. Sein Opa hatte erfreut geklungen, als Marcelo seinen Besuch in Burgau angekündigt hatte. Die ersten Tage hatten sie sich gut verstanden. Klar, für Vitor war es ein Schock gewesen, als er von Antonias Tod erfahren hatte. Vielleicht nahm er es Marcelo übel, dass er ihn nicht zur Beerdigung eingeladen hatte.

Vitor war in Gedanken offenbar auch bei Antonia.

„Warum hat dir deine Mutter nicht beigebracht unsere Sprache?", polterte er.

Immer wieder hatte Marcelo sie darum gebeten. Sie hatte es ignoriert, obwohl sie ihm sonst jeden Wunsch von den Lippen abgelesen hatte. Er hatte sie oft belauscht, wenn sie ein portugiesisches Lied gesungen oder etwas in ihrer Muttersprache gemurmelt hatte.

„Sie war sehr beschäftigt", antwortete Marcelo.

„Ohne die Sprache wirst du haben keine Chance", zischte Vitor.

„Ich mache seit einiger Zeit einen Onlinekurs", erklärte Marcelo. Sein Opa konnte sich vermutlich nichts darunter vorstellen. In Sagres hatte Marcelo oft bis tief in die Nacht Vokabeln gelernt. Und was er bereits erkannt hatte, war der enorme Unterschied zwischen Geschriebenem und der Aussprache. Viele Buchstaben wurden verschluckt, das O wie ein U ausgesprochen. Mit dem Alten war es besonders schwer, sich auf Portugiesisch zu unterhalten. Er gab sich keine Mühe, deutlich zu sprechen.

Marcelo erklärte: „Die Touristen, die bei mir Kurse buchen, sind meist Deutsche oder Engländer."

„Aber die Behörden werden einen Alemão hauen übers Ohr."

„Ich habe das Gewerbe längst angemeldet und Versicherungen abgeschlossen", berichtete Marcelo stolz. Man hatte fließend Englisch gesprochen und auch die Formulare waren zweisprachig.

„Wieso du tauchst ausgerechnet nach Tod von Antonia auf?", krächzte der Alte. Er verfiel wieder ins Portugiesische. Es klang so, als würde er Marcelo vorwerfen, nur auf sein Geld aus zu sein. War er denn vermögend? Abgesehen von den Immobilien? Antonia hatte einmal erwähnt, ihr Vater sei für portugiesische Verhältnisse gut gestellt, fiel es Marcelo ein. Wie alt war Vitor eigentlich? Mitte 80? Und hatte er ein Testament gemacht? Wenn nicht, musste Marcelo sich demnächst keine Sorgen mehr um die Finanzierung seines Unternehmens machen, da lag Vitor schon richtig.

Der Alte knurrte: „Du warst verschwunden wochenlang. Warum?"

„Ich hatte in Sagres einen Job als Anstreicher und Hausmeister in einer Ferienanlage. Der Eigentümer hat mich gebeten, dort zu wohnen für den Fall, dass technische Probleme auftreten. Hatte ich dir alles erzählt." Vitors Gedächtnis schien tatsächlich nicht mehr gut zu funktionieren.

„Du hast gemacht Party. Frauen, Drogen, Alkohol."

Das war eine Frechheit.

Eine Weile lag eine beklemmende Stille im Raum.

„Warum du hast nicht angerufen?", grummelte Vitor schließlich.

„Habe ich versucht! Ein paar Mal. Du bist nie drangegangen."

„Im Haus unten war viel Dreck."

„Wie bitte?"

„Manuela hat Ingo gebracht Bettwäsche. Essensreste, Zigaretten-kippen und leere Flaschen lagen rum."

„Das kann nicht sein!", schnaubte Marcelo. Er musste raus aus der düsteren Wohnung. Weg von dem frustrierten Alten. Er sprang auf, wandte sich zum Gehen und zischte: „Até à próxima!" Er würde aber mit Sicherheit nicht so schnell wiederkommen.

13

Lagos. Endstation. Denise verließ den Zug und mischte sich unter die Reisenden. Aus dem vorderen Waggon stieg der Mann im Anzug aus. Hatte er auf sie gewartet? Sie verlangsamte den Schritt, ließ ihn passieren, behielt ihn aber im Auge. Im Bahnhofsgebäude steuerte er auf eine Frau mit blondem Pagenschnitt zu und küsste sie auf den Mund. Hand in Hand schlenderten sie zum Ausgang. Denise atmete auf. Aber warum war sie so nervös? Würde das jetzt immer so weitergehen? Sie kam sich plötzlich wie eine Seiltänzerin ohne Netz und doppelten Boden vor. Keine Cacilda, keine Henriqueta, die sie von ihren Sorgen ablenken oder ihr in der Not helfen würden. Andererseits war sie frei und ungebunden. Das hatte sie sich schon lange gewünscht.

Sie betrat den Bahnhofsvorplatz. Die Sonne stand hoch am Himmel und Denise spürte, wie ihr der Schweiß auf die Stirn trat. Rasch zog sie den Sommermantel aus, der ihr fast bis zu den Knien reichte. Warum sie an dem Kleidungsstück hing, konnte sie nicht sagen. Sie hatte es auf einem Kölner Flohmarkt erstanden, vielleicht hatte ihr der Verkäufer gefallen. Den Mantel packte sie auf den Rucksack und wuchtete ihn wieder in die Höhe. Die riesige Sonnenbrille, die sie sich in Lissabon zugelegt hatte, schob sie vor die Augen und marschierte los. Denise folgte der Beschilderung ins Zentrum. Vor ihr lag ein Jachthafen. Rechts reihten sich Restaurants aneinander. Die Tische waren fast alle besetzt und voll beladen mit Getränken. Henriqueta hatte ihr den Weg zum Hostel beschrieben. Denise hielt sich links, passierte das Hafenbecken und erreichte eine Brücke.

Im Gegensatz zu Ferragudo kam ihr Lagos wie eine Großstadt vor. Aber es lagen eine gewisse Leichtigkeit und südländisches Flair in der Luft. Ausflugsboote fuhren aufs offene Meer hinaus. An der Kaimauer lag ein Zweimaster. Ein Reiher saß am Ufer und starrte aufs Wasser. Am Ende der Brücke erblickte sie einen Pantomimen, der an Charlie Chaplin erinnerte. Aus einem Kassettengerät ertönte blechern Musik der 80er-Jahre. Skurril. Denise lief entlang des Hafenkanals, vorbei an Ständen, an denen Grotten-Touren angeboten wurden, und man redete sie mit fast immer den gleichen Floskeln an: „Deutsch? English? Nice boat trip?" Sie schüttelte jedes Mal lächelnd den Kopf.

Das Gewicht des Rucksacks, obwohl um etliches reduziert, zog an ihren Schultern. Sie hielt den Kopf gesenkt und konzentrierte sich auf das Rautenmuster im Kopfsteinpflaster. An einer Ampel überquerte sie die Hauptverkehrsstraße und schritt über einen Platz mit Wasserfontänen, Seefahrerdenkmal und einer weißen Kirche. Dann erreichte sie eine Gasse mit unzähligen Souvenirläden und sah auf der rechten Seite das Hostel. Im Internet war von einer sauberen Herberge mit niedrigen Zimmerpreisen die Rede gewesen. Zwei Frauen lehnten an einem Geländer und rauchten. Das Gebäude machte einen heruntergekommenen Eindruck. Sah es innen besser aus?

Denise betrat einen Flur, der nur spärlich beleuchtet war. Es roch nach Marihuana. Am Ende befand sich ein hölzerner Tresen, über dem ein Schild mit der Aufschrift *Recepção* prangte. Ein junger Typ mit blonden Locken blickte konzentriert auf einen Bildschirm. Bevor er sie ansprechen konnte, machte sie auf dem Absatz kehrt. Zurück auf der Straße sah sie sich um. In unmittelbarer Nähe gab es weitere Unterkünfte, die mit großen Schildern beworben wurden. Die Sonne hatte den Zenit noch nicht überschritten. Sollte sie nicht besser die Stadt verlassen? Der Rucksack war allerdings immer noch viel zu schwer. Vielleicht gab es in Lagos eine Kleiderkammer. Aber wo? Internetrecherche war keine Option.

Vor einem Restaurant kauerte eine Person mit grünem Kopftuch, vor sich ein Tellerchen mit ein paar Münzen. Denise wurde bewusst, in welchem Überfluss sie die letzten Jahre gelebt hatte. Und trotzdem war sie kreuzunglücklich gewesen. Sie legte einen Euro auf den Teller und ging weiter. Henriqueta hatte erklärt, sie müsse durch ein Naturschutzgebiet zur Ponta da Piedade, einem beliebten Ausflugsziel, laufen. Der Weg war bestimmt ausgewiesen. Von dort betrug die Wanderzeit nach Praia da Luz etwa drei Stunden. Denise erinnerte sich an ihren Ohnmachtsanfall vom Vortag. Vielleicht sollte sie sich vor dem langen Fußmarsch noch ein wenig ausruhen. Sie erkundigte sich bei zwei Mädchen nach dem nächstgelegenen Strand. Die Praia do Bombilla lag ganz in der Nähe, erfuhr sie. In einem Laden kaufte sie eine große Flasche Wasser und ein belegtes Baguette. Sie ging wieder zum Kanal und erreichte schon bald ein Kastell. Direkt dahinter lag der Strand. Kinder liefen, verpackt in Schwimmwesten, um kleine Boote herum. Segel flatterten geräuschvoll im Wind. Vor sich sah Denise eine lange Kaimauer und an deren Ende einen Leuchtturm. Am Strand hatte es sich eine Gruppe junger Frauen auf Handtüchern bequem gemacht. Die meisten von ihnen trugen Bikini. Denise fühlte sich in Rock und Bluse unwohl. Aber sie wollte nur kurz rasten und dann den Weg fortsetzen. Sie ließ sich rechts an einer hohen Mauer nieder und streckte die Füße von sich. Eine tiefe Traurigkeit überkam sie plötzlich.

Eine Weile grübelte sie, was in der letzten Zeit alles suboptimal gelaufen war. Doch es hätte viel schlimmer kommen können. Sie war gesund und sie war noch am Leben. Um aus dem Gedankenkarussell auszubrechen, beobachtete sie die Spaziergänger auf der Kaimauer. Plötzlich sah sie den Mann aus dem Zug. Er war jetzt mit Jeans, Polohemd und Turnschuhen bekleidet, aber es handelte sich eindeutig um dieselbe Person. Er unterhielt sich mit einem Angler. Wo war seine Angebetete?

Denise nahm ein paar Schlucke Wasser. Dann holte sie das Baguette aus dem Rucksack hervor und biss hinein. Als ihr Blick wieder nach vorne ging, war der Mann verschwunden.

14

„Highway to Hell!" Jeder, wirklich jeder in der Kneipe grölte den Refrain mit. Marcelo hielt Nadine im Arm. Sie nickten mit den Köpfen im Takt. Der Frust über das Wiedersehen mit Vitor bröckelte wie eine Kruste von Marcelo ab. Der Alte hatte ihn auf eine Idee gebracht. Ein junger Mensch sollte ruhig einmal Party machen, fand Marcelo. Daher hatte er vor zwei Stunden Ernesto angerufen und sich mit ihm in Lagos verabredet. Nun rockten sie die Szenekneipe. Ernesto tanzte ausgelassen auf einer Bank. Er hielt plötzlich inne, schaute Marcelo an, machte eine unmissverständliche Geste und zeigte Richtung Ausgang. Er wollte Marcelo auf einen Joint einladen. Der schüttelte lachend den Kopf. Nadine durfte ihm nicht durch die Lappen gehen. Hübsch war sie eigentlich nicht, aber kurvenreich und sie hatte Temperament.

Als nun *Bed of Roses* ertönte, schmiegte sie sich an ihn. Er vergrub sein Gesicht in ihren dunkelroten Locken, die nach Zimt und Kirschen rochen. Schließlich lagen ihre Lippen aufeinander. Marcelos Puls beschleunigte sich und er konnte hinterher nicht sagen, wie lange er die Welt um sich herum ausgeblendet hatte. Im Hintergrund lief bereits die nächste Rockballade.

Nadines Nähe tat ihm unendlich gut. Die letzten Wochen hatte er wie ein einsamer Wolf gelebt. Hatte fast ausschließlich geschuftet und wenig geschlafen.

Ernesto trat plötzlich neben ihn. Auch er hielt eine junge Frau an der Hand, rief fröhlich: „Adéus", und schon war er verschwunden. Der Raum leerte sich zusehends.

Marcelo und Nadine verließen das Lokal weit nach vier. Davon abgesehen, dass er zu viel Alkohol getrunken hatte und das Auto stehen lassen musste, zog ihn nichts nach Burgau. Der Gedanke, Ingo würde ihn beim Sex belauschen, törnte ihn ab.

Kichernd wie Teenager liefen sie durch die verwaisten Gassen.

„Ich kenne einen tollen Platz", hauchte Nadine ihm ins Ohr. Minuten später standen sie eng umschlungen am Stadtstrand und starrten in die Dunkelheit.

„Ich habe einen festen Freund", sagte Nadine. „Also nicht, dass du falsche Erwartungen hast."

„Ist okay", murmelte Marcelo. Und in der Tat war er nicht auf einen One-Night-Stand aus gewesen, auch wenn er eine gefühlte Ewigkeit keinen Sex mehr gehabt hatte.

Sie lauschten stumm dem Wellengesang. In der Ferne sah Marcelo Lichter, die auf dem Wasser zu tanzen schienen.

„Bald geht die Sonne auf", flüsterte Nadine plötzlich. Der Horizont färbte sich bereits hellgrau. Schweigend beobachteten sie das Schauspiel. Der Himmel verwandelte sich in ein rosa-violettes Farbenmeer. Möwen kreischten. Nadine legte ihren Kopf an Marcelos Schulter.

Nachdem die Sonne rotgolden aus dem Meer aufgetaucht war, schaute Marcelo sich um. Sie waren ganz allein. In einiger Entfernung lag ein Kleiderberg. Nein, es handelte sich nicht um Lumpen. Haarzotteln ließen vermuten, dass in der Kleidung ein Mensch steckte. Die Person regte sich nicht. War sie tot? Nein. Jetzt wälzte sie sich von einer Seite auf die andere. Nadine folgte Marcelos Blick.

„Das ist hier normal", sagte sie. „Meist sind das Leute, die zu Hause nichts auf die Reihe bekommen und ihr Glück im Süden suchen. Und dann merken sie, dass das auch keine Lösung ist."

Marcelo konnte ihr nur zustimmen. Doch war er nicht selbst aus seinem alten Leben ausgebrochen? Die Illusion, dass in der Algarve ein Großvater jahrelang auf ihn gewartet hatte und ihn nun wie seinen Augapfel hütete, war wie eine Seifenblase zerplatzt. Was, wenn er mit seinen Plänen krachend scheitern würde? Würde er so enden wie die Person da vorne?

Vielleicht hatte ein Funken Wahrheit in Vitors Vorwürfen gesteckt. Marcelo war ein Zugezogener mit dürftigen Sprachkenntnissen. Aber warum griff Vitor ihm nicht unter die Arme? Er hatte Geld und vielleicht die nötigen Beziehungen. In einer Sache tat der Alte ihm auf jeden Fall unrecht. Marcelo war keineswegs faul. Er hatte sich stets abgerackert, genau wie seine Mutter es ihm vorgelebt hatte.

„Ich muss langsam los", holte ihn Nadine aus seinen Gedanken zurück. „Heute Mittag geht mein Flieger nach München und ich muss noch packen. Es war schön, dich kennenzulernen." Mit Wangenküssen verabschiedeten sie sich voneinander.

Nachdem Nadine gegangen war, überkam Marcelo eine bleierne

Müdigkeit. Er blickte aufs Handy. Sieben Uhr. In zwei Stunden musste er an der Praia da Dona Ana sein, wo er auf eine Gruppe junger Schweden treffen würde, die eine Tour bei ihm gebucht hatten. Schlafen lohnte sich also kaum noch. Er zog sich aus und rannte nackt ins Meer. Es war kühl, aber nicht eisig. Mehrmals tauchte er unter den Wellen hindurch oder sprang wie ein Delfin durchs Wasser.

Nachdem er das Meer verlassen hatte, war er hellwach. Eine Weile lief er auf und ab. Dann zog er sich wieder an.

Gleich würde er sein erstes Geld als Unternehmer verdienen, ging es ihm durch den Kopf. Er kramte sein Portemonnaie aus der Hosentasche, um sein Bargeld zu zählen. Nur ein paar Münzen befanden sich noch darin. Dabei war er sich ganz sicher, dass nach dem Kneipenbesuch noch ein Fünfziger übrig gewesen war. Er schaute zu dem Kleiderbündel. Hatte die Person ihn beklaut?

15

Ingo schwang die Beine aus dem Bett. Die Sonne war längst aufgegangen. Der Wind pfiff ums Haus und die Palme vor dem Fenster schwankte wie ein Betrunkener. Bis weit nach Mitternacht hatte er wach gelegen. Von Marcelo hatte bis dahin jede Spur gefehlt. Mit der Waschtasche unter dem Arm verließ Ingo das Schlafzimmer. Er lauschte. Totenstille. Im Bad gab es keine Wasserspuren, was vermuten ließ, dass er allein war. Seltsam. Erst machte Marcelo so eine Welle und dann verschwand er auf Nimmerwiedersehen. Hatte er eine Freundin? Oder war er bei Kumpels versackt? Ob er inzwischen mit seinem Opa gesprochen hatte?

Ingo beschloss, sein Frühstück in der Wohnküche einzunehmen und nicht mehr an Vitor und Marcelo zu denken. Während er am Kaffee nippte, geriet er allerdings erneut ins Grübeln. Was sollte er tun? Bleiben oder verschwinden? Es gab auch andere schöne Orte. Aber in Vitors Haus mit Blick auf den Atlantik fühlte er sich unglaublich wohl. Allerdings hatte Marcelo von Umbauarbeiten gesprochen. Mit der Ruhe würde es vermutlich bald vorbei sein.

Ingo wollte soeben in sein Käsebrot beißen, als sein Telefon einen Anruf anzeigte. Er kannte die Nummer.

„Hallo Vitor!", rief er.

„Hallo! Kannst du kommen, mich besuchen?" Es klang dringend.

Kurze Zeit später saß Ingo auf Vitors Couch und schaute sich um. Es gab tatsächlich keine Fotos von Marcelo. Vitor kauerte im Sessel. Er war blass und das Gesicht wirkte eingefallen. Er zog ein Taschentuch aus der Hosentasche und schnäuzte sich. Dann fragte er: „Hast du kennengelernt Marcelo?"

„Allerdings. Warum hast du mir verschwiegen, dass dein Enkel in dem Haus wohnt?"

„Er war weg. Lange."

„Marcelo meinte, er hätte dir aufgeschrieben, wann er zurückkommt. Er war überrascht, mich anzutreffen." Was leicht untertrieben war.

Vitor zuckte die Schultern.

Ingo fasste einen Entschluss. Er sagte: „Vitor, ich hatte zwei schöne Tage in Burgau. Dafür bin ich dir sehr dankbar, aber ich werde heute abreisen."

Der alte Mann warf ihm einen entsetzten Blick zu. „Ist es wegen Marcelo?"

„Ich wollte sowieso weiter", antwortete Ingo ausweichend.

Langes Schweigen trat ein. Vitor schien nicht überzeugt davon, dass Ingo freiwillig ausziehen wollte. Warum hatte er nicht einen handfesten Grund genannt? Zum Beispiel eine Verabredung mit Freunden.

„Was hat Marcelo erzählt?", wollte Vitor wissen.

„Mir? Er war doch bestimmt auch bei dir, oder?"

Vitor nickte bedächtig. „Er sagt, er will Haus umbauen und irgendwas machen mit Wassersport."

„Na also."

„Alles Geschwätz", brummte Vitor.

„Warum das denn? Der Standort direkt am Strand ist optimal. Der Zeitpunkt ist günstig. Die Saison steht kurz bevor."

„Er hat keine Ahnung von Geschäft", fuhr Vitor unverdrossen fort.

„Surfschule? Haben wir schon viel zu viele."

„Es soll keine richtige Surfschule sein, so wie ich es verstanden habe. Er will zunächst mit Stand-up-Paddling starten. Das ist total in Mode."

„Paddeln? Kein Mensch zahlt Geld dafür."

„Lass ihn doch erst mal machen! Das Haus hätte sowieso leer gestanden."

„Ich kann verkaufen. Marcelo will das nicht. Er sagt, Haus erinnert ihn an Kindheit. Er hat früher Ferien mit seiner Mutter da verbracht."

„Ach, echt?"

„Ja. Als er war ganz klein. Irgendwann sie sind nicht mehr gekommen. Antonia ist im Dezember gestorben an Krebs. Der Bengel hat nicht angerufen mich. Sie war doch mein Mädchen, mein einziges Kind!" Tränen schimmerten in seinen Augen. Er schnäuzte sich erneut. Dann sprach er weiter: „Im Januar kam er an, Auto voll Klamotten. Sagte, er will bleiben. Für immer. Hatte er in Deutschland keine Arbeit? Und was ist mit Wohnung?"

„Wahrscheinlich hat er beides gekündigt."

„Er kann schlecht Portugiesisch."

„Aber du sprichst doch Deutsch." Ingo fiel ein, dass Marcelo aus allen Wolken gefallen war, als er davon erfahren hatte. „Wie lange habt ihr euch eigentlich nicht gesehen?"

„Dreißig Jahre. Fast."

„Oje, dann müsst ihr erst einmal zueinanderfinden." Ingo kam sich vor wie ein Paartherapeut.

Vitor schnaubte: „Marcelo hat keinen Respekt. Ich bin ihm egal."

Marcelo mangelte es an Empathie, das war Ingo auch aufgefallen.

Vitor fuhr fort: „Okay, vielleicht ich habe vergessen, wann er wollte kommen zurück. Bin alt. Zettel ist weg. Aber eins sage ich dir: Er will an mein Geld. Ist zu faul zum Arbeiten."

„Siehst du das wirklich so?", fragte Ingo. „Mir hat er erzählt, er hätte die letzten Wochen am Bau gearbeitet. Das war bestimmt kein Zuckerschlecken."

„Warum du verteidigst Marcelo? Antonia hat kleinen Engel auch immer genommen in Schutz. Marcelo ist ein Taugenixe."

Ingo schmunzelte über den Ausdruck. Aber wo kam die schlechte Meinung her? Er fühlte sich unbehaglich. Was ging ihn diese Familie an? Es war höchste Zeit, abzureisen. Er stand auf. „Wie gesagt, ich werde heute …"

„Ingo!", rief Vitor. „Du musst halten Marcelo im Auge!"

„Ich soll ihn ausspionieren?" Das schlug ja wohl dem Fass den Boden aus. „Auf keinen Fall!" Mit großen Schritten war er an der Tür.

„Warte!", presste Vitor hervor. Er hob die Hände in die Höhe. Die Blässe aus seinem Gesicht war einer gefährlichen Röte gewichen. „Weißt du noch Tag, an dem du mich gefunden hast?"

„Klar."

„Ich weiß jetzt, warum ich bin gefallen."

Ingo sah ihn fragend an.

„Einer hat mich gestoßen."

16

Utas Haut brannte, obwohl sie sich gründlich mit Sonnencreme eingerieben hatte. Beim Blick auf die Uhr erschrak sie. Kurz nach vier! Hatte sie tatsächlich eine Stunde geschlafen? Sie stand auf und schob ihre Liege in den Schatten. Im Pool tauchte ein dunkler Schopf auf und ab. Der ambitionierte Schwimmer zerfurchte das kühle Nass ohne Rücksicht auf die anderen Badegäste. Er erreichte die Treppe. Mit kräftigen Händen umklammerte er die Stahlkonstruktion und zog sich in Sekundenschnelle daran hoch. Er stand nicht weit von Utas Liege entfernt und schüttelte sich wie ein nasser Hund.

Uta warf einen Blick auf sein Gesicht. Ihr Puls beschleunigte sich. Die Ähnlichkeit war frappierend. Der Mann entfernte sich mit riesigen Schritten und entschwand durch eine Glastür im Inneren des Hotels. Sie hatte ihn noch nie gesehen, aber die Erinnerung an das Ereignis vor einem Jahr brach nun wie ein eitriges Geschwür auf. Uta bekam keine Luft mehr und dachte, sie würde sterben. Doch der Anfall ging vorbei. Wie schon viele Anfälle zuvor. Sie schaute sich um. Niemand schien etwas bemerkt zu haben. Zwei kleine Jungs spielten mit einem Ball im Nichtschwimmerbereich. Ein Pärchen saß am Beckenrand und ließ die Füße im Wasser baumeln. Die ältere Dame aus Dresden auf der Nachbarliege, mit der Uta ab und zu Small Talk hielt, las in einem Liebesroman und hatte offenbar nichts von Utas Gefühlschaos mitbekommen.

Das Smartphone gab einen Ton von sich. Miriam hatte eine Voicemail geschickt. Am liebsten hätte Uta geschrien: „Lass mich in Ruhe! Ich kann nicht mehr." Sie ballte die Hand zur Faust und führte sie an den Mund, so als wolle sie hineinbeißen. Dann tat sie etwas, was sie nie zuvor gemacht hatte. Sie löschte Miriams Nachricht, ohne sie vorher abzuhören, und bekam sofort ein schlechtes Gewissen. Miriam meinte es doch nur gut. Sie war die Einzige, die bedingungslos zu Uta gehalten hatte, nachdem die Welt sich für kurze Zeit aufgehört hatte zu drehen. Miriam hatte sie aus dem Loch gezogen und moralisch aufgebaut. Doch Uta war nun an einem Punkt angelangt, an dem es nicht mehr weiterging. Sie hatte das Gefühl, sich unter einer schwarzen Wolke zu befinden, die nicht wegziehen wollte. Miriam, die sich von Berufs wegen mit traumatisierten Menschen auskannte, hatte vor ein paar Wochen einen Lösungsansatz gehabt. Doch wie es aussah, führte auch dieser Weg in eine Sackgasse.

Uta raffte ihre Sachen zusammen. Ihr war übel und ein bisschen schwindelig. Vielleicht war es keine gute Idee gewesen, sich am frühen Nachmittag eine Piña colada zu gönnen.

Als sie die Rezeption mit weichen Knien durchquerte, sah sie einen jungen Mann auf sich zukommen. Er hielt ihr einen Zettel unter die Nase. „Bei Interesse einfach mal melden!", rief er fröhlich.

Uta sah sein Gesicht nur verzerrt. Sie war überzeugt davon, kurz vor einem Kollaps zu stehen. Krallte sich das Papierstück und raste los. Mit letzter Kraft schaffte sie es, ihre Zimmertür aufzuschließen und ins Bad zu stürmen. Dann erbrach sie sich in die Toilette.

17

„Bist du sicher?", fragte Ingo. Auf die Idee, dass jemand Vitor gestoßen haben könnte, wäre er nie gekommen.

„Ich dir zeigen was." Der alte Mann nahm einen braunen Umschlag vom Tisch, zog ein Foto heraus und reichte es Ingo, der stehen geblieben war. Man sah darauf die Plattform über dem Strand.
Rechts lag Vitor, mit dem Gesicht nach unten. Das Bild musste kurz
vor Ingos Eintreffen aufgenommen worden sein. Doch was war das?
Nicht weit von dem alten Mann entfernt war eine Person zu sehen,
die sich mit großen Schritten entfernte. Marcelo.

Ingo fragte: „Woher hast du das?"

„War im Briefkasten heute. Jetzt weißt du, warum ich habe Angst."

Ingo betrachtete die Aufnahme eingehend. Irgendetwas stimmte
nicht. Marcelo war barfuß und mit T-Shirt und Shorts bekleidet. Die
Sonnenbrille verbarg seine Augen. Ingo schaute genau hin. In den
Gläsern spiegelte sich eine Palme. Am Unfalltag war es regnerisch
und kühl gewesen. Außerdem gab es in der Nähe der Plattform keine
Bäume.

„Was sagst du?" Vitor tippte mehrmals auf das Bild und sah Ingo
eindringlich an.

„Das Foto ist eine Fälschung. Marcelo wurde reinkopiert."

„Was? Wie geht so was?"

„Wenn man sich mit Bildbearbeitung auskennt, ist das ganz einfach."

„Habe ich keine Ahnung von", grummelte Vitor.

Wer hatte das Foto gemacht? Ingo hatte niemanden außer dem
Bewusstlosen auf der Plattform gesehen.

„Darf ich das abfotografieren?", fragte er und zückte sein Handy.

„Natürlich." Vitor wirkte immer noch verstört.

„Vitor, du solltest die Polizei informieren. Das hier ist kein Spiel."

„Was soll das bringen?"

„Wurde dir denn damals was gestohlen? Die Geldbörse, zum Beispiel?"

„Nein."

Vitor hatte vermutlich recht. Es würde nichts bringen, die Polizei einzuschalten. Der Absender hatte wahrscheinlich Handschuhe getragen. Und der Unfall lag fast zwei Wochen zurück.

„Wieso warst du überhaupt auf der Plattform?", wollte Ingo wissen.

„Kennst du Stelle mit Stofftieren?"

„Du meinst die Stühle, auf denen Teddybären mit Angeln sitzen?"

„Ja. Nachbarn sagen, es bringt Glück, wenn man was hinstellt."

„Und was hast du da hingestellt?"

„Einen alten Stiefel."

Glück hatte Vitor diese Aktion nicht gebracht. Im Gegenteil.

„Wer genau hat denn gesagt, dass das Glück bringen soll?"

„Weiß nicht mehr."

Ingo rieb sich das Kinn. Das stank alles zum Himmel. War es wirklich nur ein Anschlag auf den alten Mann gewesen? Oder steckte eine Intrige dahinter?

„Du musst Marcelo das Foto zeigen. Und dann entscheidet ihr gemeinsam, was zu tun ist."

„Niemals!", rief Vitor. Eine Weile starrte er auf die Tischplatte, als gäbe es da etwas Interessantes zu sehen. Dann fragte er leise: „Und wenn er es trotzdem war?"

„Glaube ich nicht."

„Bin so angestrengt", hauchte Vitor. Er war leichenblass. Seine Lider senkten sich. Der Atem ging stoßweise.

„Leg dich besser hin!", sagte Ingo. „Soll ich was zu trinken holen?"

„Ach, geht schon. Aber versprich, dass du hilfst."

18

Denise betrachtete die Felswand. Was für ein steiler Aufstieg! Ein Mountainbiker mühte sich die Serpentinen hinauf. Die grün-blaue Markierung ließ keinen Zweifel zu, dass es sich um den Weg nach Praia da Luz handelte. Sollte sie sich das wirklich antun? Sie schaute sich um. Zwei Restaurants luden zur Einkehr ein. Der goldene Sandstrand war mit Sonnenanbetern gefüllt. Surfer lagen auf ihren Brettern und schaukelten durch den Atlantik. Idylle pur.

Denise dachte an die vergangenen Stunden zurück. Ohne eine Pause einzulegen, hatte sie den Fußmarsch vom Zentrum bis zur Ponta da Piedade bewältigt, war von dort über Planken gelaufen und hatte sogar ein wenig den Ausblick aufs Meer genossen. Jetzt würde sie es auch noch bis nach Luz schaffen.

Tapfer setzte sie einen Fuß vor den anderen und gewann schnell an Höhe. Auf dem Plateau angekommen, pausierte sie einen Moment. Ihr Blick glitt über die Küste. Zerklüftete Felsen in Rot- und Brauntönen, dazwischen Sträucher und Bäume, die wie aufgesteckt wirkten. Möwen zogen vorbei. Wie schön wäre es, einfach abzuheben und durch die Lüfte zu schweben, ohne Sorgen, ohne Hast.

Seufzend lief sie weiter. Der Boden war übersät mit Klee und Tausende gelbe Blümchen reckten die Köpfe gen Himmel. Agaven, Disteln und Mittagsblumen in Rosa und Violett wechselten sich ab. Büsche mit dunkelgrünen Blättchen ließen an Iglus denken. Es roch plötzlich wie in einem Kräuterbeet und tatsächlich erblickte Denise wild wachsenden Thymian und Rosmarin. Riesige Warnschilder standen an den Abbruchkanten. In der Ferne sah sie ein ausgedehntes, dicht bebautes Tal. Das musste Praia da Luz sein.

Auf einem Felsen ließ sie sich nieder, stellte den Rucksack ab, kramte die Wasserflasche hervor und trank gierig. Ihr Shirt klebte am Rücken. Sie zog den Proviant heraus, den sie in einem kleinen Laden erstanden hatte: eine Banane, ein Rosinenbrötchen und einen Joghurt.

Nach einer ausgiebigen Rast setzte sie den Rucksack wieder auf und wanderte weiter. Noch einmal ging es steil den Berg hinauf. Auf der Anhöhe führte ein Pfad rechts in ein Kiefernwäldchen hinein. Die Wanderzeichen leiteten Denise geradeaus über den Küstenweg. Vor ihr tauchte ein riesiger weißer Obelisk mit schwarzem Streifen in der Mitte auf.

Plötzlich kam ein rothaariger Mann im Wanderoutfit aus dem Wald und im nächsten Moment war er hinter der Säule verschwunden. Ihr Herz begann zu rasen. Der Typ musste ihr gefolgt sein, hatte die Abkürzung genommen und lauerte ihr jetzt auf. Was sollte sie nur tun?

19

Ingo lief auf der Terrasse auf und ab. Immer wieder drifteten seine Gedanken zu dem Foto. Wer wollte da eine falsche Spur legen? Vitor hätte niemals gemerkt, dass es sich bei dem Foto um ein Fake handelte. Ingo gestand sich ein, dass es bezeichnend für ihn war, in diese Zwickmühle geraten zu sein. Ständig musste er sich in Dinge einmischen, die ihn nichts angingen, Streit schlichten oder sich um hilfsbedürftige Menschen sorgen. Sein Verstand sagte, er solle abreisen. Aber konnte er Vitor im Stich lassen? Eigentlich war es Marcelos Aufgabe, sich zu kümmern. Wo steckte der überhaupt? Ingo hatte nicht einmal seine Handynummer. Er wusste so gut wie nichts über ihn, außer dass er sich in der Algarve selbstständig machen wollte und kein gutes Verhältnis zu seinem Opa hatte. Warum hatte er Vitor in den vergangenen Wochen nicht besucht? Er hatte ja sicher nicht durchgehend gearbeitet. Von Sagres war man in einer knappen halben Stunde in Burgau.

Ingo wurde klar, dass er ständig über Vitor und Marcelo nachdachte. Die Freude über das schöne Quartier löste sich allmählich in Luft auf. Sein Blick ging zur nahe gelegenen Strandbar. Ein Espresso würde Wunder wirken.

Kurz darauf nahm Ingo auf einem der roten Plastikstühle Platz. Ein beleibter Mann mit rundem Gesicht und Halbglatze servierte ihm das Heißgetränk. Ingo nahm einen Schluck. Fantastisch!

Am Nachbartisch saßen drei Männer mittleren Alters, die sich angeregt auf Portugiesisch unterhielten. Ingo dachte zunächst an einen Streit, doch zwischendurch lachten sie immer wieder laut auf. Plötzlich deutete einer von ihnen auf Vitors Haus. Der Name Marcelo fiel. Und erneut ertönte schallendes Gelächter.

Ingo hatte sich vor der Reise einen Sprachführer zugelegt. Außer einigen Höflichkeitsfloskeln war nichts in seinem Gedächtnis hängen geblieben. Wie gerne hätte er gewusst, worum es in dem Gespräch ging. Machten die Männer sich tatsächlich über Marcelo lustig? Sie standen schließlich auf und verabschiedeten sich vom Wirt. Ingo bestellte einen zweiten Espresso. Von hier aus konnte man die Stelle, an der Vitor gelegen hatte, sehr gut sehen. Leider war die Bar am Unglückstag geschlossen gewesen. Der Angreifer hatte mit Sicherheit darauf geachtet, dass es keine Zeugen gab.

Ingos Aufenthalt in Burgau entwickelte sich definitiv in die falsche Richtung, doch irgendetwas fesselte ihn an der Geschichte. Es war wie ein Buch, das er nicht mehr aus der Hand legen konnte.

20

Ein zweiter Mann kam aus dem Wald und rief: „Musst du immer so rennen?"
Eine Stimme hinter der Säule ertönte. „Okay, dann nehme ich halt ein bisschen das Tempo raus." Lautes Lachen. Die Männer begaben sich an den Abstieg.

Denise konnte nicht fassen, dass sie sich schon wieder unnötig verrückt gemacht hatte. Sie nahm noch einen Schluck Wasser und schaute sich um. Rechts erkannte sie zahlreiche Windräder und in der Ferne eine grüne Hügellandschaft. Vor ihr im Tal sah sie die kompakte Bebauung von Praia da Luz, unzählige Häuser mit blassorangenen Dächern. Links lag der bogenförmige Strand und im Anschluss daran flache Felsen, die bis ins Meer reichten.

Die Stimmen der Männer waren längst verklungen und Denise begab sich ebenfalls auf den Weg nach unten. Schmal und steil wand sich der Pfad hinunter. Langsam und konzentriert bewegte sie sich vorwärts. Drei Frauen kamen ihr entgegen und wichen lachend aus, da Denise mit dem Rucksack den Weg blockierte.

Nach einer gefühlten Ewigkeit hörte sie helles Glockengeläut. Ziegen mit struppigem Fell machten sich auf der Hochebene über die Blätter eines Strauches her. Denise kramte Henriquetas Notizen hervor und suchte die Adresse des Gästehauses, das ihr diese empfohlen hatte. Wegbeschreibung – Fehlanzeige. Wie lange war sie wohl schon unterwegs? Ohne Handy fühlte sie sich komplett abgekoppelt von der Welt. Als sie ihren Weg fortsetzen wollte, spürte sie einen stechenden Schmerz an der rechten Ferse. Sie betrachtete die wundgescheuerte Haut. Die linke Ferse war ebenfalls feuerrot. Denise konnte nur noch humpeln.

Am Rande des Plateaus stand ein dunkler Kombi mit deutschem Kennzeichen. Ein Mann näherte sich von links. Aus einem Impuls heraus stakste Denise auf ihn zu und rief betont freundlich: „Hi!"
„Hallo", erwiderte er lächelnd den Gruß. Sie schätzte ihn auf Mitte 50. Er trug verwaschene Jeans und ein grünes Poloshirt. Irgendwie erinnerte er sie an ihren ehemaligen Lateinlehrer.

„Entschuldigung, kennen Sie sich in Luz aus?", fragte sie.

„Ein bisschen. Wo genau wollen Sie denn hin?"

„Ich habe hier die Adresse von einem Gästehaus. Können Sie mir sagen, wo das ist?" Sie hielt ihm den Zettel hin. Er schaute kurz darauf. „Nova Onda?", murmelte er. „Das sagt mir spontan nichts. Aber warten Sie, ich guck mal eben nach." Er nahm sein Smartphone und tippte auf dem Display herum. Schließlich nickte er. „Hier habe ich es! Liegt ein bisschen außerhalb, quasi auf halbem Wege nach Burgau."

Außerhalb? Das klang nicht gut. „Wie weit ist es denn ungefähr?", erkundigte sie sich.

„Momentchen." Erneut tippte der Mann auf dem Display herum. „Also hier steht: *2,8 Kilometer.*"

„2,8 Kilometer? Ui, das ist ja noch ein ziemliches Stück." Ihre Fersen wären bis dahin vollkommen ruiniert. Der Schmerz war kaum noch zu ertragen. Sollte sie die Schuhe nicht besser ausziehen?

Als hätte der Mann ihre Gedanken erraten, sagte er: „Ich fahre sowieso in die Richtung. Soll ich Sie mitnehmen?"

Denise hatte sich geschworen, niemals per Anhalter zu fahren. Doch dies war ein Notfall. Der Mann wirkte völlig harmlos. Andererseits konnte der erste Eindruck täuschen. Nach kurzem Zögern antwortete sie: „Ach, das wäre wirklich nett."

„Na, dann kommen Sie! Den Rucksack können Sie in den Kofferraum legen. Ist offen."

Denise verstaute ihr Gepäck, öffnete die Beifahrertür und sank in den Sitz. Das Wageninnere war extrem aufgeräumt. Außer ein paar Münzen im Ablagefach lagen keine Gegenstände herum. Als sich das Auto in Bewegung setzte, begann Denise' Herz zu rasen. Ihr wurde übel. Sie klammerte sich an den Türgriff. Sie hatte es unterschätzt. Als sie das letzte Mal in einem Wagen gesessen hatte, war sie nur knapp dem Tod entkommen, daher waren Körper und Geist nun in Aufruhr.

„Alles gut?", fragte der Mann mit Sorge in der Stimme.

„Ja, geht schon." Und tatsächlich ließ die Attacke nach kurzer Zeit nach. Im Schritttempo zockelten sie über eine Piste ins Tal. Es ging durch eine Gasse, die so schmal war, dass zwei Fußgänger sich an die Wand drücken mussten, um das Auto passieren zu lassen. Der Mann bog rechts ab und sie entfernten sich immer weiter von der Küste.

Die dominierende Fassadenfarbe im Zentrum war Weiß. Der Mann lenkte den Wagen durch enge Gassen, doch schon bald erreichten sie eine breite Ausfallstraße. Die Bebauung wurde spärlicher. Denise erblickte eine letzte große Ferienanlage. Es folgten noch einige palmenumstandene Villen. Plötzlich zeigte der Mann nach links auf ein weißes Schild mit einer großen blauen Welle. „Nova Onda!", rief er. „Wir sind da."

Das zweistöckige weiße Gebäude mit grüner Eingangstür machte einen einladenden Eindruck. Er lenkte das Fahrzeug in eine Parklücke.

„Das ist ja ein toller Service!", rief Denise und sprang aus dem Wagen. Sie holte den Rucksack aus dem Kofferraum und trat an das geöffnete Fenster auf der Fahrerseite. „Vielen Dank und einen schönen Tag noch."

„Wünsche ich Ihnen auch!"

Kurz darauf betrat sie die Lobby. Der helle Steinboden glänzte, dass man sich fast darin spiegeln konnte. Rechts standen ein braunes Ledersofa und ein gut gefüllter Bücherschrank. Geradeaus war ein kleiner Tresen. Eine Frau um die zwanzig nickte ihr freundlich zu und erkundigte sich auf Englisch, ob sie ein Zimmer reserviert habe. Hatte sie nicht. Sie erhielt die Auskunft, das Gästehaus sei ausgebucht. So ein Pech! Sie verabschiedete sich und trat wieder auf die Straße. Das Auto des Mannes stand noch davor. Er schaute aufs Handy, legte es schließlich beiseite und startete den Motor. Dann erblickte er Denise. „Hat es nicht geklappt?", fragte er.

„Ausgebucht."

„Haben Sie noch eine andere Adresse?"

„Leider nein. Ich glaube, ich mache mich auf den Weg zurück in den Ort. Vielleicht finde ich eine Touristeninfo." Ihre Fersen brannten und sie musste die Zähne zusammenbeißen, um nicht loszuheulen. Sollte sie den Mann nach einem Pflaster fragen?

„Ehrlich gesagt, glaube ich, Luz ist eher was für Pauschaltouristen", sagte er. „Im Nachbarort gibt es private Fremdenzimmer und ein kleines Hotel. Vielleicht versuchen Sie es da. Ich fahre sowieso in die Richtung." Er lächelte schmallippig.

„Ach, es wäre echt toll, wenn ich noch ein Stück mitfahren könnte." Denise strahlte.

„Dann steigen Sie wieder ein!"

Sie fuhren über eine Straße, auf der es kaum Platz für den Gegen-
verkehr gab, vorbei an ummauerten Grundstücken, Palmen, Weinstöcken, Orangenbäumen, sattgrünen Wiesen und Holzverschlägen.
Denise erblickte ein Schild mit der Aufschrift *Bem Vindo in Burgau.*
Weiß getünchte Häuser mit buntumrandeten Fenstern und Giebeln
säumten die Straße. Der Mann bog links ab. Der Wagen holperte
über Kopfsteinpflaster, bis er vor einer weißen Fassade mit Blumen-
gemälde zum Stehen kam. Die Glastür stand offen. Ein Schild wies
darauf hin, dass man Zimmer frei habe.
„Oh, wie hübsch ist das denn!", rief Denise. „Ich glaube, hier bin
ich richtig. Danke für den Tipp!"
„Keine Ursache."
Sie stieg aus, schulterte erneut den Rucksack und hob die Hand.
„Tschüss! Das war wirklich sehr nett von Ihnen."
„Alles Gute!", rief der Mann und schien es nun eilig zu haben. Er
wendete und fuhr davon.
Denise humpelte auf die Rezeption zu. Da diese nicht besetzt war,
drückte sie den Klingelknopf. Ein schlanker älterer Herr in Hemd
und Krawatte erschien und nickte ihr zu. „Boa tarde", sagte er mit
tiefer Stimme.
Sie grüßte zurück und erkundigte sich auf Englisch nach einem
Einzelzimmer. Es gab noch ein einziges. Denise' Herz schlug höher. Gleich würde sie endlich duschen und dann die Füße hochlegen
können. Der Rezeptionist schob ihr ein Anmeldeformular hin und
fragte nach dem Personalausweis. Ihr Atem stockte. Sie erklärte, sie
habe keinen Ausweis dabei, und fragte, ob er nicht eine Ausnahme
machen könne.
Der ältere Herr schüttelte den Kopf. „Sorry. We need the pass-
port."

21

Ingo räumte die Spülmaschine ein. Die junge Frau kam ihm in den Sinn. War sie grundsätzlich so unbekümmert oder wirkte er so vertrauenswürdig? Warum musste ausgerechnet er immer zur Stelle sein, wenn es darum ging, jemandem zu helfen? Er erinnerte sich, wie er vor gut einer Stunde über die Hochebene oberhalb von Luz spaziert war. Eine Mondlandschaft mit kreis- und säulenförmigen Steingebilden. Er hatte es geschafft, eine Weile nicht an Vitor zu denken. Sein Blick ging zu dem stark erodierten Hang. Plötzlich sah er die junge Frau. Der Rucksack war fast größer als die zierliche Person, die ihn den Berg hinunterschleppte. Langsam, aber stetig war sie näher gekommen. Er hatte geahnt, dass sie ihn ansprechen würde. Ingo war froh, dass er ihr hatte helfen können. Wenn das Problem mit Vitor doch auch so schnell aus der Welt geschafft wäre.

Die Sonne senkte sich bereits. Von Marcelo fehlte immer noch jede Spur. Ingo würde nicht eher abreisen, bevor er nicht mit ihm über das Foto gesprochen hatte. Er schenkte sich ein Glas Vinho Verde ein und machte es sich auf der Terrasse bequem. Er wollte soeben einen Schluck nehmen, als er die junge Frau erblickte. Schnaufend kam sie auf das Grundstück zu. Den Rucksack schleppte sie immer noch mit sich herum. Kein gutes Zeichen. Sollte er sich wegducken? Zu spät. Sie hatte ihn bereits entdeckt.

„Ach, hier wohnen Sie also!", rief sie und blieb stehen.

„Ja, das ist mein Feriendomizil", sagte Ingo und lächelte.

Er deutete auf den Rucksack. „War das Hotel auch ausgebucht?"

„Ja, leider."

„Ach, das ist ja zu ärgerlich."

„Bin selbst schuld. Ich hätte ein Zimmer reservieren müssen."

Ingo war sich sicher, auf einem Schild gelesen zu haben, dass man Zimmer frei habe. „Und jetzt?", fragte er.

„Ich gehe an den Strand und genieße den Sonnenuntergang. Nachher schau ich mich im Ort nach einer Bleibe um." Sie verharrte eine Weile auf der Stelle.

„Wollen Sie sich vielleicht einen Moment zu mir setzen?"

Die Frau zögerte. Dann sagte sie: „Okay, aber nur, wenn ich nicht störe."

„Sie stören nicht."

Die Frau betrat die Terrasse. Er nahm ihr den Rucksack ab und sagte: „Ich bin übrigens Ingo."

„Angenehm, Denise."

„Bist du schon lange auf Wanderschaft?"

„Seit ein paar Tagen."

Ingo betrachtete Denise eingehend. Sie war gar nicht so jung, wie er zunächst vermutet hatte, auf jeden Fall weit über zwanzig. Das rote Haar war seltsam geschnitten. Links alles ausrasiert, rechts baumelten geflochtene Zöpfchen, die bereits verfilzten. Mittendrin eine blaue Strähne. Ihre Kleidung ließ an die eines Hippiemädchens denken. Trug man jetzt wieder solche Mode? Ihr Gesicht glänzte in der Sonne und die Wangen waren staubverschmiert.

„Möchtest du was trinken?", fragte er.

„Nein, danke, ich habe Wasser dabei. Aber könnte ich wohl mal das Bad benutzen?"

„Natürlich."

Sie kramte aus dem Rucksack ein großes Handtuch hervor. Er führte sie ins Haus und begleitete sie in den kleinen Flur im hinteren Teil. Kurz nachdem sie die Tür verriegelt hatte, hörte er Wasser rauschen. Ingo wollte soeben nach draußen gehen, als Marcelo um die Ecke bog. Ausgerechnet jetzt!

„Hi, Marcelo! Ich muss mit dir reden", raunte Ingo ihm zu.

„Gleich! Ich muss mal eben für kleine Jungs." Mit großen Schritten durchquerte er den Wohnraum. Ingo folgte ihm.

Marcelo steuerte auf das Bad zu und drückte die Klinke. Im selben Moment wurde die Tür von innen entriegelt und geöffnet. Marcelo wäre beinahe nach vorne gekippt.

„Fuck!", rief er und wich einen Schritt zurück. „Wer zum Teufel bist du denn?"

„Denise! Und du?" Sie war vollständig bekleidet und auf der Schulter lag das Badetuch. Moschusgeruch stieg Ingo in die Nase.

Marcelo musterte sie von Kopf bis Fuß. Dann wandte er sich an Ingo. „Was bitte geht denn hier ab?"

Ingo fehlten die Worte.

„Ah, ich verstehe", sagte Marcelo mit einem bedrohlichen Unterton in der Stimme. „Du dachtest also, ich käme nicht mehr wieder, und hast eine Tussi aufgerissen." Erneut schaute er Denise an. „Ehrlich gesagt, passt die so was von gar nicht zu dir."

Denise blickte stirnrunzelnd in Ingos Richtung.

„Laber keinen Mist!", sagte der.

Doch Marcelos Gesicht war gefährlich rot. „Genauso hab ich mir das vorgestellt. Kleiner Finger, ganze Hand. Erst nistest du dich hier ein, dann bringst du Leute von der Straße mit. Was kommt als Nächstes?"

„Hallo? Gehts noch?", fragte Denise. „Halt mal die Luft an! Was heißt denn *Leute von der Straße?*" Sie nahm das Badetuch in die Hand. Die Atmosphäre im Flur war zum Zerreißen gespannt. „Ingo war so nett, mich ein Stück mit dem Auto mitzunehmen", ergriff Denise wieder das Wort. „Er hat mir ein Hotel empfohlen, das leider ausgebucht war. Danach bin ich zufällig hier vorbeigekommen. Ich habe ihn gefragt, ob ich mich mal kurz frisch machen darf. Das war alles. Und jetzt seid ihr mich auch schon wieder los. Wenn du mich bitte vorbeilassen würdest."

Marcelo trat zur Seite und sie stapfte Richtung Ausgang. „Tschüss, Ingo. Danke dir!", rief sie über die Schulter.

Ingo baute sich vor Marcelo auf, der immer noch nicht das Bad betreten hatte. „Du kommst dir wohl ganz toll vor?" Dann machte er auf dem Absatz kehrt, folgte Denise und sah den Rucksack bereits wie ein großes Möbelstück über den Strand schwanken. An einem Busch setzte sie ihn ab und ließ sich in den Sand fallen. Dunkle Wolken türmten sich am Horizont. Ingo hätte ihr sein Zelt anbieten können, fiel es ihm ein. Vor dem Haus war genug Platz. Zu spät. Aber er würde sich Marcelo vorknöpfen.

Sein Mitbewohner stand nun in der Küche und nahm eine Bierflasche aus dem Kühlschrank.

„Was genau ist dein Problem?", fragte Ingo.

„Mein Problem? Ich habe überhaupt kein Problem. Zumindest hatte ich keins, bevor du hier aufgetaucht bist."

Er wich Ingos Blick aus. Der wusste, dass dies nicht unbedingt der Wahrheit entsprach. Marcelo verzog sich in sein Zimmer und kurz darauf ertönte ohrenbetäubend laute Rockmusik.

22

Marcelo schäumte vor Wut. Ingo ging ihm mit seiner wohltätigen Art auf den Geist. Jetzt brachte er auch noch eine Anhalterin mit. Die Geschichte mit dem ausgebuchten Hotel konnte sie ihrer Großmutter erzählen. Oder Vitor. Der schien ja auch ein Herz für Durchreisende zu haben. Wollte Denise tatsächlich den Eindruck erwecken, sie wäre auf Wanderschaft? Im Blümchenrock und mit Sandalen? Plötzlich erinnerte er sich an die Person am Strand von Lagos. Dunkler Mantel. Rote Zotteln. Der riesige Rucksack hatte neben ihr gestanden. Denise war eine Herumtreiberin! Und nun war sie auf Ingo gestoßen. Da hatten sich ja die Richtigen gefunden. Wäre Marcelo nicht rechtzeitig nach Hause gekommen, hätten sie es sich vermutlich schon gemütlich gemacht. Ihm war nicht entgangen, dass sie sein sündhaft teures Duschgel, das letzte Geburtstagsgeschenk seiner Mutter, benutzt hatte. Warum hatte er es im Bad stehen lassen?

Er setzte sich an den Computer und trug seine ersten Einnahmen als Selbstständiger in die Datenbank ein. 120 Euro. Die vier Schweden waren pünktlich am Treffpunkt erschienen und hatten sein Equipment zwei Stunden lang genutzt. Wenigstens etwas.

Marcelo spürte, wie sich Müdigkeit in ihm breitmachte. Die durchgemachte Nacht hatte Spuren hinterlassen. Sein Magen knurrte. Er hatte kaum etwas gegessen. Sollte er sich Pizza bestellen? Nein, er musste sparen. Er würde sich hinlegen und vermutlich schnell einschlafen. Ihm ging durch den Kopf, dass er am nächsten Tag mit der Renovierung beginnen wollte. Doch Ingos Anwesenheit nervte.

Warum legte ihm das Schicksal einen Stein nach dem anderen in den Weg? Der Tod seiner geliebten Mutter. Ein griesgrämiger Großvater, der nichts von ihm und seinen Plänen hielt, ein Mitbewohner, der langsam aus dem Ruder lief, und ein Schuldeneintreiber, der damit drohte, ihm die Reifen aufzuschlitzen. Ralph hatte den Lohn immer noch nicht überwiesen. Sauerei! Marcelo schrieb ihm eine Nachricht. Die dritte an diesem Tag. Würde er seine Träume von der Selbstständigkeit begraben müssen? Niemals. Zumindest an dem mobilen SUP-Service würde er festhalten und wenn er sich von morgens bis abends an den Strand stellen und Touren anbieten würde.

Marcelo trat auf die Terrasse und zog eine zerknüllte Packung aus der Hosentasche. Mist! Nur noch eine Zigarette in der Schachtel. Er sollte das Rauchen aufgeben. Das Geld dafür war im Moment einfach nicht da. Er steckte die Packung wieder weg und entdeckte Denise am Strand. Sie hatte sich wieder in ihren dunklen Mantel gehüllt und saß neben einem Strauch. Von Westen näherte sich ein Wolkenband. Dann fielen dicke Tropfen vom Himmel. Gleich wäre sie klatschnass. Der Gedanke erfüllte ihn nicht mit Genugtuung. Eine Gruppe Jugendlicher näherte sich von links. Die jungen Leute schwenkten Flaschen und liefen grölend auf Denise zu. Sie regte sich nicht. War sie eingeschlafen?

„Es macht dir also nichts aus, dass Denise jetzt da unten campieren muss?", ertönte eine Stimme dicht an seinem Ohr.

Marcelo zuckte zusammen und rief: „Fuck! Warum schleichst du dich so an?"

Ingos Blick ging zum Himmel, dann zu den Jugendlichen. Er schwieg.

„Alter, du gehst mir so was von auf den Sack mit deiner Fürsorge! Ich bin nicht die Heilsarmee. Ich wette, Denise hat nicht mal nach einer Unterkunft gesucht. Im Ort gibt es jede Menge Zimmer von privat. Die will sich nur durchschnorren."

„So ein Unsinn. Sie hat es in einem Gästehaus in Luz versucht, das war ausgebucht. Und das kleine Hotel da oben am Berg war auch dicht. Warum bist du so? Wir haben Platz genug und sie würde nicht stören."

Eine Weile schwiegen sie. Dann sagte Ingo: „Ich ruf Vitor an und hör mal, was er dazu sagt, dass hier eine junge Frau schutzlos am Strand sitzt." Er zückte sein Handy, schien aber unschlüssig zu sein. Dann beugte er sich weit über die Brüstung.

„Pass auf, dass du nicht runterfällst", höhnte Marcelo. Er schaute ebenfalls nach unten. Die Jugendlichen bauten sich vor Denise auf. Ein kräftiger Typ trat mit dem Fuß nach ihr.

„Jetzt reicht's!", schnaubte Ingo und setzte sich in Bewegung. Dann drehte er sich noch einmal um, zog Marcelo am Arm und rief: „Komm mit!"

23

„Wie bescheuert muss man sein?" Marcelo schleppte den Rucksack über die Türschwelle und schnaufte. Sein T-Shirt klebte am muskulösen Oberkörper. „Hast du keine Wetter-App?", fragte er.

Bevor Denise eine Antwort geben konnte, war er bereits im Haus verschwunden. Ihr Mantel war durchweicht. Sie musste tatsächlich am Strand eingenickt sein. Wenn sie müde war, konnte sie überall schlafen. Auf der Party, im Konzert, im Hörsaal. Ein Phänomen, das kaum jemand nachvollziehen konnte. Aber genauso war es ihr am Tag zuvor in Lagos ergangen. Sie hatte sich irgendwann zusammengerollt und durchgeschlafen, bis Sonnenstrahlen ihre Nase gekitzelt hatten.

Ingo schüttelte sich im Flur wie ein begossener Pudel. Denise folgte ihm in den Wohnraum. Marcelo hatte den Rucksack inzwischen abgestellt und schimpfte: „Du wolltest nicht wirklich die Nacht allein am Strand verbringen, oder?"

„Ich weiß mich schon zu wehren", konterte Denise. „Die Kids waren harmlos. Die hätten mir schon nichts getan." Einer der Typen hatte zwar bedenklich geschwankt, aber das einzige Mädchen in der Gruppe hatte ihr zugerufen, sie solle mitkommen, sie hätten ein *Refugio*. Doch dann waren Ingo und Marcelo aus der Dunkelheit aufgetaucht und hatten sich als Helden aufgespielt. Eigentlich rührend. Doch Denise war eingefallen, Marcelo hatte sie als *Tussi* bezeichnet. Wäre Ingo nicht gewesen, hätte sie sich geweigert, erneut einen Fuß in das Haus zu setzen.

Sie stand nun in der Wohnküche, ihre Sandalen in der Hand und betrachtete ihre sandigen, wunden Füße. Die Fersen brannten immer noch wie Feuer.

Ingo ging zum Herd. „Möchte jemand Tee?", fragte er.

„Das wäre himmlisch", antwortete Denise.

„Ich bleib beim Bier", brummte Marcelo.

„Sobald das Gewitter vorbei ist, seid ihr mich wieder los. Die Kids sind längst weg. Wie gesagt …"

„Wie naiv bist du eigentlich?", stöhnte Marcelo. „Die waren zu viert. Was ist, wenn sie wiederkommen?" Ingo nickte zustimmend. „Okay. Dann bleibe ich halt über Nacht bei euch." Sie bemühte sich, nicht zu dankbar zu klingen.

Marcelo starrte auf den Rucksack. „Hast du in dem Monsterding einen Schlafsack?", fragte er.

Denise schüttelte den Kopf.

„Irgendwo im Schrank ist Bettwäsche. Frag Ingo, der kennt sich aus." Schwang da Sarkasmus in Marcelos Stimme mit? Er deutete mit dem Kopf nach hinten. „Wir haben noch Zimmer frei. Such dir eins aus! Ich jedenfalls verzieh mich jetzt in mein Reich. Und mach dir keine falschen Hoffnungen: Ein Sternemenü servieren wir dir nicht. Was das Frühstück angeht, da wendest du dich am besten auch an Ingo. So, und jetzt: Nacht zusammen!"

„Nacht!", rief Denise.

„Apropos Sternemenü", meldete sich Ingo zu Wort. „Ich habe eben frisches Biobrot in dem Laden oben an der Ausfallstraße gekauft. Ziegenkäse, Tomaten und Oliven sind auch noch da. Und Salami. Falls ihr also Hunger habt, bedient euch!"

Marcelo, der den Raum soeben verlassen wollte, hielt einen Moment inne. Dann sagte er: „Okay, ich mach mir 'ne Stulle." Er ging zur Küchenzeile, schnappte sich einen Teller, schnitt mehrere Scheiben Brot ab und belegte sie üppig. Mit einer Flasche Bier und dem Abendessen verschwand er durch eine Tür im Eingangsbereich.

„Ich würde gerne erst mal heiß duschen und mir was Trockenes anziehen", sagte Denise an Ingo gewandt. Sie schlang die Arme um den Oberkörper zum Zeichen, dass ihr kalt war.

„Klar! Ich zeig dir, wo du schlafen kannst. Komm mal mit!" Ingo trug den Rucksack in den hinteren Teil des Hauses. „Das Bad kennst du ja schon. Daneben ist mein Schlafzimmer. Die beiden Räume links sind unbewohnt."

Denise wählte das Zimmer gegenüber von Ingos. Es war mit Eichenholzmöbeln bestückt. Zweckmäßig, aber besser, als im Regen zu schlafen. Ingo brachte Laken und Bettzeug sowie eine Tasse Tee.

„Danke dir. Das ist ja wie in einem First-Class-Hotel." Denise lachte.

„Wenn noch was ist, ich bin in der Küche", sagte Ingo und verschwand.

Sie kramte den Schlafanzug aus dem Rucksack hervor. Dann lief sie ins Bad, schloss die Tür ab, zog sich aus und ließ den heißen Wasserstrahl auf sich niederprasseln. Danach fühlte sie sich wie neu geboren.

Nachdem sie in ihr Zimmer zurückgekehrt war, breitete sie die nassen Sachen zum Trocknen aus und hängte den Mantel an einen Haken. Der Regen trommelte gegen die Fensterscheibe. Denise ließ die Rollläden herunter. Eigentlich konnte sie froh sein, hier untergekommen zu sein. Aber was war das für eine seltsame Wohngemeinschaft? Ingo war ruhig, hilfsbereit und intellektuell. Marcelo aufbrausend und eher proletenhaft. Altersmäßig lagen mindestens zwanzig Jahre zwischen ihnen. Warum wohnten sie unter einem Dach? Es konnte ihr eigentlich egal sein, aber war es klug, sich das Haus mit zwei fremden Männern zu teilen? Niemand wusste, wo sie sich aufhielt. Sie schob den Tisch geräuschvoll vor die Tür und wuchtete den Rucksack darauf.

24

Ingos Kopf war dicht und der Rachen brannte wie Feuer. Fieber hatte er vermutlich auch. Er fühlte sich furchtbar schlapp. Sollte er sich nicht besser sofort wieder hinlegen? Er drückte den Startknopf der Kaffeemaschine. Nach der ersten Dosis Koffein würde er entscheiden. Im Haus war es totenstill. Ingo ging zur Haustür und öffnete sie. Trotz Erkältung wollte er nicht auf die täglichen Atemübungen verzichten. Die Regenwolken hatten sich verzogen. Er reckte sein Gesicht in die Sonne, schloss die Augen und verharrte einen Moment auf der Türschwelle. Bei der Erinnerung an den Vorabend musste er schmunzeln. Vielleicht hatte die Aktion *Rettet Denise* Marcelo und ihn ein wenig zusammengeschweißt. Was ihn allerdings störte: Er hatte keine Gelegenheit gehabt, mit Marcelo über das Foto zu sprechen. Solange Denise hier wohnte, wollte er das Thema ruhen lassen.

Er öffnete die Augen und trat einen Schritt nach vorne. Um ein Haar wäre er auf etwas grau-weiß Gefiedertes getreten. Man musste kein Pathologe sein, um festzustellen, dass die Möwe seit Tagen tot war. Sie lag auf dem Rücken. Der Kopf war zur Seite gedreht und der Schnabel geschlossen. Einige Fliegen umschwirrten den Kadaver. Wer hatte ihn hier hingelegt? Die Jugendlichen, die Denise belästigt hatten? Ingo versuchte, sich zu erinnern. Vier Leute, vermutlich zwischen 16 und 18 Jahren. Ein Mädchen war auch dabei gewesen.

Der tote Vogel lag auf einem Blatt Papier. Ingo schob ihn mit der Fußspitze beiseite und starrte auf einen Totenkopf. Ein Schauer lief ihm über den Rücken. War das wirklich ein Dummejungenstreich? Aber wer, wenn nicht die Kids, sollte ihnen einen Schrecken einjagen wollen? Er schloss die Haustür rasch wieder und blieb unschlüssig vor Marcelos Zimmer stehen. Sollte er ihn nicht besser wecken?

Ingo entschied sich dagegen und kehrte in die Wohnküche zurück. Auch von Denise fehlte noch jede Spur. Er holte einen Müllsack und Einweghandschuhe aus einem Besenschrank und ging wieder ins Freie. Zückte sein Handy und machte ein Foto. Ingo hatte Mühe, den großen Kadaver einzutüten. Zum Glück war seine Nase verstopft, sodass er den Verwesungsgeruch nicht wahrnehmen konnte. Auch das Blatt entsorgte er. Mit dem Sack in der Hand machte er sich auf den Weg zur Wertstoffinsel. Dabei kam er an seinem Wagen vorbei. Ein seltsames Gefühl beschlich ihn. Er setzte den Müllbeutel ab und umrundete das Auto. Da! Ein Kratzer an der Fahrertür. War der neu oder hatte er ihn bisher einfach nicht bemerkt? Er war nicht der Typ, der sein Auto ständig mit der Lupe betrachtete.

Ganz kurz flammte der Gedanke auf, Marcelo könne die Möwe vor die Tür gelegt und sich an Ingos Wagen zu schaffen gemacht haben. Nein, so krank war er nicht.

Die Sache mit dem Totenkopf gefiel Ingo allerdings überhaupt nicht. Er griff wieder nach dem Sack, der ihm schwer in der Hand lag, und schleppte ihn zum Restmüllcontainer. Ein wenig unschlüssig stand er davor, aber wo sollte er den Kadaver sonst entsorgen? Im hohen Bogen warf er ihn hinein. Als er ins Haus zurückkehrte, saß Denise am Esstisch. Sie trug den Blümchenrock und dazu eine gelbe Bluse mit Stehkragen.

„Boah, ich habe geschlafen wie ein Stein", sagte sie. „Das Wellenrauschen habe ich durchs geschlossene Fenster gehört. Das war wie ein Schlaflied."

„Stimmt. Möchtest du Kaffee?"

„Gern."

„Milch? Zucker?"

„Schwarz."

Er nahm zwei Becher aus dem Schrank, füllte sie und stellte sie auf den Tisch. Eine Niesattacke überfiel ihn. Er wandte sich ab und schnäuzte sich in ein Taschentuch.

„Oje, dich hat es aber erwischt!", rief Denise. „Du hast bestimmt zu lange in den nassen Klamotten rumgesessen."

Ingo ließ sich auf einen Stuhl fallen. „Ich habe mir den Infekt wahrscheinlich schon vorher eingefangen. Aber echt lästig. Ich war ewig nicht mehr erkältet."

Denise wirkte jetzt richtig bekümmert. Bei genauem Hinsehen fiel ihm auf, wie hübsch sie eigentlich war. Der Nasenring schien allerdings ein wenig fehl am Platz. Am meisten irritierte ihn die Frisur. Warum machte sich eine junge Frau absichtlich hässlich? Eine Protesthaltung?

„Das gestern war mega von euch." Denise lächelte jetzt wieder.

„Ich bin überzeugt, die Typen waren einfach nur betrunken und bekifft. Aber es hat ja geschüttet wie aus Kübeln. Vielleicht hätte ich jetzt auch eine fette Erkältung, wenn ich draußen übernachtet hätte."

Ingo trank ein paar Schlucke Kaffee, doch die belebende Wirkung des Koffeins setzte nicht ein. Er musste schnellstens zurück ins Bett. Aber sollte er Marcelo nicht besser vorher von der toten Möwe erzählen?

„Das Haus ist total schön", schwärmte Denise, während Ingo noch grübelte. „Wem gehört das eigentlich?"

„Familienbesitz", antwortete Marcelo, der soeben die Küche betrat. „Und nicht, dass hier ein Missverständnis vorliegt: Das ist kein Hostel."

„Chill mal!", sagte Denise. „Ich packe gleich meine Sachen und haue ab. Trotzdem möchte ich mich bei euch erkenntlich zeigen." Ihr Gesichtsausdruck war eine Mischung zwischen unschuldig und schelmisch. Ingo hielt die Luft an. Was sie wohl mit *erkenntlich zeigen* meinte? Marcelo klappte die Kinnlade herunter.

„Also, nicht, was ihr denkt." Denise winkte ab. „Aber wenn ihr glaubt, ich würde mich überall durchschnorren, dann habt ihr euch geschnitten. Ich kann gerne was für die Übernachtung zahlen." Sie zog eine Geldbörse hervor.

Marcelo schien über den Vorschlag nachzudenken. Doch dann erwiderte er: „Lass stecken!" Er wandte sich zum Gehen.

Denise' Blick ging durch die Küche. „Irgendwie hab ich nicht den Eindruck, dass ihr den Haushalt im Griff habt, Jungs. Bevor ich euch verlasse, könnte ich ein bisschen aufräumen. Oder was Leckeres kochen. Was meint ihr?"

Der Vorschlag klang verlockend. Ingo hatte sich die letzten Wochen meist Fertiggerichte warm gemacht. Hin und wieder war er in einem Restaurant eingekehrt.

Marcelo drehte sich blitzschnell um, schaute Denise seltsam verzückt an und fragte: „Was würdest du denn kochen? Kannst du Braten zubereiten? Stampfkartoffeln? Oder Klöße? Und dazu frisches Gemüse oder Salat?"

Denise lachte schallend. „Das ist ja wohl keine große Kunst."

Ingo lief das Wasser im Munde zusammen. Trotz Erkältung verspürte er Appetit. Marcelos Gesichtszüge waren plötzlich weich. Und schimmerten nicht sogar Tränen in seinen Augen?

25

„Wie gehts meinen Fischen?"

„Ach, du Sch… Die habe ich ja total vergessen."

„Miri, nicht dein Ernst!" Uta ballte die rechte Hand zur Faust.

Ein Lachen ertönte aus dem Hörer. „Natürlich nicht. Ich schaue täglich nach ihnen. Und um deine Pflanzen kümmere ich mich auch. Die Birkenfeige hat ein paar Blätter abgeworfen."

„Das ist normal."

„Aber auf deinem Balkon sieht es noch ziemlich trist aus."

„Den nehme ich mir vor, wenn ich zurück bin." Beim Gedanken an ihre neue Wohnung, in die sie erst vor zwei Monaten gezogen war, ging es Uta ein bisschen besser. Die Hoffnung, durch den Umzug würde sie die Katastrophe vergessen, hatte sich allerdings nicht erfüllt. Immer noch spukten Bilder in ihrem Unterbewusstsein herum. Im Büro, beim Einkaufen, abends vorm Fernseher. Am schlimmsten war es nachts. Oft schreckte sie hoch, weil sie dachte, sie hätte Schreie gehört. Miriam war schließlich auf die Idee mit der Reise gekommen. Keine gute Idee, wie Uta nun feststellen musste.

„Konntest du inzwischen ein bisschen abschalten?", fragte Miriam in Utas Grübeleien hinein. „Du antwortest nicht auf meine Nachrichten. Rufst nur an, um dich nach den Fischen zu erkundigen. Äußerst befremdlich finde ich das."

„Ich kann nicht auf Knopfdruck abschalten", seufzte Uta. „Das Hotel ist wirklich ein Traum und das Essen erst. Köstlich." Ihr Magen verkrampfte sich. Wie konnte sie vom Essen schwärmen? Sie hatte kaum etwas gefrühstückt und aufs Mittagessen komplett verzichtet. Nachher würde sie sich eine Kanne Kamillentee aufs Zimmer bringen lassen.

Wie aus dem Nichts fragte Miriam: „Und wann machst du dich auf den Weg?"

Uta fröstelte. Der Raum begann sich zu drehen. „Mal sehen", sagte sie heiser.

Eine Weile herrschte Schweigen.

„Miri, ich bin mir nicht sicher, ob …"

„Natürlich bist du dir sicher. Du musst da jetzt durch! Warum sonst bist du an diesen Ort zurückgekehrt? An den Ort, der dein Leben verändert hat."

„Es war ganz allein deine Idee!", kreischte Uta.

„Beruhige dich!", sagte Miriam sanft. „Es ist die einzige Möglichkeit, über die Sache hinwegzukommen. Glaub mir, ich kenne mich aus."

Uta fehlte die Kraft, zu widersprechen.

„Vielleicht machst du erst mal einen Spaziergang", schlug Miriam vor. „Und morgen oder übermorgen ..."

„Ich pack das nicht!" Uta stand kurz vor einem Weinkrampf.

Ihr Blick fiel auf den Flyer, den ihr dieser Typ in die Hand gedrückt hatte. Plötzlich musste sie lachen. Sie hatte zwei Rechtschreibfehler entdeckt. Es gab immer noch Leute, die den Deppenapostroph verwendeten.

„Was genau ist denn jetzt so lustig?", fragte Miriam irritiert.

„Ach, nichts."

„Du, ich habe heute viele Patienten. Wir telefonieren morgen wieder. Mach es gut, meine Liebe!"

„Tschüss, Miri."

Uta betrachtete erneut den Flyer und grinste breit. Da war tatsächlich noch ein dritter Fehler. Ein Kommafehler.

26

Denise wirbelte durch die Küche. Um die Stirn trug sie ein buntes Tuch.

Ingo hatte sich ins Bett verzogen. Marcelo war aufgefallen, wie mitgenommen er aussah. Aber irgendetwas beschäftigte ihn, das spürte Marcelo.

„Ich habe eine Bestandsaufnahme eurer Vorräte gemacht", sagte Denise nun. „Und in dem kleinen Laden habe ich so ziemlich alles bekommen, was ich für das Essen benötige." Sie zeigte auf zwei prall gefüllte Leinenbeutel und begann, die Lebensmittel einzuräumen. „Wir könnten gegen 14 Uhr essen. Passt das bei dir?"

„Ja, passt", antwortete Marcelo. Er hatte an diesem Tag noch keine Buchung zu verzeichnen. Sollte er an einen der Strände in Lagos fahren und dort nach Kundschaft Ausschau halten? In Burgau war momentan zu wenig los. Ihm fiel ein, dass er schnellstens den Lagerraum mit Regalen ausstatten musste. Vielleicht fehlte ihm demnächst die Zeit dazu. Er verließ pfeifend das Haus und lief die Treppe hinunter. Er wählte auf seinem Handy eine Playlist mit Songs von *Metallica* und kramte in der Hosentasche nach seinen Kopfhörern. Schon bald war er ins Schrauben und Hämmern vertieft.

Als er nach drei Stunden in die Küche zurückkehrte, lag ein betörender Bratenduft in der Luft.

„Bin gleich fertig", rief Denise. „Ich frag mal, ob Ingo auch Hunger hat."

Wie von Zauberhand gezogen, erschien er in der Küche. „Mmh, was riecht das hier gut."

Marcelo setzte sich an den gedeckten Tisch und Denise trug die Schüsseln auf. Braten, Soße, Kartoffeln und Rahmwirsing. Er schaufelte sich den Teller voll. Während der vergangenen Wochen hatte er fast ausschließlich von Fast Food gelebt, das Abendessen hatte oft aus Chips und Bier bestanden. Zum Nachtisch eine Zigarette. Es fiel ihm schwer, aufs Rauchen zu verzichten, wurde es ihm soeben wieder bewusst, aber er hatte bereits einen kompletten Tag ohne Nikotin überstanden. Jetzt würde er die Entwöhnung durchziehen.

Als sein Teller wie abgeleckt vor ihm stand, sagte er strahlend: „Das war das Beste, was ich seit langer Zeit gegessen habe."

„Großes Kompliment, Denise", stimmte Ingo zu. „Woher kannst du so toll kochen?"

Denise lächelte. „Vieles hat mir meine Oma beigebracht. Ich stöbere aber auch oft in Kochbüchern und im Internet und probiere gerne was Neues aus."

Marcelo musste an seine Mutter denken. Sie hatte ebenfalls gut kochen können. In der Kindheit war das gemeinsame Abendessen für Marcelo das Highlight des Tages gewesen. Egal wie erschöpft Antonia gewesen war, am Abend hatte sie sich Zeit für ihn genommen.

Ingo warf Marcelo auf einmal einen seltsamen Blick zu, so als wollte er ihm etwas mitteilen. Doch dann bekam Ingo einen Niesanfall. „Leute, ich muss mich wieder hinlegen. Danke, Denise." Er erhob sich und verschwand.

Marcelo betrachtete Denise. Auch sie wollte nun aufstehen. Sie wirkte auf einmal sehr bedrückt. „Warte mal eben!", sagte Marcelo. Sie sah ihn fragend an. „Wenn du möchtest, kannst du gerne ein paar Tage bleiben. Zahlen musst du nichts."

Denise wirkte unentschlossen. Welche Alternativen hatte sie? „Gestern warst du nicht gerade begeistert über meine Anwesenheit. Woher der Sinneswandel?" Sie schaute ihm in die Augen.

„Da hast du was falsch verstanden", murmelte Marcelo und senkte den Blick. Ihm war klar, dass er sich im Ton vergriffen hatte. „Sorry, Denise. Ich war echt blöd zu dir. Ich habe im Moment einiges um die Ohren."

„Schon okay." Sie schien noch einen Moment über seinen Vorschlag nachzudenken. Dann lächelte sie. „Es wäre schon toll, wenn ich noch ein bisschen bleiben könnte. Das Haus ist cool. Außerdem habe ich mir Blasen gelaufen und die müssen erst mal heilen."

„Dann sind wir uns ja einig. Wenn du Lust hast, kannst du gerne noch mal so was Leckeres kochen. Also nur, wenn es dir nichts ausmacht."

„Überhaupt nicht. Sag mal, wohnst du eigentlich dauerhaft in Portugal?"

„Ich habe vor drei Monaten meine Zelte in Deutschland abgebrochen. Job gekündigt. Wohnung gekündigt. Wer nicht wagt, der nicht gewinnt."

„Und wovon wirst du leben?"

„Im Moment betreibe ich einen mobilen Stand-up-Paddle-Service."

„Das ist doch dieses Stehpaddeln."

„Genau. Ich bringe das Board quasi zum Kunden. Der Service wird gut angenommen." Er musste Denise ja nicht sagen, dass er komplett am Anfang stand und um jeden Auftrag kämpfte. „Ich werde aus diesem Haus ein Wassersportzentrum machen. Will mich breit aufstellen. Kajakverleih, Surfschule und Wing Foiling. Das ist so ähnlich wie Windsurfen, aber man hält das Segel in der Hand und das Brett hat ein kleines Schwert. Das ist total angesagt." Er stand auf. „So, ich muss noch was tun."

Marcelos Handy gab einen Laut von sich. Er schaute aufs Display. Eine kurze, unmissverständliche Nachricht war eingegangen. Langsam wurde es eng.

27

Ingo fasste sich an die Stirn. Das Fieber war zurückgegangen. Um das festzustellen, benötigte er kein Thermometer. Beim Frühstück hatte er weder Denise noch Marcelo in der Wohnküche angetroffen und sich danach wieder in sein Zimmer verzogen.

Es klopfte.

„Ja?", rief er und bekam einen Hustenanfall.

Die Tür wurde geöffnet und Denise steckte ihren Kopf in den Raum. „Wie gehts dir?"

„Schon besser. Ich habe allerdings einen lästigen Husten."

„Ich bin mal kurz weg, was einkaufen. Will gleich 'ne Hühnersuppe kochen. Und ein großes Netz Orangen hole ich auch. Du brauchst Vitamine."

Ingo war gerührt. Wann hatte sich zuletzt jemand Gedanken um sein Befinden gemacht? Eigentlich war er derjenige, der sich stets um die Gesundheit anderer sorgte.

„Ich habe mit Marcelo ausgemacht, dass wir ab sofort abends essen. Er hat viele Termine. Heute ist er den ganzen Tag unterwegs."

„Okay. Aber du musst doch nicht jeden Tag für uns kochen."

„Ach, ich mach das total gerne. Brauchst du irgendwas aus dem Laden?"

„Du könntest mir Fencheltee oder einen anderen Kräutertee mitbringen."

„Geht klar." Sie lächelte.

Ihr Blick war nicht mehr so unstet wie zu Beginn, ging es Ingo durch den Kopf. „Schließ am besten von außen ab! Kann sein, dass ich gleich noch ein bisschen schlafe", sagte er.

„Mach ich. Dann bis später." Die Zimmertür fiel klackend ins Schloss.

Denise hatte am Anfang hilflos und völlig unorganisiert gewirkt. Jetzt schmiss sie hier den Haushalt, hatte Vorräte und Küchenutensilien sortiert. Alles wirkte klinisch rein. Und sie konnte super kochen. Ingo war jedoch aufgefallen, sie verließ das Haus nur zum Einkaufen. Wenn sie nicht kochte, aufräumte oder putzte, dann verschwand sie in ihrer Schlafkammer. Die Lebensmittel bezahlte sie aus eigener Tasche und weigerte sich, von Ingo oder Marcelo Geld dafür anzunehmen. Aber warum besaß sie kein Handy? Das war in der heutigen Zeit äußerst ungewöhnlich. Ingo benutzte sein Smartphone inzwischen nur noch selten. Nachrichten interessierten ihn so gut wie gar nicht mehr. Doch er war regelmäßig in Kontakt mit Charlie und ab und zu auch mit Freunden und Kollegen.

Er musste schon wieder husten. Als der Anfall vorüber war, sank er erschöpft in die Kissen zurück. Seine Lider waren schwer und schon bald fiel er in einen Dämmerschlaf.

Ein Scheppern ließ ihn hochfahren. Kam das von draußen? Nein, da war jemand im Haus. Ingo hätte nicht sagen können, ob und wie lange er geschlafen hatte. War Denise schon zurück? Oder hatte sie etwas vergessen?

„Denise?", rief er.

Keine Antwort.

Er schwang die Beine aus dem Bett. Verließ sein Schlafzimmer auf Socken und durchquerte die Wohnküche. Aus dem vorderen Raum ertönte ein Rumpeln. Ingo drückte die Klinke. Abgeschlossen.

Denise hatte erwähnt, Marcelo sei den ganzen Tag unterwegs. Ingo lief zur Haustür. Ebenfalls zugesperrt. Jemand musste durch das Fenster in Marcelos Zimmer eingestiegen sein. Ingo lauschte. Es hörte sich an, als würden Kisten ausgekippt. Jetzt wurde offenbar das Bett hin- und hergeschoben. Ingo hämmerte gegen die Tür. Die Geräusche verstummten.

Eine Zeit lang herrschte Stille. War der Einbrecher weg? Ingo sprintete zum Fenster im Wohnraum und schaute hinaus. Er sah eine Person im Kapuzenpulli davonlaufen. Sollte er die Polizei rufen? Die tote Möwe kam ihm in den Sinn. Er hatte Marcelo immer noch nichts davon erzählt. Erneut musste er husten. Seine Bronchien schmerzten und er spürte, wie die Kraft aus seinem Körper wich. Er ging zurück in sein Zimmer, legte sich aufs Bett und griff zum Handy. Ihm fiel ein, er hatte nicht einmal Marcelos Nummer.

28

Marcelo betrachtete das aufgebrochene Fenster von außen. Der Einbrecher musste sich am Fensterbrett hochgezogen haben und war dann in sein Schlafzimmer eingedrungen. Marcelo lief um das Haus herum und wollte soeben aufschließen, als die Tür von innen aufgerissen wurde.

„Marcelo! Gut, dass du da bist!", rief Ingo. „Warum bist du nicht ans Telefon gegangen?" Denise stand neben ihm und schaute bekümmert drein.

„Ich hatte den ganzen Tag Kunden", antwortete Marcelo. „Hab deine Nachricht eben erst abgehört. Woher hattest du überhaupt meine Nummer?"

„Die hat Vitor mir gegeben."

„Hast du ihm gesagt, dass hier eingebrochen wurde?"

„Nein, ich wollte ihn nicht beunruhigen."

„Das war gut." Er machte eine Handbewegung nach links und sagte: „Jemand hat das Fenster aufgehebelt. Ich glaube, es war gekippt. Ein Scharnier ist rausgesprungen, das kann ich reparieren."

„Aber wie dreist ist das denn, einzubrechen, wenn jemand im Haus ist", empörte sich Denise.

Ingo schaute sie an und sagte: „Der Typ hat vermutlich gesehen, wie du abgeschlossen hast und weggegangen bist. Und hat dann vermutet, dass niemand mehr zu Hause ist."

„Meinst du echt, er hat mich beobachtet?", rief sie entsetzt.

„Sieht ganz so aus."

„Und warum hast du nicht sofort Alarm geschlagen?", fragte Marcelo an Ingo gewandt.

„Ich war eingeschlafen. Bin von dem Krach wach geworden und sofort raus aus dem Bett. Dann bin ich nach vorne und habe gegen deine Tür gehämmert. Daraufhin hat der Typ die Beine in die Hand genommen."

„Es war also nur einer?"

Ingo nickte. „Ich bin in den Wohnraum gerannt und habe aus dem Fenster geschaut. Konnte ihn aber nur noch von hinten sehen."

„Und?"

„Etwa deine Größe, ziemlich schlank. Er trug einen schwarzen Kapuzenpulli."

„Mit so was laufen hier viele rum", grummelte Marcelo.

Er ging in sein Zimmer, um sich einen Überblick zu verschaffen. Der Inhalt von zwei Kisten, hauptsächlich Kleidung, war über den Boden verteilt. Der Karton mit den Schulungsunterlagen stand offen. Die Matratze hing fast auf der Erde. Marcelo hob sie in die Höhe. Die Pillen und das Gras waren weg. Klar. Er hätte sich ein originelleres Versteck dafür suchen müssen. Auf jeden Fall würde er nun nicht mehr in Versuchung kommen, zu dealen.

Warum war der Einbrecher ausgerechnet in sein Zimmer eingestiegen? Besonders im hinteren, schlecht einsehbaren Bereich lagen die Fenster niedriger. Der Täter musste also gewusst haben, dass vorne seine Sachen lagerten, unter anderem die Drogen. Oder was hatte er sonst gesucht? Bargeld? War der Schuldeneintreiber bei ihm eingebrochen, um sich sein Geld auf diese Weise zurückzuholen?

Es wurmte Marcelo, dass jemand seine persönlichen Sachen durchwühlt hatte. Überhaupt hatte er sich den Start in die Selbstständigkeit einfacher vorgestellt. Sollte er nicht besser doch den Job in Ralphs Ferienanlage annehmen? Er könnte in Sagres ein unaufgeregtes Leben führen, fernab von Vitor und seiner Immobilie. Aber genau das wollte er nicht. Er verließ den Raum und betrat die Wohnküche.

Denise stand an der Arbeitsplatte und schnitt Zwiebeln. Tränen liefen über ihre Wangen. „Ich koch uns erst mal ein leckeres Süppchen. Das Leben muss weitergehen", sagte sie.

Täuschte er sich oder zitterte sie?

Ingo saß am Tisch mit einer Tasse Tee in der Hand.

Es kam Marcelo vor, als wäre er im falschen Film gelandet. Einem Film, in dem er keine Rolle mehr spielte. Was hatte er hier noch zu melden? Ingo gehörte quasi schon zum Inventar. Und Denise? Sie war so zart und doch füllte sie den Raum mit ihrer Präsenz. Marcelo musste gestehen, dass er sich fast an die Anwesenheit seiner Mitbewohner und die häusliche Atmosphäre, die sie verbreiteten, gewöhnt hatte.

„Ist etwas gestohlen worden?", erkundigte sich Ingo.

„Alles noch da. Meine Wertsachen trage ich immer bei mir, bin ja nicht blöd." Marcelo versuchte zu lächeln. Insgeheim beglückwünschte er sich, dass er die Einnahmen der letzten Tage nicht in seinem Zimmer verwahrt hatte.

„Was willst du jetzt machen?", schaltete Denise sich ein.

„Nichts." Marcelo ging zum Kühlschrank und nahm eine Flasche Bier heraus. Öffnete sie und trank ein paar große Schlucke.

„Hast du schon mal darüber nachgedacht, Kameras zu installieren?", fragte Ingo.

In der Tat hatte er darüber nachgedacht. Im Moment fehlte ihm allerdings das nötige Geld. „Ich schau gleich mal im Internet, was es für Möglichkeiten gibt", antwortete er. „Und ich werde in Zukunft das Fenster schließen, bevor ich das Haus verlasse."

„Trotzdem solltest du den Einbruch anzeigen", sagte Ingo.

Und dann? Sollte er der Polizei erzählen, dass man seine Drogen gestohlen hatte?

29

Denise hockte auf dem Bett und starrte in die Dunkelheit. Sie fror, obwohl es draußen vermutlich sehr warm war. Vergangene Nacht hatte sie wieder den seltsamen Traum mit dem Kind gehabt. Wann würde das endlich aufhören? Sie hatte die Wohngemeinschaft mit Ingo und Marcelo als Kokon empfunden. Doch der hatte nun Risse bekommen. Ingos Bemerkung ging ihr nicht mehr aus dem Kopf: „Der Typ hat vermutlich gesehen, wie du abgeschlossen hast und weggegangen bist." War jemand hier eingedrungen, um auf ihre Rückkehr zu warten? Warum hatte die Person sie dann nicht direkt an der Haustür abgefangen? Sollte sie das Haus in Zukunft besser nicht mehr verlassen? Dass Marcelo die Polizei nicht eingeschaltet hatte, fand sie beruhigend. Sie legte absolut keinen Wert darauf, Ordnungshütern zu begegnen. Grundsätzlich musste sie aber Ingo beipflichten: Das Haus war nicht ausreichend gesichert. Es konnte ihr eigentlich egal sein, sie würde bald weiterreisen. Aber wo sollte sie dann hin? Musste sie sich für den Rest des Lebens verstecken? Die letzten Jahre hatte sie in einem goldenen Käfig gelebt, jetzt hatte sie sich daraus befreit und ihre größte Sorge war, dass man ihr diese Freiheit wieder nehmen könnte.

Sie beneidete Marcelo. Er wollte zwar oft mit dem Kopf durch die Wand, aber er hatte Pläne. Momentan war er vermutlich wieder umgeben von fröhlichen Menschen und sie hockte hier und blies Trübsal. Sie rappelte sich hoch und verließ das Zimmer. Ging ins Bad und spritzte sich kaltes Wasser ins Gesicht. Dann drehte sie eine Runde durch die Wohnküche. Alles in bester Ordnung. Es war noch zu früh, das Abendessen vorzubereiten. Sie gähnte. Der Tag war unheimlich lang ohne Internet und entsprechende Kommunikationsmittel. Sie dachte an ihren Podcast. Die Idee für ein Video kam ihr in den Sinn. Ein paar Aufnahmen vom Strand, Einblicke in den kleinen Lebensmittelladen im Ort und danach würde sie sich dabei filmen, wie sie landestypische Spezialitäten zubereitete. Das würde ihre Follower bestimmt interessieren.

Sie blickte sich um. Die Haustür stand offen. Ingo saß wie eine Statue vorm Eingang und hielt das Gesicht in die Sonne. Sie gesellte sich zu ihm und sagte: „Hi. Bewachst du das Haus?" Sie bemühte sich, witzig zu klingen.

„Ich glaube kaum, dass jemand zweimal hintereinander hier einbricht", sagte er. Wie konnte er sich da so sicher sein?

Offenbar war er wieder fit. Ihr Wunsch, sich endlich jemandem anzuvertrauen, war unbändig. Konnte sie Ingo vertrauen?

30

Er starrte auf den Bildschirm und stellte erleichtert fest, dass sein Kontostand in die Höhe geschnellt war. Ralph hatte den ausstehenden Lohn überwiesen und noch einen kleinen Zuschlag draufgepackt. Marcelo sah ihn nun in einem völlig neuen Licht. Ralph, der Zuverlässige. Ralph, der Großzügige. Marcelo nahm den Umschlag, in dem er die Einnahmen der letzten Tage aufbewahrt hatte, und zählte die Scheine. Wenn er diesen Betrag zu seinem Kontoguthaben addierte, fehlte immer noch ein kleiner Rest zur Tilgung der Schulden. Mist. Die Frist lief in wenigen Stunden ab. Er griff zum Handy und schrieb eine Nachricht. Die Antwort ging nur wenige Herzschläge später ein. Ort der Übergabe war in einer Stunde in einem Industriegebiet in Lagos. Man verlangte die komplette Summe zurück. Er schaltete den PC aus und verließ sein Zimmer.

Ingo saß wie so oft in ein Buch vertieft im Essraum. Er sprang auf und trat vor Marcelo. „Ich muss mit dir reden!", rief er.

Marcelo winkte ab. „Später! Bin in Eile."

Ingo rührte sich nicht vom Fleck. „Okay, aber lass uns heute Abend sprechen", raunte er Ingo zu.

„Na gut. Ich will dir aber noch was geben." Ingo reichte ihm ein weißes Kuvert. „Ich möchte einen Kurs bei dir buchen. Jetzt, wo es mir besser geht, muss ich unbedingt was für meine Fitness tun. Da drin ist schon mal die Kursgebühr."

Marcelo öffnete den Umschlag hastig und im ersten Moment verschlug es ihm die Sprache. Dann fragte er: „Alter, wie viele Stunden willst du denn paddeln?"

„Mal schauen." Ingo grinste breit. Marcelo konnte es kaum fassen. Er hatte das Geld nun tatsächlich zusammen. Konnte Ingo hellsehen? Selbst auf die Gefahr hin, dass er noch ein paar Tage das Haus belagern würde, erschien er Marcelo nun ebenfalls in einem freundlichen Licht.

„Die Firma dankt!", rief er und machte sich gut gelaunt auf den Weg zu seinem Wagen. „Man sollte den Tag nie vor dem Abend loben", ging es ihm plötzlich durch den Kopf.

31

Uta verließ das Hotel. Vierzig Minuten Fußmarsch lagen vor ihr. Von Zeit zu Zeit schaute sie auf die Wegbeschreibung auf ihrem Smartphone. Sie lief bergauf, entlang einer kaum befahrenen Straße. Der stahlblaue Himmel über weißen Villen und Reihenhäusern mit gepflegten Gärten davor rundete das Bild einer gehobenen Wohngegend ab. In der Ferne sah Uta den Atlantik zwischen den Gebäuden hervorblitzen. Ein Anblick, der für sie schwer zu ertragen war. Sie überlegte, zum Hotel zurückzukehren. Doch der Ozean hatte ihr nichts getan. Sie riss sich zusammen und lief weiter. An der nächsten Kreuzung musste sie rechts abbiegen. Sie wechselte die Straßenseite, passierte eine Hotelanlage und überquerte einen großen Platz. An dessen Ende sah sie einen Aussichtspunkt. Sie steuerte auf eine Steinbank zu und ließ sich mit dem Rücken zum Wasser darauf nieder. Sie atmete tief durch. Geschafft!

Leute kamen, Leute gingen. Die meisten machten Selfies oder Panoramafotos. Nur wenige genossen stumm den Ausblick.

Utas Handy vibrierte. Jemand hatte ihr ein Musikvideo geschickt. Von Neugier getrieben, klickte sie es an. Die ersten Takte ertönten. Ein Feuerstrahl fuhr durch ihren Körper. Die Autos auf dem Parkplatz begannen zu tanzen. Mit letzter Kraft wählte sie Miriams Nummer. Die war sofort in der Leitung.

„Uta! Schön, dass du anrufst."

„Hast du mir gerade ein Video geschickt?", fragte sie ohne Umschweife.

„Ein Video? Wieso sollte ich? Du weißt doch, wie ich so was hasse."

„Es ist ein Musikvideo", hauchte Uta.

„Und welches Lied?"

„Es ist …" Sie schluchzte. „Es war …"

Eine Weile herrschte Schweigen.

„Es war sein Lieblingslied", stieß Uta schließlich hervor.

„Das glaub ich jetzt nicht!", rief Miriam. „Von welcher Nummer kam das denn?"

„Die Nummer war unterdrückt."

„Und du hast es trotzdem geöffnet?"

„Im Betreff stand *LGM*." Utas Hand zitterte. Sie konnte kaum noch das Smartphone halten.

„Du hast doch nicht tatsächlich geglaubt …", rief Miriam aufgebracht.

„Eigentlich war mir klar, dass es nicht von dir kam", gab Uta zu.

„Lösch die Nachricht und denk nicht mehr dran!"

Nicht daran denken? Miriam hatte gut reden. Die Melodie hing in Utas Gehörgang fest.

„Bist du auf deinem Zimmer?"

„Nein. Ich sitze oberhalb einer Bucht. Ich war so stolz, dass ich es geschafft habe, das Hotel zu verlassen und ans Meer zu gehen." Sie betrachtete ihre Turnschuhe und dachte mit Bedauern an die dunkelrot lackierten Zehennägel, die darunter verborgen waren. „Ich glaube, ich ruf mir ein Taxi und lass mich ins Hotel zurückbringen."

„Du darfst jetzt nicht aufgeben. Schließ die Augen! Konzentrier dich!"

Uta gehorchte.

„Du bist stark. Du schaffst das." Wie ein Mantra betete Miriam die beiden Sätze herunter. Der Klang ihrer warmen Stimme beruhigte Utas Nerven.

„Und? Besser?", fragte Miriam schließlich.

„Ein bisschen."

„Na, siehst du. Und denk daran: Viel Zeit bleibt dir nicht mehr. Wenn du den Plan nicht durchziehst, dann war die ganze Reise für die Katz."

„Ist mir klar. Aber gib mir noch diesen einen Tag. Ich habe heute was anderes vor."

„Was denn?"

„Erzähl ich dir später."

32

Marcelo erreichte den Treffpunkt. Vor einer Industriebrache stand ein Kleinwagen. Älteres Modell. Sollte das dem Schuldeneintreiber gehören? Ein Typ, der vom Erscheinungsbild her ein jüngerer Bruder von Ingo hätte sein können, lehnte dagegen und fixierte Marcelo mit seinem Blick. Dann ging alles ganz schnell. Der Typ nannte den Namen seines Auftraggebers und Marcelo reichte ihm den Umschlag. Vor seinen Augen zählte der Mann das Geld, händigte ihm eine Quittung aus, stieg ins Auto und brauste davon. Auf dem Beleg war sogar der Wucherzins ausgewiesen. Marcelo wusste nicht, ob er lachen oder weinen sollte. Kaum zu glauben, dass er nun eine Sorge weniger hatte. Er fühlte sich, als wäre ihm eine tonnenschwere Last von den Schultern genommen worden. Nie mehr würde er diese Dienstleistung in Anspruch nehmen, schwor er sich. Weitere Anschaffungen würde er erst tätigen, wenn er wieder flüssig war.

Er fuhr zur Praia da Dona Ana und parkte nicht weit entfernt von der steilen Treppe, die zum Strand hinunterführte. Verließ den Wagen und lud mehrere Bretter sowie Paddel aus. Eine Frau Anfang zwanzig mit kurzem, rotem Haar und zwei Männer im gleichen Alter traten neben ihn.

„Hi!", sagte die Rothaarige. „Du musst Marcelo sein."

„Genau. Und ihr drei wollt heute paddeln?"

Die jungen Leute nickten und stellten sich als Ilka, Mike und Sven aus Dresden vor. Sie erzählten, sie seien im Rahmen einer Portugalrundreise für drei Tage in Lagos. Ilkas extrem lange Beine steckten in einer extrem kurzen Jeans. Das pinke Top harmonierte nicht mit ihrer Haarfarbe. Die Männer wirkten neben ihr eher unscheinbar und trugen Schwimmshorts und T-Shirts.

Marcelo nahm eine Kladde aus dem Wagen. „Jeder füllt bitte ein Formular aus. Name, Anschrift, Haken an die Geschäftsbedingungen und Autogramm. Das ist alles." Danach verteilte er Schwimmwesten und wasserdichte Rucksäcke.

Ilka, Mike und Sven schnappten sich Bretter und Paddel. Marcelo zeigte auf die Treppe.

„Geht ruhig schon mal runter, aber wartet bitte am Strand auf mich! Ich komme gleich nach."

Eine Person fehlte noch. Er schaute sich um. Weit und breit war niemand in Sicht, der nur annähernd für einen Kurs infrage gekommen wäre. Auf einer Bank am Rande des Platzes saß eine Frau mittleren Alters, die ihm vage bekannt vorkam. Es wollte ihm aber nicht einfallen, wo er sie schon einmal gesehen hatte. Sie schien Unmengen an Haarspray benutzt zu haben, um ihren brünetten Pagenschnitt in Form zu bringen. Ihre Augen waren hinter einer großen Sonnenbrille verborgen. Sie hielt ein Smartphone in der Hand. Plötzlich erhob sie sich und rief: „Ich muss Schluss machen!" Dann kam sie zügig auf ihn zu.

„Marcelo?", fragte sie.

Er nickte.

„Und du bist Uta?"

„Ganz genau."

Er gab ihr die Hand. „Schön, dich kennenzulernen, Uta."

Sie trug knielange violette Leggins, eine bunte Bluse und weiße Stoffturnschuhe. Sie war eher die Art Urlauberin, die sich in Cafés setzte, an den Pool legte oder chic essen ging. Wassersport passte gar nicht zu ihr.

Wie zur Bestätigung betrachtete sie das Brett voller Skepsis. „Ich habe so was noch nie gemacht. Ich bin mir nicht sicher, ob das was für mich ist."

„Stand-up-Paddling ist ganz einfach und man kann dabei wunderbar entspannen." Marcelo kam sich vor wie in einem Werbefilm.

Uta schien zu überlegen. Schließlich sagte sie: „Okay, ich probiere es aus."

„Prima." Er machte eine Kopfbewegung Richtung Strand. „Die anderen Kursteilnehmer sind schon unten. Ich gebe gleich eine kurze Einführung und dann kannst du unabhängig von den anderen losfahren. Bevor ich es vergesse …" Er nahm wieder die Kladde zur Hand und reichte sie Uta. „Ich brauche ein paar Angaben von dir."

Sie las sich den Text durch. Zweifel standen ihr ins Gesicht geschrieben. Er wünschte sich plötzlich, sie würde einen Rückzieher machen. Doch sie füllte den Zettel aus und unterschrieb.

„Willst du so fahren?", fragte er und deutete auf ihre Beinbekleidung.

„Eigentlich schon. Oder hätte ich besser Badesachen anziehen sollen?"

„Heute ist kaum Wellengang. Der perfekte Tag für Anfänger. Kann sein, dass du trotzdem ein bisschen nass wirst. Die Turnschuhe würde ich auf jeden Fall ausziehen. Ich deponier sie in meinem Wagen." Uta streifte die Schuhe von den Füßen und reichte sie Marcelo. Er drückte ihr im Gegenzug die Schwimmweste in die Hand.

„Vorschrift", sagte er lächelnd.

Ein wenig umständlich zog sie die Weste über. „Und was ist mit dir?", fragte sie. „Du bist die ganze Zeit dabei, oder?"

„Wenn du möchtest, fahre ich neben dir her. Von hier aus kann man wunderbar die Grottenwelt unterhalb der Ponta da Piedade erkunden. Du wirst überwältigt sein." Er bezweifelte auf einmal, dass Uta die Kondition besaß, so lange zu paddeln.

Als hätte sie seine Gedanken gelesen, wollte sie wissen: „Wie weit ist das denn?"

„Das ist schon eine ziemliche Strecke. Und vielleicht ist es für den Anfang ein bisschen viel. Aber du könntest die Bucht erkunden, die ist auch sehr interessant. Ich behalte dich vom Strand aus im Auge."

Sie schenkte ihm ein Lächeln und sagte: „Hört sich gut an."

Marcelo reichte ihr einen wasserdichten Beutel. „Hier. Für deine persönlichen Sachen."

Uta griff nach dem kleinen Rucksack.

Er nahm ein zweites Paddel aus dem Wagen, schloss ab und lief mit dem Equipment unterm Arm die Treppe hinunter. Sie folgte ihm. Unten angekommen, gesellten sie sich zu den anderen.

Marcelo gab Infos zum Stehpaddeln. Zum Schluss sagte er: „Wir machen jetzt ein paar Aufwärm- und Dehnübungen. Dann kanns losgehen."

Er packte sein Paddel mit beiden Händen und hielt es in Kopfhöhe. Langsam drehte er sich nach links und nach rechts. Wiederholte die Übung. Die jungen Leute taten es ihm gleich. In Utas Blick lag Befremdung.

33

Ein Schulterblick reichte, um festzustellen, dass die Strandbesucher sie begafften. Dennoch hob Uta das Paddel in die Höhe und folgte Marcelos Anweisungen.

Eigentlich hatte sie nur vorgehabt, ihn auf die Fehler in seinem Flyer hinzuweisen. Aber er hatte am Telefon sympathisch geklungen und ihr vom Stehpaddeln vorgeschwärmt. Da war sie neugierig geworden. Allerdings kamen ihr nun Zweifel, ob sie es überhaupt schaffen würde, sich auf dem Brett zu halten. Vermutlich fiel sie nach wenigen Sekunden ins Wasser. Neben den jungen Leuten kam sie sich wie eine Oma vor. Die lange Rothaarige machte ständig Witze und die Männer lachten im Chor. Balzgehabe. Utas Gesicht spiegelte sich in den Gläsern von Marcelos Sonnenbrille. Sie erschrak über ihre verdrießliche Miene. Ihr Vorturner dagegen zeigte strahlend weiße Zähne. Er war stark gebräunt. Das schwarze Haar hatte einen Schnitt nötig und der Bart musste dringend getrimmt werden. Aber die dunklen Augen und der durchtrainierte Oberkörper, der in einem dunkelroten Muskelshirt steckte, gefielen ihr.

Nachdem das Aufwärmtraining beendet war, gab Marcelo den jungen Leuten Tipps für die Tour. Sie schoben die Bretter ins Wasser, stellten sich darauf und schon paddelten sie los. „Wir sehen uns in zwei Stunden!", rief er ihnen nach.

Uta schaute sich um. Zahlreiche Steingebilde ragten nicht weit entfernt aus dem Wasser. Was, wenn sie gegen einen der Felsen treiben und sich daran verletzen würde?

Marcelo schien ihre Sorgen nicht zu teilen. „So, und jetzt zu dir!", sagte er, zwinkerte ihr zu und brachte das Brett in Position. „Stell dich bitte in die Mitte! Beug die Knie ein wenig, dann kannst du besser balancieren. Solltest du trotzdem das Gleichgewicht verlieren, springst du ab und steigst wieder auf!"

Sie gehorchte. Das Teil schaukelte heftig.

„Mach dich locker!", witzelte Marcelo.

Tatsächlich gelang es Uta, sich einige Sekunden auf dem Brett zu halten. Sie sah bestimmt aus, als hätte sie in die Hose gemacht. Dann verlor sie das Gleichgewicht und sprang ins flache Wasser. Ihre Leggings waren klatschnass. Erneut platzierte sie sich auf dem Brett. Sie drohte nach rechts hinunterzukippen, doch Marcelo war zur Stelle und legte seinen Arm um ihre Taille. Ihr Gesicht begann zu glühen. „Das bringt nichts!", rief sie verzweifelt.

„Das Beste ist, du kniest dich erst mal hin. Dann bekommst du ein Gefühl fürs Paddeln."

Hinknien?

Marcelo schaute sie erwartungsvoll an. Es half alles nichts. Sie folgte seinem Rat und paddelte langsam los. Rechts, links, rechts, links. Sie drehte eine kleine Runde durch die Bucht und kehrte zu Marcelo zurück, der immer noch mit den Füßen im Wasser stand. Ihr Gesicht war wahrscheinlich puterrot. Sie spürte Schweiß am ganzen Körper.

„Ich glaube, es reicht", sagte sie.

„Schon? Du machst das doch richtig gut. Nimm dir alle Zeit der Welt!"

„Ach … ach, ich weiß nicht", stammelte sie. Ihre Kniescheiben taten bereits weh.

„Weißt du was?", rief Marcelo. „Du setzt dich vorne aufs Brett. Ich stell mich hinten drauf und chauffiere dich."

Sie schaute ihn zweifelnd an. Sie käme sich vor wie eine Galionsfigur. Aber Marcelo meinte es nur gut. „Einverstanden", seufzte sie. Kaum hatte sie sich auf dem Brett niedergelassen, befestigte er ein elastisches Band an seinem Fußgelenk und stellte sich hinter Uta.

Das Brett setzte sich zügig in Bewegung. Sie passierten einen mit Möwen bevölkerten Felsen.

„Und? Gefällt es dir?", fragte Marcelo.

„Und wie." Uta gab sich Mühe, begeistert zu klingen. Aber mit diesem durchtrainierten Typen im Rücken, der auf sie herabschaute, fühlte sie sich unwohl. Ihr ganzer Körper war verspannt.

Nachdem sie die Bucht verlassen hatten, schaute sie sich vorsichtig um. Die Kulisse war überwältigend. Rotbraune Felswände, Buchten mit weißen Sandstränden und üppige Vegetation. Eine Gruppe bunter Kajaks zog an ihnen vorbei. Motorboote, vollgepackt mit Touristen, knatterten über den Atlantik. Bei jeder Welle hatte Uta das Gefühl, ins Wasser zu kippen. Sie näherten sich einer Höhle, die nach oben hin offen war, und durchfuhren Bögen und Tore. Einen Moment hörte Marcelo auf zu paddeln und Uta vergaß auf einmal die Welt um sich herum. „Superschön!", rief sie mehrmals. Sie fuhren weiter und glitten lange Zeit fast lautlos übers Wasser, immer in Küstennähe. Uta fing an, die Tour ein bisschen zu genießen. Dann machte sie einen Fehler: Sie blickte an einer Steilwand empor und hatte plötzlich wieder ein Bild vor Augen. Alles begann sich zu drehen. „Marcelo, mir ist total schwindelig. Lass uns umkehren!"

34

Utas Körper bebte und sie klammerte sich ans Brett. Marcelo hielt die Luft an. Was war denn jetzt los? War sie dehydriert? Seit fast einer Stunde hielten sie sich in der prallen Sonne auf, wahrscheinlich hatte sie zu wenig getrunken. Marcelo griff nach seinem Rucksack, kramte eine Flasche Wasser hervor und reichte sie nach vorne.

„Hier! Du musst was trinken!"

Uta drehte sich langsam um und griff nach der Flasche. Ihr Gesicht war weiß wie das Board.

„Danke", hauchte sie. Mit zittrigen Fingern schraubte sie den Verschluss auf, nahm große Schlucke und gab Marcelo die Flasche zurück.

„Bleib ganz ruhig und versuche, dich zu entspannen", sagte er, wendete das Brett und begab sich mit kräftigen Schlägen auf den Rückweg. Dabei ging ihm durch den Kopf, wie verantwortungsvoll der neue Job war. Er erforderte außerdem ein großes Maß an Toleranz, Fingerspitzengefühl und Menschenkenntnis. Marcelo hatte früher oft Kundenkontakt gehabt, aber das hier war etwas ganz anderes.

Sie näherten sich der Bucht. Es schien Uta ein wenig besser zu gehen. Marcelo atmete auf. Fast geschafft. Am Strand stand ein dunkel gekleideter Mann und starrte in ihre Richtung. Plötzlich hob er die Hand und fuhr sich damit über die Kehle. Es war nur eine Momentaufnahme und vielleicht hatte Marcelo sich getäuscht. Aber wenn nicht? Hatte diese Halsabschneider-Geste ihm gegolten? Der Typ drehte sich um und lief die Treppe hinauf.

Hinter ihnen ertönten laute Rufe. Ilka, Mike und Sven setzten zum Endspurt an und überholten in rasantem Tempo. Fast gleichzeitig landeten sie mit Marcelo und Uta an. Sie hatte wieder Farbe im Gesicht und lächelte.

„Mensch, was war das toll!", rief sie. „Beim nächsten Mal brauche ich aber eine Kopfbedeckung."

Beim nächsten Mal? Uta würde nie mehr eine Paddeltour machen, davon war er überzeugt. Sie unterhielt sich jetzt mit Sven und Marcelo hörte, wie sie von den Höhlen schwärmte. Die jungen Leute machten sich auf den Weg nach oben.

„Uta, ich lauf auch schon mal hoch. Lass dir ruhig Zeit!", sagte er.

„Ist gut."

Ilka, Mike und Sven standen vollbepackt vor dem Wagen.

„Wartet! Ich schließ auf!", rief Marcelo.

Er schob sein Board und die Paddel vor eine Mauer. Dann verstaute er die Bretter der jungen Leute im Wagen.

„So, und jetzt bekomme ich noch Geld von euch."

Nachdem Sven für alle drei bezahlt hatte, verabschiedete Marcelo sich von ihnen.

Der Himmel war nun bewölkt, aber der Wind frischte auf. Er konnte es kaum erwarten, nach Burgau zurückzukehren. Nach dem Essen würde er sich in die Fluten stürzen.

Er setzte sich in Bewegung, um das Board und die Paddel zu holen. Das Brett lag noch da, wo er es hingeschoben hatte, aber die Paddel waren verschwunden. Er schaute sich um. Sie lagen über Kreuz vor der Treppe. Wie kamen sie denn da hin? Von unten tauchte Utas Kopf auf. Sie strahlte ihn an.

„Pass auf!", schrie er und rannte los. Zu spät. Ihr rechter Fuß verhedderte sich in den Paddeln und sie ging zu Boden.

35

Uta landete hart auf dem Asphalt und blieb regungslos liegen. Marcelo kam angerannt. Das Lächeln war aus seinem Gesicht verschwunden.

„Ich habe wahnsinnige Schmerzen", stöhnte sie und spürte, wie ihr die Tränen heiß über die Wangen liefen.

Er beugte sich über sie. „Oje, das Knie ist geschürft. Tut bestimmt höllisch weh."

„Das Knie ist das geringste Problem. Ich bin umgeknickt." Sie zeigte auf ihren Knöchel, der zusehends anschwoll.

Marcelo ging neben ihr in die Hocke und begutachtete die Verletzung. „Das könnte eine Verstauchung sein. Oder eine Bänderverletzung. Ich bin früher mal beim Fußball umgeknickt. Das sah ähnlich aus."

„Wir sind hier aber nicht auf dem Fußballplatz. Ich bin über die Paddel gefallen. Die lagen total blöd im Weg rum." Sie wischte sich die Tränen aus dem Gesicht.

„Ich wollte dich noch warnen", sagte Marcelo.

„Wieso hast du die dahingelegt?"

„Das war ich nicht! Ich habe sie an der Wand deponiert. Neben das Brett." Er zeigte auf die niedrige Mauer.

Uta wimmerte. „Ach, ist ja jetzt auch egal."

Marcelo sprang auf. „Rühr dich nicht vom Fleck! Ich hole Eis-Spray." Er lief zum Wagen. Uta wurde schwarz vor Augen. Das Pochen im Fußgelenk machte sie rasend.

„Do you need help?", fragte ein kräftiger Mann mit Halbglatze.

„Mir ist nicht mehr zu helfen", murmelte Uta und schüttelte den Kopf.

Marcelo kam mit einem Erste-Hilfe-Kasten und einer Spraydose zurück. Er besprühte das Gelenk. Der Schmerz ließ ein wenig nach. Dann legte er einen Verband an und sagte: „Du musst ins Krankenhaus."

„Krankenhaus?", rief sie entsetzt.

„Klar. Das muss geröntgt und professionell behandelt werden."

Er griff nach seinem Handy. „Ich rufe die Ambulanz."

Sie schluchzte laut auf. „Kannst du mich nicht fahren?"

„Wie soll das denn gehen? Das Bein muss hochgelagert werden. Und zudem wirst du mit der Ambulanz schneller versorgt. Oder willst du stundenlang in der Notaufnahme sitzen?"

Während Marcelo telefonierte, schossen Uta etliche Fragen durch den Kopf. Würde sie jetzt wochenlang im Krankenhaus liegen? Wer würde sich um sie kümmern? Was war mit ihrem Rückflug?

Nachdem er das Gespräch beendet hatte, flehte sie: „Komm bitte mit. Ich brauche einen Übersetzer."

Marcelo wirkte nicht begeistert und entgegnete: „Eigentlich habe ich noch einen Termin."

„Bitte lass mich nicht allein!"

36

Mit sonorer Stimme verkündete der Arzt die Diagnose. Marcelo schätzte ihn auf Anfang sechzig. Er hatte graue Locken, trug eine Brille mit starken Gläsern und sprach fließend Englisch. Sofern Marcelo es richtig verstand, hatte Uta einen Bänderriss. Das Gelenk steckte in einer Orthese. Es sollte die nächsten Tage nicht belastet und möglichst hochgelagert werden. Uta sah aus, als könne sie das alles nicht fassen. Sie erklärte, dass ihr Rückflug in zwei Tagen gehe. „Sexta-feira? Friday?" Der Arzt wirkte skeptisch. Sie müsse das mit der Fluggesellschaft klären. Manche Airlines würden in solchen Fällen eine Flugtauglichkeitsbescheinigung verlangen. Die könne er im Moment nicht ausstellen und vom Fliegen rate er aufgrund der Thrombosegefahr ab. Sie solle den Flug um mindestens eine Woche verschieben. Er werde sie in ein paar Tagen noch einmal untersuchen.

Verzweiflung machte sich auf Utas Gesicht breit. „Das darf nicht wahr sein!", rief sie. „Ich muss Montag wieder arbeiten."

Der Arzt zuckte die Schultern, verabschiedete sich und eilte aus dem Zimmer.

Uta musste einige Formulare unterschreiben. Dann gab man ihr Krücken auf Leihbasis. Auch das quittierte sie.

Sie verließen das Krankenhaus. Uta humpelte hinter Marcelo her. „Mein Bruder wird mich lynchen", jammerte sie. „Ich arbeite in seiner Kanzlei und er wird so schnell keinen Ersatz finden. Ich darf auch nicht an die Diskussionen mit dem Reiseveranstalter denken."

„Ich bring dich erst mal ins Hotel und dann sehen wir weiter. Wo wohnst du denn?"

„Ocean View in Porto Mos."

Er schob den Sitz nach hinten, half Uta ins Auto und stellte eine Kiste unter ihr rechtes Bein, damit sie es hochlegen konnte.

Während der Fahrt versuchte Marcelo, sich auf den Verkehr zu konzentrieren, aber Uta lamentierte: „Diese blöden Paddel. Wenn die nicht im Weg gelegen hätten, wäre das nicht passiert."

Marcelo schwieg. Als er vor einer roten Ampel halten musste, sagte er ruhig: „Damit eins klar ist: Ich habe alle Sachen an einem sicheren Platz zwischengelagert. Jemand anders muss die Paddel vor die Treppe gelegt haben."

„Wer sollte denn so was machen?"

Das fragte Marcelo sich die ganze Zeit schon. Ein Streich? Oder Absicht? Er war so beschäftigt gewesen, dass er nichts mitbekommen hatte. Plötzlich erinnerte er sich an den Mann vom Strand, der die seltsame Geste gemacht hatte. Steckte er dahinter?

Marcelo parkte vor dem Hoteleingang. Ein großer Delfin aus Marmor stand neben dem Portal. Marcelo kannte das Haus. Er hatte hier vor ein paar Tagen seine Flyer verteilt. Und jetzt erinnerte er sich, dass er Uta bei dieser Gelegenheit begegnet war. Sie war ihm damals schon seltsam vorgekommen. Danach hatte er ein interessantes Gespräch mit dem Hotelmanager geführt, einem Österreicher. Er hatte versprochen, seine Dienstleistung weiterzuempfehlen.

Marcelo half Uta beim Aussteigen. Ihm fiel auf, sie war noch immer barfuß. Er holte ihre Schuhe aus dem Wagen.

„Soll ich dich hineinbegleiten?", fragte er.

„Vielen Dank. Ab jetzt komme ich alleine klar", schnaubte sie, nahm ihm die Schuhe aus der Hand und humpelte los.

Vermutlich würde sie die nächsten Tage damit verbringen, jedem im Hotel die Geschichte aus ihrer Sicht zu erzählen. Auch dem Manager.

37

„Schon nach sechs. Wo bleibt denn Marcelo?" Denise schaute Ingo fragend an.

„Bei mir hat er sich nicht abgemeldet. Na ja, wir sind ja nicht so eng. Aber echt komisch. Sonst ist er stets zur Stelle, wenn es was zu futtern gibt."

Ingo beschloss, Marcelo eine Nachricht zu schreiben. Er hatte immer noch nicht mit ihm über Vitor geredet, das lag ihm schwer im Magen. Sein Telefon zeigte einen eingehenden Anruf an. Er strahlte und nahm das Gespräch an. „Charlie! Schön, dass du anrufst!"

„Ich wollte mal hören, wie es meinem Paps so geht. Liegst du mit einem Glas Spätburgunder in der Sonne?"

Ingo lachte. „Nicht ganz. Aber es geht mir prima. Und bei dir so?"

Denise eilte zum Ofen, in dem das Abendessen garte.

„Alles bestens. Jetzt erzähl doch mal! Was machst du denn den lieben langen Tag?"

„Lesen, chillen, dösen. Jetzt gleich wollen wir essen. Wir warten noch auf unseren Mitbewohner."

„Wir? Mitbewohner? Ich dachte, du treibst dich auf Zeltplätzen rum."

„Seit letzter Woche wohne ich mit zwei Leuten in einem Haus am Meer."

„Ach stimmt, du hast mir ja Fotos geschickt. Von einer WG hast du allerdings nichts erzählt. Na ja, ständig allein ist ja auch doof. Ich hoffe, du hast nicht beschlossen, für immer in der Algarve zu bleiben."

„Keine Bange, ich komme bald zurück." Ingo lachte.

„Da bin ich aber froh. Es gibt nämlich tolle Neuigkeiten."

„Lass mich raten: Du hast die Stelle als Chefärztin bekommen?"

Charlie kicherte. „So ähnlich. Ich möchte es dir lieber von Angesicht zu Angesicht erzählen."

Ingos Gehirn arbeitete auf Hochtouren. „Jetzt hast du mich neugierig gemacht", sagte er. „Sollen wir nachher skypen?"

„Geht leider nicht. Ich habe Nachtschicht. Muss gleich los."

„Gut, dann melde dich, wenn es bei dir passt."

„Mach ich. Tschüssi!"

Ingo vermisste Charlie so sehr. Ihren Humor, ihr Lachen, ihr Temperament. Der Klang ihrer Stimme war für ihn stets wie ein warmes Bad im Winter. Plötzlich überkam ihn heftiges Heimweh. Denise gesellte sich wieder zu ihm. „Du siehst so traurig aus. Ist was passiert?", wollte sie wissen.

„Nee, alles gut. Das war meine Tochter. Ein verrücktes Frauenzimmer."

Denise lächelte. „Du hast sie sehr gerne, nicht wahr?"

„Das kann man wohl sagen. Wir halten zusammen wie Pech und Schwefel."

„Bist du eigentlich geschieden?", fragte sie.

Ingo nickte. „Meine Frau hat uns verlassen, als Charlie vierzehn war. Silvia ist Opernsängerin. Sie hatte damals ein Angebot von der Oper in Sydney bekommen und lebt nun schon seit 16 Jahren in Australien."

„Australien? Wie super ist das denn? Hattest du keine Möglichkeit, ebenfalls auszuwandern?"

„Unsere Ehe existierte zu der Zeit nur noch auf dem Papier. Außerdem hatte ich gerade eine lukrative Stelle in Köln angetreten."

„Und eure Tochter?"

„Charlie sollte mit nach Australien. Sie hat sich aber entschieden, bei mir zu bleiben. Hauptsächlich wegen ihrer Freundinnen."

„Ach, bestimmt auch deinetwegen."

„Kann sein. Aber es war ein Spagat für mich als alleinerziehender Vater mit einem Teenager. Charlie war zum Glück immer sehr selbstständig."

„Was ich immer noch nicht verstehe, was führt dich in dieses Haus? Woher kennst du Marcelo eigentlich?"

Ingo schaute Denise an. Sie wusste ja noch gar nichts von Vitor und seinem Sturz. Aber jetzt war kein guter Zeitpunkt, darüber zu reden.

„Das ist ziemlich kompliziert", sagte er daher ausweichend. Um vom Thema abzulenken, fragte Ingo: „Und was machst du, wenn du nicht gerade auf Wanderschaft bist?"

„Ich habe studiert. Ich brauchte mal eine Pause. Wenn ich zurück bin, muss ich schauen, wie es beruflich weitergeht."

„Okay, du bist ja noch total jung."

„Na ja. Ich werde bald 27."

Drei Jahre jünger als Charlie. Ingo dachte darüber nach, wie rasant seine Tochter ihren Weg gemacht hatte.

„Charlie kann froh sein, einen Vater wie dich zu haben", flüsterte Denise plötzlich.

„Nett, dass du das sagst." Ingo lächelte verlegen.

Sie zögerte einen Moment, dann sagte sie: „Ich versteh mich nicht so gut mit meinem Vater. Die Ursachen dafür liegen in meiner Kindheit. Ich bin einmal fast vor ein Auto gelaufen. Mein Vater ist hinter mir her. Dabei war ich schon auf der anderen Straßenseite angekommen. Der Wagen hat ihn erfasst. Mein Vater hatte eine Rückenverletzung und leidet bis heute unter starken Schmerzen. Der Vorwurf, dass ich das ganze Elend verschuldet hätte, hing bei uns immer unausgesprochen in der Luft."

Ingo schüttelte missbilligend den Kopf. „So ein Unsinn! Wie alt warst du damals?"

„Fünf."

„Du trägst überhaupt keine Schuld!"

„Vielleicht habe ich es mir auch nur eingebildet. Aber mein Vater war nach dem Unfall ein anderer Mensch. Hat ständig gejammert. Meine Mutter hat ihn verlassen, als ich 18 war. Ich konnte sie sogar verstehen." Denise winkte ab. „Ach, lass uns das Thema wechseln!"

Offenbar fiel ihr im Moment jedoch nichts ein, über das sie mit Ingo sonst sprechen konnte. Sie schwiegen eine Weile.

„Boah, hab ich einen Hunger!", sagte Denise plötzlich. „Lass uns essen! Marcelo kann sich ja was warm machen." Sie wollte gerade aufstehen, als sie ein Geräusch an der Haustür herumfahren ließ. Die Tür wurde aufgestoßen und kurz darauf betrat Marcelo den Wohnraum. Seine Wangen waren gerötet und das Haar stand in alle Richtungen. „Marcelo! Da bist du ja!", rief Denise.

Seine Mundwinkel hingen herunter und er wirkte vollkommen frustriert.

„Was ist denn los?", wollte Ingo wissen.

Er gab keine Antwort.

„Essen ist fertig!" Denise holte die Auflaufform aus dem Ofen und stellte sie auf den Tisch. Dann setzte sie sich und füllte sich den Teller.

Ingo tat es ihr gleich. Marcelo verschwand im Bad. Nachdem er zurückgekehrt war, ließ er sich schwer auf einen Stuhl fallen, schien das Essen aber nicht wahrzunehmen.

„Köstlich!", schwärmte Ingo zwischen zwei Bissen. „Die Lasagne schmeckt mindestens so gut wie bei meinem Lieblingsitaliener."

Denise reagierte nicht auf das Kompliment. „Was ist passiert, Marcelo?", fragte sie. „Ist dir jemand vom Brett gekippt?"

„Hör bloß auf!", zischte er. „Und du …", er wandte sich an Ingo, „grins nicht so blöd. Ihr hängt den ganzen Tag hier rum, während ich Geld verdienen muss. Ihr habt überhaupt keine Ahnung, wie beschissen das Leben sein kann."

Denise sah aus, als hätte man sie geohrfeigt. Dabei hatte sie eben endlich mal wieder gelächelt, was die letzten Tage kaum vorgekommen war.

„Alter, komm wieder runter!", rief Ingo. Er begab sich immer häufiger auf Marcelos Sprachniveau, fiel ihm auf, aber anders konnte man ihn offenbar nicht erreichen.

Marcelo blickte von Denise zu Ingo und sagte: „Sorry, Leute. War nicht so gemeint."

Auf Denise' Gesicht lag immer noch ein Ausdruck der Befremdung.

Marcelo bediente sich am Auflauf und schaufelte das Essen in sich hinein. Ingo holte drei Flaschen Bier aus dem Kühlschrank und öffnete sie. Eine reichte er Denise, die zweite platzierte er vor Marcelo und die dritte genehmigte er sich selbst.

Eine Weile aßen sie schweigend.

„Diese blöde Kuh!", schnaubte Marcelo wie aus dem Nichts. „Warum ist die nicht einfach in ihrem Hotel geblieben?"

38

„Von wem sprichst du?", fragte Ingo.

„Von Uta. Einer Kursteilnehmerin." Marcelo setzte die Flasche an die Lippen und trank.

„Und was ist mit der?" Denise nahm ebenfalls einen Schluck.

„Sie hat sich ziemlich übel auf die Fresse gelegt."
Draußen kreischte eine Möwe. Am Tisch war es mucksmäuschenstill. Marcelo starrte Löcher in die Luft.

„Was genau ist passiert?", erkundigte sich Ingo.

Schweigen.

„Lass dir doch nicht alles aus der Nase ziehen!", sagte Denise.

„Okay, wenn es euch wirklich interessiert ..."
Denise und Ingo nickten synchron.

Marcelo berichtete von der Tour. Am Schluss ging er ins Detail: „Ich bin also mit den anderen Teilnehmern hoch zu meinem Wagen. Uta wollte nachkommen. Mein Brett und die Paddel hatte ich an einer Mauer zwischengelagert, wo sie niemanden stören konnten. Als die anderen dann weg waren, habe ich mich umgedreht und sehe, dass meine Paddel vor der Treppe liegen, die zum Strand runterführt. Ich wollte sie holen, aber da kam Uta auch schon angestiefelt. Hoch erhobenen Hauptes. Hat überhaupt nicht drauf geachtet, wo sie hintritt. Und *zack!*, lag sie auf dem Asphalt."

„Ich dachte, du hattest die Paddel an einer Mauer zwischengelagert?", hinterfragte Ingo die Schilderung.

„Exakt. Aber irgendein Bekloppter muss sie weggenommen und vor die Treppe gelegt haben."

Ingo horchte auf. „Hast du gesehen, wer das war?"

„Nee! Sonst hätte ich mir diesen Hirni natürlich vorgeknöpft."

„Und dann?", wollte Denise wissen.

„Der Knöchel war dick wie 'ne Mandarine. Ich habe den Krankenwagen gerufen und bin ebenfalls in die Klinik." Er zögerte weiterzusprechen. Denise und Ingo hingen an seinen Lippen. Daher fuhr er fort: „Hat ewig gedauert, bis sie vom Röntgen zurückkam."

„Wie lautete die Diagnose?", fragte Ingo.

„Bänderriss."

„Die arme Frau!", rief Denise.

„Natürlich ist das alles nicht schön. Sie ist alleine unterwegs. Normalerweise wäre sie übermorgen nach Hause geflogen. Der Arzt hat aber davon abgeraten."

„Klar. Zu hohes Thromboserisiko." Ingo rückte seine Brille gerade. „Es ist wichtig, dass sie das Bein ruhigstellt, damit die Verletzung vollständig ausheilt. Es könnte sonst zu Spätfolgen kommen." Marcelo hob die Augenbrauen. „Bist du Arzt, oder was?"

„Anästhesist."

„Du bist Mediziner?", fragte Denise mit weit aufgerissenen Augen. „Das hast du ja gar nicht erzählt."

„Tut doch nichts zur Sache", sagte Ingo. „Ich bin im Urlaub."

„Uta ist irgendwie seltsam", fuhr Marcelo fort. „Auf der Tour war sie schon so komisch. Und dann der blöde Unfall. Erst hat sie mich angefleht, sie zu begleiten. Im Auto hat sie dann an einem Stück gemeckert. Sie gibt mir die Schuld für dem Unfall! Ihr Bruder ist Anwalt. Zum Glück habe ich ihr vorher einen Haftungsausschluss vorgelegt, sonst hätte sie mir vielleicht noch einen Strick aus der Sache drehen wollen."

„Ach, Quatsch." Ingo wirkte jetzt aufgebracht. „Du hast ja nicht grob fahrlässig oder vorsätzlich gehandelt."

„Genau. Du hast dir nichts vorzuwerfen", pflichtete Denise ihm bei. „Uta hätte auch woanders umknicken können. Wenn ich in Gedanken bin, achte ich auch nicht immer auf den Weg. Wie oft bin ich schon gestolpert."

„Klar", sagte Marcelo. „Ich frag mich nur, wer die Paddel dahingelegt hat. Das ist ja nicht witzig. Vielleicht war es ein geplanter Anschlag."

„Meinst du etwa, jemand hatte es auf Uta abgesehen?" Denise stand das Entsetzen ins Gesicht geschrieben.

Marcelo zuckte die Schultern. „Was weiß ich? Ich kenn sie ja gar nicht."

„Oder jemand will dir und deinem Ruf als Dienstleister schaden", meldete sich Ingo wieder zu Wort. Er griff nach der Bierflasche.

„Wer sollte mir …?"

Marcelo überlegte kurz, dann sagte er: „Als wir zurückgepaddelt sind, hat am Strand ein Typ gestanden. Der hat so eine Halsabschneider-Geste gemacht." Marcelo fuhr sich mit der Hand vertikal am Hals entlang.

„Echt? Das ist ja gruselig!" Denise schüttelte sich.

„Vielleicht habe ich es mir auch nur eingebildet."

„Wie sah der Mann denn aus?" Ingo fixierte Marcelo mit seinem Blick.

„Etwas jünger als ich. Schlanker. Dunkle Klamotten. Und mir fällt gerade was ein. Ich glaube, er hat gehumpelt."

Ingo rutschte die Bierflasche aus der Hand. Sie landete auf dem Boden und zerschellte.

39

Denise sprang auf, holte Lappen, Handfeger und Kehrblech.
„Ich mach das schon!", rief Ingo und erhob sich ebenfalls. Er beseitigte die Scherben. Danach schaute er sich um. „Wo ich gerade dabei bin, räume ich direkt die Küche auf. Du machst eh schon so viel im Haushalt, Denise. Wie sieht's aus, Marcelo? Hilfst du mir?"
Marcelo zuckte die Schultern. „Von mir aus."
„Cool", sagte Denise. „Ich bin ziemlich müde. Eine Flasche Bier und ich falle sofort ins Bett. Dann mal gute Nacht." Sie verzog sich auf ihr Zimmer.
Ingo wandte sich an Marcelo. Der kümmerte sich bereits um die Spülmaschine. „Ich muss mit dir reden!"
„Worum gehts?"
„Komm! Wir setzen uns."
Marcelo wirkte alarmiert. „Was ist denn los?" Nur unwillig kehrte er zum Tisch zurück und sank auf einen Stuhl.
„Schieß los! Nach dem Zirkus mit Uta kann mich nichts mehr schocken." Er schaute Ingo an, der neben ihm Platz genommen hatte. Der erzählte zunächst von der toten Möwe.
„Echt krank", sagte Marcelo. „Das waren bestimmt die Kids, die Denise belästigt haben."
„Hab ich auch erst gedacht, inzwischen glaube ich das aber nicht mehr."
„Wieso?"
„Nun ja, die tote Möwe, der Einbruch und jetzt die Sache mit dem Paddel. Glaubst du, das ist Zufall? Du hast doch gesagt, der Typ am Strand hätte gehumpelt. Ich habe den Einbrecher weglaufen sehen. Er hat das Bein nachgezogen. Vielleicht hat er sich beim Sprung aus dem Fenster verletzt. Ich dachte, es wäre nicht wichtig."
Marcelo wirkte nachdenklich und sprach kein Wort.
„Was du aber noch wissen solltest …" Ingo räusperte sich. „Vitor hat mich vor ein paar Tagen zu sich gebeten. Er meinte, er wäre damals nicht einfach so gestürzt."

„Sondern?"

„Jemand hätte nachgeholfen."

„Echt jetzt?"

Ingo nickte.

„Dann scheint er ja wahnsinnig beliebt zu sein."

„Das Schlimmste kommt noch. Man hat ihm anonym ein Foto zugespielt."

„Foto? Hat er ein Handy?"

„Nein, es kam in einem Briefumschlag. Ich habe es abfotografiert." Ingo scrollte auf seinem Smartphone und zeigte Marcelo das Bild.

„Alter, das bin ja ich!"

„Gut erkannt."

Marcelo schaute genauer hin und lachte. „Ganz klar ein Fake."

„So weit war ich auch schon. Aber Vitor hat von Bildbearbeitung keinen Schimmer. Und für ihn sieht es so aus, als wolltest du ihn aus dem Weg räumen."

Marcelo starrte Ingo ungläubig an. Dann rief er: „Ach, jetzt versteh ich!" Seine Augen funkelten gefährlich. „Deshalb bist du hier! Du sollst mich ausspionieren und erstattest Vitor regelmäßig Bericht."

Er sprang auf und stand nun wie ein Boxer im Ring vor Ingo.

Der sprach unbeirrt weiter. „Ich habe seit Tagen nicht mit Vitor gesprochen. Und jetzt hörst du mir mal genau zu!" Zögernd nahm Marcelo wieder Platz. „Ja, ich habe Vitors Bitte nachgegeben, noch ein bisschen zu bleiben. Ich habe ihm aber sofort gesagt, dass du nichts mit dem Überfall zu tun hast."

„Mir kommen die Tränen", grunzte Marcelo.

„Vitor hätte ja mit seinen Vermutungen zur Polizei gehen können."

„Die hätten sich doch schlapp gelacht."

„Oder er hätte sich Hilfe in der Nachbarschaft holen können. Wenn er dich denunziert, wirst du es hier jedoch schwer haben, beruflich ein Bein auf die Erde zu bekommen. Vielleicht ist das der Grund, warum er sich an mich, eine neutrale Person, gewandt hat."

„Aber du hättest viel eher mit mir reden müssen." Marcelos Stimme hallte durch die Küche.

„Ich habe es doch versucht", entgegnete Ingo. „Immer kam was dazwischen. Erst ist Denise eingezogen, dann war ich krank. Ich habe dich ein paarmal angesprochen. Erinnerst du dich? Nie hattest du Zeit."

Eine Weile stierte Marcelo vor sich hin. Schließlich sagte er: „Aber das ist doch alles bescheuert. Wer soll Vitor denn gestoßen haben? Und dann geht die Person hin und macht in aller Seelenruhe ein Foto."

„Vitor lag ganz nah an der Kante. Ein Meter weiter nach rechts und er wäre in die Tiefe gestürzt. Der Täter wollte ihn vermutlich aber nicht umbringen. Ich glaube eher, er hat es auf dich abgesehen?"

„Auf mich?"

Ingo nickte. „Die Person will dich bei Vitor schlecht machen. Vielleicht bist du jemandem mit deinen Plänen ein Dorn im Auge. Neid und Missgunst gibt es überall."

Marcelo wirkte nun völlig konsterniert. Trotzdem wusste Ingo nicht, wie er ihm helfen konnte. Er erhob sich. „Ich werde mich aus der ganzen Sache ausklinken. Du weißt also Bescheid. Und jetzt gehe ich packen. Morgen reise ich ab."

40

„Klaus! Endlich! Warum gehst du nicht ans Handy?"

„Bin im Stress. Mein Vorzimmer ist in Urlaub."

„Jetzt siehst du mal, wie es ohne mich ist."

Ein Grummeln kam aus dem Hörer. Dann fragte Klaus missmutig: „Warum rufst du an?"

Uta betrachtete das geschiente Gelenk. „Mir ist ein Malheur passiert."

„Ein Malheur? Hat dir einer das Portemonnaie geklaut? Oder bist du mal wieder in ein Fettnäpfchen getreten?"

Uta kaute auf ihrer Unterlippe herum und schwieg.

„Jetzt sag schon! Ich treffe mich gleich noch mit einem Mandanten."

„So spät noch?"

„Ja, so spät noch!", äffte Klaus ihren Tonfall nach. „Die Frage könnte von Anke stammen."

Anke war ja nicht blöd. Normalerweise legte Klaus größten Wert darauf, um 18 Uhr Feierabend zu machen. Dass er in letzter Zeit abends Mandantentermine hatte, war ungewöhnlich. Vielleicht sollte sich der Herr Scheidungsanwalt besser um seine eigene Ehe kümmern. Aber das war jetzt Utas kleinstes Problem. Sie schluckte und sagte leise: „Ich hatte einen Unfall. Komme gerade aus dem Krankenhaus. Bänderriss."

„Toll. Und jetzt?", bellte er.

„Ich kann kaum auftreten. Soll das Bein schonen. Ich muss den Rückflug um mindestens eine Woche nach hinten schieben. Der Reiseveranstalter ist informiert."

„Hast du einen Knall? Weißt du, was hier los ist?", polterte Klaus.

Er hätte wenigstens ein bisschen Mitgefühl heucheln können, fand Uta. Es war an der Zeit, ihm endlich einmal Kontra zu geben. „Das ist typisch", stöhnte sie. „Ich habe höllische Schmerzen und du denkst nur an die Kanzlei." Sie hörte eine Tastatur klappern. Vermutlich schrieb er nebenbei Mails. Uta ballte die Hand zur Faust und schwieg.

Kindheitserinnerungen ploppten auf. Klaus hatte sich stets in den Vordergrund gedrängt. Sie war nur das Anhängsel gewesen. Wenn Klaus ins Freibad wollte, ging die ganze Familie ins Freibad. Wünschte er einen bestimmten Film im Kino zu sehen, schaute sich die Familie diesen Film an, selbst als Uta noch viel zu klein für einen Horrorfilm war und danach nächtelang Albträume hatte. War Klaus erkältet, hatten die Eltern sich um ihn gesorgt. Keinen hatte es gekümmert, als es Uta nach zwei Tagen viel heftiger erwischt hatte.

„Verdammter Mist! Sag, dass das alles nicht wahr ist", fluchte Klaus vor sich hin. „Immer wenn du nach Spanien fliegst, passiert was."

„Ich bin in Portugal. In der Algarve." Ihr kam die Galle hoch. Selbst nach der größten Katastrophe ihres Lebens hatte sie funktioniert und weitergearbeitet. Jetzt würde ihr Bruder erleben, was es bedeutete, wenn sie nicht nach seiner Pfeife tanzte.

„Du weißt Bescheid. Ich melde mich zu gegebener Zeit wieder."

„Aber …"

Sie beendete das Gespräch und wählte erneut. Zum Glück war Miriam sofort am Apparat.

„Miri!", schluchzte Uta. Dann brach das gesamte Elend aus ihr heraus. Die Ereignisse des Nachmittags, das unschöne Gespräch mit Klaus, die Schmerzen.

„Dein Bruder ist so ein Ignorant. Der weiß überhaupt nicht, was er an dir hat."

„Er wird sich nicht mehr ändern", seufzte Uta.

„Die Sache mit dem Bänderriss ist ja wirklich ärgerlich. Du Arme! Schau zu, dass du dein Bein schonst." Miriams Mitgefühl ging runter wie Honig. Plötzlich änderte sich ihr Tonfall. „Was ich nicht kapiere", sagte sie spitz, „warum machst du eine Paddeltour? Du hattest doch was anderes vor. Trauma-Verarbeitung? Klingelt da was bei dir?"

„Natürlich. Aber reicht es nicht, dass ich in die Algarve zurückgekehrt bin? Seit Tagen zermartere ich mir das Hirn: Wie würde mein Leben jetzt aussehen, wenn es nicht passiert wäre? Ich muss aufpassen, dass ich nicht durchdrehe. Deshalb wollte ich mich wenigstens für ein paar Stunden ablenken."

„Na, das ist dir ja gelungen."

In der Tat kreisten Utas Gedanken nur noch um das lädierte Bein. „Das Außenband ist gerissen, sagt der Arzt. Mit dem Rückflug, das wäre gar nicht gegangen." In den letzten Stunden hatte sich bei Uta ein Schalter im Kopf umgelegt. Sie würde in den nächsten Tagen grundsätzliche Dinge in ihrem Leben hinterfragen. Die Zusammenarbeit mit ihrem Bruder stand dabei ganz oben auf der Liste. Uta war aber auch klar geworden, dass sie nicht ständig mit dem Schicksal hadern durfte. Was passiert war, ließ sich nicht mehr ändern.

„Du, ich will noch zum Sport", sagte Miriam.

Uta schwieg.

„Ach, sorry, das war jetzt taktlos. Gute Besserung, meine Liebe. Wir telefonieren."

War es die räumliche Distanz, die Miriam plötzlich in einem kalten Licht erscheinen ließ? Oder lag es an den Schmerzen?

41

„Bitte bleib!", bat Marcelo kleinlaut.

„Hast du nicht gesagt, du willst renovieren? Da möchte ich nicht stören", entgegnete Ingo.

„Ich muss erst mal die Sache mit Vitor klären. Der glaubt doch nicht wirklich, ich will ihm ans Fell? Können wir nicht gemeinsam zu ihm gehen?" Marcelo sah nun aus wie ein kleiner Junge. „Du hast doch so einen guten Draht zu ihm."

Ingo missfiel der Gedanke, weiterhin den Mittelsmann zu spielen. Er schüttelte den Kopf. „Auf keinen Fall. Leg deine Vorurteile ab und dann sprecht ihr euch mal aus."

„Vorurteile? Ich habe keine Vorurteile! Was man von Vitor nicht behaupten kann. Dieser sture Bock hält nicht viel von mir, das hast du doch bestimmt gemerkt."

„Aber ihr seid Familie. Wenn ich weg bin, müsst ihr ja auch miteinander klarkommen."

Marcelo rieb sich das Kinn. „Vielleicht hast du recht. Durch meine Mutter war ich voreingenommen. Sie hat immer abweisend reagiert, wenn ich nach meinem Opa gefragt habe. Sie hat ihn einen Idioten und Geizhals genannt. Als ich klein war, fand ich ihn echt nett. Ich habe mich auf dem Sofa immer an seinen Bauch gekuschelt."

Ingo lächelte und sagte: „Hab Geduld mit ihm!"

„Ich glaube, meine Mutter war kurz davor, sich mit Vitor zu versöhnen. Leider hat das nicht mehr geklappt. Ich habe keinen Schimmer, warum sie sich damals gestritten haben. Aber sein Verhalten regt mich auf. Es fängt ja damit an, dass er nur Portugiesisch mit mir reden will."

„Vielleicht will er dir helfen, die Sprache schneller zu lernen. Besuch ihn regelmäßig! Mach ein bisschen Small Talk mit ihm."

Marcelo verzog das Gesicht. „Die Nachbarin wuselt ständig bei ihm rum und glotzt immer so blöd."

„Mich hat sie auch beäugt, ich denke, sie ist nur neugierig. Und wenn ich das richtig sehe, ist sie Vitors Haushälterin. Sie kümmert sich echt rührend um ihn."

„Bestimmt zahlt er gut dafür", entfuhr es Marcelo. Er schaute Ingo an. „Bleibst du nun oder nicht?"

„Okay, noch ein paar Tage. Dann bist du mich los." Er grinste.

„Sag mal, du wolltest doch Paddeln lernen." Marcelo schaute Ingo an. „Du hast mir ja den Kurs schon bezahlt. Wie wäre es mit morgen? Zehn Uhr? Hier am Strand?"

„Gute Idee! Ich brauch dringend Bewegung, bei Denise' gutem Essen habe ich sonst demnächst ein paar Pfund zu viel auf den Rippen." Ingo senkte die Stimme. „Apropos Denise: Ich glaube, irgendetwas bedrückt sie. Ist dir das nicht auch aufgefallen?"

Marcelo setzte zu einer Antwort an, hielt aber inne, da aus dem hinteren Teil des Hauses Schritte zu hören waren. Denise erschien barfuß und mit einem langen Shirt bekleidet. Sie war blass, was kein Wunder war, da sie sich im Haus regelrecht einigelte, und rieb sich wie ein Kind den Schlaf aus den Augen. „Ich habe ein Nickerchen gemacht", murmelte sie. „Aber es ist noch ein bisschen früh. Außerdem seid ihr so laut." Sie schaute erst Ingo, dann Marcelo an. „Habt ihr gestritten?"

„Quatsch!", rief Marcelo.

Denise warf einen skeptischen Blick auf die Küchenzeile. „Ganz fertig mit Aufräumen seid ihr nicht geworden, oder?"

„Bleib locker!", sagte Marcelo. „Ich kümmere mich nachher drum. Oder morgen früh. Das hier ist kein Gastronomiebetrieb." Er lachte.

„Ich habe übrigens überlegt, dass wir uns abends auch mal was bestellen könnten."

„Schmeckt dir mein Essen nicht?", fragte Denise entsetzt.

„Doch, doch. Du kochst fantastisch", schaltete Ingo sich ein. „Es kann aber nicht angehen, dass du dir ständig so viel Arbeit machst. Ruh dich ein bisschen aus. Oder geh mal öfter raus und genieß das Leben!"

„Ihr seid so gut zu mir", seufzte sie und ließ sich wieder am Tisch nieder. „Ich wollte euch auch was vorschlagen: Was haltet ihr davon, Uta mal einzuladen? Sie muss sich doch bestimmt jetzt furchtbar langweilen. Dann hätte sie ein bisschen Abwechslung."

„Bloß nicht! Diese Zicke kommt mir nicht ins Haus." Marcelo stand die Abneigung ins Gesicht geschrieben.

Denise wandte sich an Ingo. „Du könntest dir ihre Verletzung anschauen."

„Sonst noch was?", fragte er ungläubig und schüttelte vehement den Kopf. „Wie gesagt, ich bin in Urlaub."

Marcelo blickte auf die Uhr und erhob sich. „Ich verzieh mich. Ich will meine Website aktualisieren."

„Du hast einen eigenen Internetauftritt?", fragte Denise.

„Klar! Und in den sozialen Netzwerken findest du meine Dienstleistung auch." Er klopfte auf die Tischplatte. „Nacht zusammen!"

Ingo betrachtete Denise. Sie wirkte plötzlich wieder sehr traurig und sprach die nächsten Minuten kein Wort.

„Willst du mir erzählen, was los ist?" Er schaute sie eindringlich an.

„Was soll denn los sein?"

„Dir geht es nicht gut, das sehe ich dir an der Nasenspitze an."

Sie wollte gerade etwas entgegnen, als aus Marcelos Zimmer ein lang gezogener Schrei ertönte. Dann rief er: „Mann, Mann, Mann! Das darf nicht wahr sein!"

Ingo und Denise sprangen auf und rannten los.

42

Ohne anzuklopfen, stieß Ingo die Tür auf. Denise blieb ihm auf den Fersen, als er den Raum betrat. Marcelo saß auf einem abgenutzten Bürostuhl, hatte die Hände über dem Kopf zusammengeschlagen und starrte regungslos auf den Bildschirm.

„Was ist passiert?", fragte Ingo.

„Meine Homepage! Total zerlegt! Auf der Startseite waren Fotos von den Boards und ein Text über meinen Service. Alles futsch! Stattdessen steht jetzt das hier!" Er zeigte auf einen Satz.

„You are dead", las Denise laut. Darunter ein Totenkopf. „Gruselig", flüsterte sie.

„Und wenn ich die anderen Seiten anklicke, kommt gar nichts mehr."

„Hackerangriff?" Ingo schaute Marcelo fragend an.

„Sieht so aus. Auf meiner Administrator-Seite wurde alles gelöscht."

„Ich habe keine Ahnung von so was", murmelte Ingo.

„Lass mich mal ran!", sagte Denise und schob Marcelo sanft vom Stuhl. Sie deutete mit dem Finger auf einen Zettel, der mit Klebestreifen am Bildschirm befestigt war. „Ist das dein Administrator-Passwort?"

Marcelo nickte.

Sie fasste sich an ihre Zöpfe und spielte gedankenverloren mit den Perlen.

Er sah sie entgeistert an. „Glaubst du, der Einbrecher hat das abfotografiert?"

„Liegt doch auf der Hand. Damit hatte er sofortigen Zugriff auf die Daten. Sei froh, dass er das Passwort nicht geändert hat, dann kämst du gar nicht mehr auf deine Seite."

„Was soll der Mist?", schrie Marcelo. „Ich habe ewig für die Website gebraucht."

Ingo legte den Kopf schief. „Da will dich jemand schikanieren. Wieder mal." Er zeigte auf den Bildschirm. „Die Botschaft spricht Bände."

„Aber warum? Ich hab doch keinem was getan", jammerte Marcelo.

Denise schaute sich den Aufbau der Seite an und war bald dermaßen vertieft, dass sie nur am Rande mitbekam, wie Ingo den Raum verließ. Marcelo holte sich einen Stuhl aus dem Esszimmer und setzte sich neben sie. Gemeinsam fütterten sie Zeile um Zeile mit Eingaben, fügten Fotos ein und formulierten Texte.

Sie zeigte schließlich auf den Bildschirm. „Und wie gefällt dir die Seite?", fragte sie.

Er klickte nacheinander alle Reiter an. „Perfekt! Ist sogar noch besser als vorher. Du hast das echt drauf."

Sie winkte ab. Natürlich kannte sie sich aus. Bis vor drei Wochen war sie einen Großteil der Zeit online gewesen, hatte Filme gedreht und Ratschläge im Netz verbreitet. Wie gerne hätte sie sich in ihren Account eingeloggt, ihre Mails gecheckt. Oder sich in den sozialen Netzwerken getummelt und Neuigkeiten gepostet.

„Wir vergeben jetzt ein neues Passwort", sagte Denise. „Verwahr es an einem *sicheren* Ort auf."

„An einem *sicheren* Ort? Ich war davon ausgegangen, dass mein Zimmer ein sicherer Ort ist", schnaubte Marcelo.

Sie blickte sich verstohlen im Zimmer um. Überall standen Kisten herum. Das Bett war nicht gemacht. „Das ist also dein Schlaf- und Arbeitszimmer", sagte sie grinsend.

„Sieht chaotisch aus, ich weiß. Ich werde demnächst nach hinten ziehen. Das hier wird mein Büro."

Demnächst sollte heißen, wenn Ingo und Denise ausgezogen waren. Sie waren ihm im Weg, ging es ihr durch den Kopf.

Marcelo fuhr fort: „Das Bett und die Klamotten kommen raus. Dann werde ich streichen. Wellenmotive schweben mir vor." Er strahlte und schien in Gedanken das renovierte Zimmer vor sich zu sehen.

„Was hast du eigentlich gemacht, bevor du den SUP-Service übernommen hast?", fragte Denise.

„Ich bin gelernter Maler und Anstreicher. Eigentlich wollte ich Abi machen und studieren. Aber meine Mutter war alleinerziehend und ich wollte ihr nicht länger auf der Tasche liegen."

„Wo wohnt deine Mutter denn?"

Marcelo machte eine Handbewegung nach oben.

„Sie ist tot?", hauchte Denise.

„Ja. Sie ist kurz vor Weihnachten an Krebs gestorben."

„Ach, das tut mir leid."

Marcelo räusperte sich. „Ich hatte ein paar beschissene Monate, bevor ich hergekommen bin, aber ich schaue nach vorne." Er lächelte. „So, und jetzt ist Feierabend. Vielen Dank für deine Hilfe. Du hast was gut bei mir!"

„Ist schon okay", murmelte sie. „Um noch mal auf Uta zurückzukommen ..." Nach einer Kunstpause sprach sie weiter. „Ich meine es wirklich ernst. Lad sie ein! Du kannst dich ja von ihr fernhalten. Ingo und ich heitern sie ein wenig auf."

Marcelo verzog das Gesicht und entgegnete: „Uta wohnt in einem Hotel der gehobenen Klasse. Da gibt es genug Ablenkung."

„Bitte ruf sie an!"

43

„Bom dia. Todo bem?" Marcelo strahlte Vitor an.

Der grummelte vor sich hin und winkte ihn herein.

In der Wohnung herrschte totale Stille. Der alte Mann schien allein zu sein. Ingos Ratschläge geisterten in Marcelos Kopf herum und dennoch kostete es ihn Mühe, seinen Opa in einem positiven Licht zu betrachten. Glaubte Vitor tatsächlich, dass er ihm nach dem Leben trachtete? Oder hatte Ingo ihn vom Gegenteil überzeugen können?

Marcelo hätte am liebsten im Wohnzimmer die Fenster aufgerissen. In dem Raum mit der abgestandenen Luft sehnte er sich nach der frischen Brise, die der Wind vom Meer durch die Gassen des kleinen Ortes trug.

Vitor saß im Sessel und stierte vor sich hin. Während Marcelo noch grübelte, wie er ihn von seiner Unschuld überzeugen könnte, hörte er seinen Großvater fragen: „Wie laufen die Geschäfte?" Er klang interessiert.

„Bestens!" Marcelo lächelte. „Ich bin fast jeden Tag ausgebucht. Ingo hat gestern auch mit dem Paddeln angefangen. Er ist begeistert. Ich soll dich übrigens von ihm grüßen."

Vitors Miene erhellte sich.

„Mit Ingo verstehe ich mich super", fuhr Marcelo fort. „Er ist echt in Ordnung."

„Im Haus wohnt eine Frau", sagte Vitor wie aus der Pistole geschossen. Woher war er so gut informiert?

„Du meinst Denise. Sie ist ein paar Tage zu Besuch."

„Deine Freundin?", wollte Vitor wissen und grinste schelmisch.

„Denise? Ach, wo denkst du hin." Marcelo schüttelte den Kopf. Hätte er den Alten fragen müssen, ob sie in dem Haus wohnen durfte?

Vitor erhob sich ächzend und holte eine bauchige Flasche aus dem Schränkchen neben der Couch. *Aguardente de Medronho* las Marcelo auf dem Etikett. Er blickte auf die Wanduhr. Kurz vor zwölf. Ein bisschen früh für Alkohol.

Vitor goss zwei Schnapsgläser voll. Sie leerten ihre Gläser im Gleichtakt.

„Wow, ganz schön stark", rief Marcelo mit zusammengekniffenen Augen. Sein Rachen brannte wie Feuer. Schon bald spürte er die Wirkung des Alkohols. Was sollte das werden? Ein Versöhnungsbesäufnis? In der folgenden halben Stunde sprachen sie kaum ein Wort. Es lag eine schläfrige, einträchtige Stimmung im Raum. Marcelo fragte sich, ob er dem Frieden trauen konnte. Ihm stand nicht der Sinn danach, Vitor auf das gefälschte Foto anzusprechen. Er erhob sich. „Ich muss langsam los. Will noch ein paar Sachen fürs Abendessen kaufen."

„Geh nach nebenan zu Adelino. Da bekommst du alles."

„Gute Idee." Marcelo hatte das Lebensmittelgeschäft aufgrund der Nachbarschaft zu Vitors Wohnung bisher gemieden, was ihm im Nachhinein unsinnig erschien. Er verabschiedete sich von seinem Großvater und betrat Augenblicke später den Laden. Ein Mann im grauen Kittel räumte Gemüsekonserven ins Regal und erwiderte Marcelos Gruß, ohne sich umzudrehen.

Marcelo schaute auf die Liste, die ihm Denise in die Hand gedrückt hatte. „Ingo hat bereits einiges besorgt, mir fehlen noch ein paar Kleinigkeiten", hatte sie erklärt. Sie schien in heller Aufregung, weil sie am Abend eine Fremde beköstigen musste. Dabei war es Denise' Idee gewesen, Uta einzuladen. Beim Gedanken an diese hochnäsige Person verflog Marcelos gute Laune.

Er packte Ziegenkäse, Honig, Tomaten und frisches Brot in einen Korb. Der Mann im Kittel stand nun an der Kasse und hielt mit einer dunkel gekleideten älteren Dame ein Schwätzchen übers Wetter und die gestiegenen Lebensmittelpreise. Er hatte dichtes, schwarzes Haar, das an den Schläfen ergraut war, und buschige Augenbrauen. Nachdem die Kundin den Laden verlassen hatte, rechnete er Marcelos Einkäufe ab. Dann hob er den Kopf und fragte: „Marcelo Oliveira?"

„Sim", sagte Marcelo vorsichtig.

„Adelino!", stellte sich der Ladenbesitzer vor und gab ihm die Hand. Ein Wortschwall auf Portugiesisch folgte. Da der Ladenbesitzer wesentlich deutlicher als Vitor sprach, erfuhr Marcelo, dass Adelino mit Antonia zur Schule gegangen war. Er könne sich noch gut erinnern, wie sie früher mit ihrem Sohn hier Urlaub gemacht habe.

Adelino schwärmte in den höchsten Tönen von Antonia und ja, er sei ein bisschen verliebt in sie gewesen. Er sei inzwischen glücklich verheiratet, verkündete er. Doch dann verdüsterte sich seine Miene. Er habe vor Kurzem von Vitor erfahren, dass Antonia gestorben sei, was ihn unsagbar traurig stimme.

Marcelo schluckte schwer. Er stellte sich vor, wie Antonia und Adelino vor der Tür gestanden und geraucht hatten. Oder auf einem Mofa durch den Ort gedüst waren.

Der Ladenbesitzer erzählte, Vitor leide sehr unter der Einsamkeit. Vor etwa einem halben Jahr sei seine Schwester gestorben, an der er sehr gehangen habe. Marcelo erinnerte sich, dass seine Mutter ihm mit traurigem Blick vom Tod ihrer Tante erzählt hatte. Aber ihm wurde klar, wie wenig er über seine Familie wusste. Als Adelino weitersprach, wurde er hellhörig. Vitor sei stolz auf seinen Enkel, der große Pläne habe. In dem Moment bezweifelte er, dass er alles richtig verstanden hatte. Vitor hatte von ihm geschwärmt? Dann sagte Adelino, er habe gehört, dass Marcelo gelernter Anstreicher sei. Er machte eine Geste, als würde er mit einer Farbrolle über eine Wand fahren. Der Weinkeller müsse dringend gestrichen werden, er habe aber Rückenprobleme. Er fragte, ob Marcelo kurzfristig helfen könne.

Gemeinsam besichtigten sie das unterirdische Getränkelager. Ein vollgepackter, kleiner Raum. Und dennoch sah Marcelo auf den ersten Blick, dass die Wände einen Anstrich dringend nötig hatten. Ein Arbeitsaufwand von zwei Stunden, schätzte er. Wäre es klug, Adelino die Bitte auszuschlagen, wo sich gerade ein freundschaftlicher Kontakt zu einem Einheimischen anbahnte? Eher nicht. Daher sagte Marcelo zu. Er wollte soeben den Laden verlassen, als zwei Männer in schweren Stiefeln hereingestapft kamen. Sie trugen hellblaue Pullis mit Emblem auf dem Oberarm, breite Gürtel und dunkelblaue Hosen. Rechts steckte die Waffe im Holster und links baumelten Handschellen und Schlagstock. Der eine Polizist war Anfang zwanzig, der andere, ein bärtiger Typ mit Barrett auf dem Kopf, eher in Adelinos Alter. Ein schneller Wortwechsel folgte, von dem Marcelo nichts verstand. Der ältere Polizist lachte laut auf. Er stellte sich als Bento vor, Adelinos Bruder. Auch er könne sich noch an Antonia erinnern, und wieder musste Marcelo gegen die Tränen ankämpfen. Ein Gedanke, der ihm allerdings nicht mehr aus dem Kopf gehen wollte: Warum hatte sich Vitor mit dem Foto nicht an Bento gewandt?

44

„Nur noch die Treppe hoch, dann sind wir da", hörte Ingo Marcelos Stimme. Kurz darauf erschien sein Mitbewohner mit einer Frau mittleren Alters im Schlepptau auf der Terrasse.

„Nett, dich kennenzulernen, Uta. Ich bin Ingo", sagte er und gab ihr die Hand. Sie war ein bisschen außer Atem und erwiderte: „Hallo, Ingo! Danke, dass ihr mich eingeladen habt." Marcelo bat sie ins Haus. Ingo folgte den beiden. Uta humpelte, bewegte sich aber erstaunlich zügig vorwärts. Die dunkelgraue Stoffhose hatte ausgestellte Beine. Rechts konnte er die Orthese darunter hervorlugen sehen. Uta trug eine cremefarbene Seidenbluse mit hellrotem Rautenmuster und um die schlanke Taille einen geflochtenen Ledergürtel. Der brünette Pagenschnitt saß perfekt. In dem rustikalen Wohnraum mit Rauputz an den Wänden, Steinfußboden und den schlichten Möbeln wirkte sie ein wenig fehl am Platz. Besonders neben der mädchenhaften Denise im Schlabberlook, die nun herbeieilte, sah Uta wie eine Geschäftsfrau aus.

„Hi, Uta. Ich bin Denise." Die Frauen reichten sich die Hand.

Ingo rückte ihr einen Stuhl zurecht. Marcelo nahm auf der gegenüberliegenden Seite Platz, zückte sein Smartphone und starrte aufs Display. Unter dem Motto: „Ihr habt es nicht anders gewollt!", schwieg er sich aus. Ingo bot Uta Wein an und sie nahm dankend an. Ihr rechtes Handgelenk zierte ein goldenes Armband mit der Aufschrift *Oliver*.

Ingo gesellte sich zu Denise, die am Herd stand, die Suppe ein letztes Mal abschmeckte und diese dann in einen glasierten Keramiktopf mit Blumenmotiv füllte. Sie drückte ihm das Gefäß, dem ein Möhren-Knoblauch-Geruch entströmte, in die Hand und folgte ihm mit einem Korb gerötetem Brot zum Tisch. An Uta gewandt, erklärte sie: „Das ist Sopa Vegetariana. Gemüsecremesuppe." Sie nahm Utas Teller und füllte ihn fast bis zum Rand. Marcelo legte das Handy beiseite. Seine Augen leuchteten, als er sich bediente.

Nach der Suppe servierte Denise Ziegenkäse mit würzigem Honig und Walnüssen. Die Hauptspeise bestand aus einer Platte mit Hähnchenstücken. „Frango Piri-Piri", verkündete sie. „Gegrilltes Hähnchen in scharfer Marinade."

„Mmh, das riecht so gut!", schwärmte Uta.

Dazu gab es Rosmarinkartoffeln und Tomatensalat. Nach wenigen Bissen sagte sie: „Schmeckt echt lecker."

Ingo konnte nur zustimmen. Denise hatte sich wieder selbst übertroffen.

Uta blickte in die Runde und fragte: „Woher kennt ihr euch eigentlich? Verwandt seid ihr nicht miteinander, oder?"

„Das ist kompliziert", äußerte sich Ingo. „Denise und ich sind zufällig hier gelandet. Marcelo ist quasi der Hausherr."

„Hausherr! Wie doof das klingt!", entrüstete sich Marcelo. „Und es ist ja wohl egal, woher wir uns kennen."

„Wir haben uns nicht gesucht und doch gefunden", scherzte Denise. „Es ist einfach schön, wenn man auf Reisen nette Leute trifft."

Ingo nickte. Er hatte die beiden zu einem Zeitpunkt kennengelernt, als er sich nach Gesellschaft gesehnt hatte, ging es ihm durch den Kopf. Natürlich hatte ihn Marcelos rüpelhafte Art anfangs abgeschreckt. Inzwischen empfand er das Zusammenwohnen mit den beiden aber als Bereicherung. Ingo nippte an seinem Wein, verschluckte sich und hustete. Denise klopfte ihm auf den Rücken. Er schaute sie dankbar an. Sie verstanden sich ohne große Worte. Denise war sensibel und klug. Doch Ingo wusste immer noch nicht, was ihr auf der Seele lag. In Utas Gegenwart schien sie ein wenig aufzublühen.

„Und du machst hier Urlaub?", erkundigte Denise sich.

„So kann man es sagen. Eigentlich wäre der gestern zu Ende gewesen. Aber ich durfte ja verlängern." Uta warf Marcelo einen bösen Blick zu. Der starrte schon wieder auf sein Handy.

Denise kaute verlegen auf der Unterlippe herum. Es schien ihr unangenehm, diese Frage gestellt zu haben. „Geht es deinem Bein denn besser?", schob sie rasch hinterher.

„Die Schmerzen haben etwas nachgelassen. Ich bin heute zum ersten Mal ohne die lästigen Krücken unterwegs. Natürlich laufe ich nur kurze Strecken."

„Aus welcher Ecke von Deutschland kommst du denn?", fragte Denise.

„Aus Hannover."

„In Hannover war ich noch nie. Ich war in Hamburg, Bremen, Berlin." Denise lächelte. Am Tisch war offenbar niemand an einem Gespräch über norddeutsche Großstädte interessiert. „Der Ort hier heißt Burgau, nicht wahr?", fragte Uta plötzlich. Ohne eine Antwort abzuwarten, sagte sie: „Klingt überhaupt nicht Portugiesisch. In Bayern gibt es auch ein Burgau, habe ich recherchiert."

„Schau mal raus! Sieht's hier aus wie in Bayern?", brummte Marcelo.

„Ich hole jetzt den Nachtisch." Denise wollte soeben aufspringen. Marcelo kam ihr zuvor. „Ich mach das schon!"

„Das ist lieb von dir. Die Schüssel steht im Kühlschrank. Aber sei bitte vorsichtig. Es handelt sich um Pudim Molotov, der ist höchst explosiv." Denise kicherte.

„Pudim Molotov? Echt jetzt?" Ingo sah sie fragend an.

„Kein Scherz", antwortete Denise. „Der ist ziemlich süß. Ein Kontrastprogramm zum scharfen Hähnchen."

Nach dem Essen herrschte eine Weile Schweigen am Tisch.

„Wie ist dein Hotel denn so?", versuchte Denise das Gespräch wieder in Gang zu bringen.

„Tadellos. Perfekter Service, sehr sauber, tolle Lage", antwortete Uta.

Marcelo räumte geräuschvoll die Spülmaschine ein. Ingo stand auf und blickte in die Runde. „Sorry, Leute. Ich muss mir die Beine vertreten."

Denise schaute Uta fragend an. „Sollen wir beide uns raussetzen?"

„Gerne!", antwortete diese erfreut.

Ingo nahm Marcelo beiseite und flüsterte: „Die Mädels kommen ohne uns klar. Sollen wir paddeln gehen?"

„Super Idee! Wir holen die Bretter und fahren weit raus."

Nachdem sie das Haus verlassen hatten, knurrte Marcelo: „Ich hatte echt keinen Bock auf Konversation mit Uta. Ich bringe sie heute Abend zurück ins Hotel und dann ist das Thema für mich ein für alle Male abgehakt."

„Denise scheint sich gut mit ihr zu verstehen", sagte Ingo.

„Ja, erstaunlich." Marcelo öffnete seinen Wagen. „Übrigens: Ich habe eben Vitor besucht."

„Und? Habt ihr über das Foto gesprochen?"

„So weit sind wir nicht gekommen. Aber er war total nett zu mir. Wir haben Schnaps getrunken." Marcelo grinste.

„Siehst du. Er mag dich." Ingo lachte.

„So ganz traue ich dem Frieden allerdings noch nicht."

„Ach, du wirst sehen, das wird schon."

Sie nahmen Bretter und Paddel aus dem Wagen und liefen damit zum Wasser. Als Ingo sich umdrehte, sah er, dass Denise und Uta auf der Terrasse die Köpfe zusammensteckten. Er konnte Utas glockenhelles Lachen bis hier unten hören.

45

Uta legte das verletzte Bein auf das Mäuerchen. Sie schaute Denise an und fragte: „Wohnst du schon lange hier?"

„Gut eine Woche."

„Du bist so blass. Gehst du nicht oft raus?"

„Ich meide die Sonne, wenn es eben geht. Habe sehr empfindliche Haut." Die Lüge ging Denise erstaunlich glatt über die Lippen. Dabei sehnte sie sich nach Strandspaziergängen und Sonnenbädern. Aber sie wurde das Gefühl nicht los, dass ihr jemand hier draußen auflauerte. In Utas Gegenwart fühlte sie sich einigermaßen sicher.

„Sollen wir besser wieder reingehen?", fragte Uta.

„Nein. Ich zieh mir nur schnell was über."

Uta betrachtete Denise' rechten Oberarm und zog die Stirn in Falten. Ob sie sich wunderte, dass Denise sich ein Tattoo hatte stechen lassen, wo sie doch unter Hautproblemen litt?

Denise betrat das Haus. An einem Kleiderhaken im Flur hing Marcelos schwarz-weiß kariertes Flanellhemd. Sie schlüpfte hinein. Es war ihr viel zu groß. Kurz entschlossen knotete sie die Zipfel über dem Bauch zusammen und kehrte zu Uta zurück.

„Verstehst du dich gut mit Marcelo? Er ist ziemlich attraktiv, findest du nicht?", wollte Uta wissen.

„Geht so. Wir sind kein Paar, wenn du das meinst." Denise beobachtete, wie Marcelo und Ingo aufs Meer hinauspaddelten. Die beiden wirkten wie beste Freunde. Das war anfangs anders gewesen. Woher kam der Wandel?

„Ich könnte hier ewig sitzen", sagte Uta und schloss die Augen. „Die Luft ist ja doch wesentlich besser als in der Großstadt."

Denise musterte sie. Eine attraktive Frau mittleren Alters, die sehr auf ihr Äußeres zu achten schien. Sie fand Uta auf Anhieb sympathisch. Wie hatte Marcelo so schlecht über sie reden können?

„Das Essen war übrigens echt vorzüglich. Woher kannst du so gut kochen?", fragte Uta, die Denise nun anschaute.

„Ich lese Kochbücher wie andere Leute Krimis. Außerdem recherchiere ich im Internet und sehe mir Kochsendungen an. Und oftmals probiere ich einfach was aus."

„Ich habe es nicht so mit Kochen. Meist bestellen wir uns was auf die Arbeit. Oder gehen zum Italiener um die Ecke."

„Was machst du denn beruflich?"

„Ich bin Rechtsanwaltsfachangestellte. Arbeite in der Kanzlei meines Bruders."

Uta kannte sich also mit dem Gesetz aus, wie Marcelo es bereits erwähnt hatte. Sollte sie Uta ihr Problem schildern?

„Und was ist mit dir? Du lebst doch nicht dauerhaft in Portugal, oder?", kam Uta ihr zuvor.

Denise schüttete den Kopf. „Nee. Ich habe in Köln BWL studiert, brauche aber im Moment eine kleine Pause von der ganzen Lernerei." Das war Schönfärberei, dessen war sie sich bewusst. Eigentlich hatte sie sagen wollen: „Ich habe mein Leben vor die Wand gefahren." Sollte sie nicht endlich die Karten auf den Tisch legen? Mit Sicherheit würde es ihr danach besser gehen. Aber es gelang ihr nicht, den entscheidenden Schritt nach vorne zu machen. Es fühlte sich an, als wären ihre Beine zusammengebunden. „Bist du Single?", erkundigte sie sich, um dem Gespräch eine andere Richtung zu geben.

Utas Züge verhärteten sich. „Im Grunde ja", antwortete sie.

Denise war offenbar in ein Fettnäpfchen getreten. Hatte Uta eine Trennung hinter sich? Plötzlich machte sich tiefe Trauer auf ihrem Gesicht breit. Sie flüsterte: „Mein Partner ist vor einem Jahr tödlich verunglückt."

Schlimmer ging nimmer. Warum nur hatte sie Uta nach ihrem Beziehungsstatus fragen müssen? „Ach, das tut mir leid", war alles, was Denise dazu einfiel.

Uta wirkte nun völlig apathisch und eine Weile sprachen sie kein Wort. Andere hatten auch ihr Päckchen zu tragen, ging es Denise durch den Kopf.

„Das Leben geht weiter", seufzte Uta schließlich und ihre Züge entspannten sich wieder. Sie fragte: „Darf ich wohl mal euer Bad benutzen?"

„Klar! Einfach durchs Esszimmer durch, dann hinten auf dem Flur die erste Tür rechts."

Nachdem Uta im Haus verschwunden war, beschlich Denise ein mulmiges Gefühl. Wurde sie beobachtet? Sie schaute sich um. Niemand zu sehen. Würde das jetzt ewig so weitergehen mit dem Verfolgungswahn? Sie schloss die Augen und dachte an ein neues Kochrezept, dass sie am nächsten Tag unbedingt ausprobieren wollte. Eine kehlige Stimme holte sie aus ihren Gedanken zurück. „Guten Abend, mein Täubchen!" Denise' Puls beschleunigte sich. Nie würde sie diese Stimme vergessen. Sie riss die Augen auf und drehte sich nach links. Er war tatsächlich gekommen, sie zu holen. Ihr Blick fiel auf die Tür. Sollte sie ins Haus rennen und sich verbarrikadieren? Nein, sie musste sich der Situation stellen. Sie sprang auf, schraubte ihre Stimme eine Nuance nach unten und fragte: „Täubchen? Ich denke, Sie verwechseln mich da mit jemandem."

„Du glaubst doch nicht ernsthaft, nur weil du dir die Haare verunstaltet hast und neuerdings einen Nasenring trägst, erkenne ich dich nicht wieder. Wir können uns gerne das Tattoo auf deinem rechten Oberarm anschauen, diesen hellblauen Delfin." Dicke Finger zogen an Marcelos Hemd. Denise hätte schreien können, doch sie bekam keinen Ton heraus. Dann hoben die Finger den Rock in die Höhe und strichen über eine Narbe oberhalb des linken Knies.

„Weißt du noch? Du bist auf Gran Canaria an einem Felsen hängen geblieben. Hat ganz schön geblutet."

Denise schluckte.

„Hast du wirklich gedacht, ich würde dich nicht finden? Ich habe einen Spezialisten engagiert. Er hat dich schon in Lissabon aufgespürt, aber ich wollte dir ein bisschen Auslauf gönnen." Schallendes Gelächter. „Also, pack deine Sachen und komm mit!"

Sie reckte den Hals und schaute aufs Meer. Keine Spur von Marcelo und Ingo. Wo blieb Uta so lange?

Die Wurstfinger rissen wieder an dem Hemd. „Zieh das dreckige Teil aus! Wem gehört das überhaupt? Deinem Lover? Wie ich dich kenne, hast du dich an den Älteren rangemacht. Oder treibst du es mit beiden?"

Denise schwieg.

„Meredith ist übrigens vier Wochen zur Kur. Die Nerven. Wir beiden Hübschen können unser Wiedersehen also ausgiebig feiern. Und keine Angst, ich bin gar nicht mehr sauer auf dich. Jeder macht mal Fehler. Also, was ist nun?"

Wie zur Salzsäule erstarrt stand Denise auf der Terrasse.

„Jetzt guck nicht so. Wenn du möchtest, bleiben wir noch ein paar Tage in Lagos. Ich wohne im Golfhotel. Dort gibt es auch einen Schönheitssalon." Er musterte Denise abschätzig. „Ich hoffe, dass noch was zu retten ist. So, und jetzt mach hinne!"

Sie spürte einen Brechreiz beim Gedanken daran, sich seinem Willen zu beugen.

In der Ferne tauchten Ingo und Marcelo auf. Sollte sie ihnen zuwinken und um Hilfe rufen? Sie würden sie nicht hören. Eines wurde ihr plötzlich klar: Eher ginge sie ins Gefängnis, als sich weiterhin von diesem Mann abhängig zu machen.

46

Uta erschien im Türrahmen. Denise drängte sich an ihr vorbei und schrie: „Mach die Tür zu! Schnell!"

„Was ist denn los?", fragte Uta. Sie überlegte kurz, Denise ins Haus zu folgen, doch die Neugier siegte. Sie trat auf die Terrasse, blickte nach links und sah einen untersetzten Endsechziger mit braun gebranntem Schädel, Sonnenbrille und grauen Bartstoppeln. Er trug ein hellblaues Markenshirt, Jeans und frisch polierte schwarze Lederschuhe. „Kann ich Ihnen helfen?", erkundigte sie sich.

Der Mann musterte sie mit düsterer Miene.

Uta starrte zurück. Dann hob sie die Hände in die Höhe und rief: „Ich glaube es nicht! Franz-Anton Vettweis!" Sie strahlte. „Was machen Sie denn hier?"

Er blieb stumm.

Sie humpelte auf ihn zu. Plötzlich stand ihr eine Begegnung vor Augen. Vettweis bei einer Opernpremiere in Mailand in Begleitung einer jungen Frau mit seidigem, blondem Haar und wunderschönen bernsteinfarbenen Augen. Denise!

„Sie verbringen also auch Ihren Urlaub in der Algarve!", stellte sie fest. „Ist die gnädige Frau mit von der Partie?" Sie reckte den Hals und scannte den Strand.

Vettweis schwieg beharrlich.

„Oder sind Sie allein unterwegs? Golfen, Geschäftsfreunde treffen und solche Sachen? Die Gattin ist ja eine viel beschäftigte Person." Uta zückte ihr Handy. Bevor Vettweis sich abwenden konnte, machte sie ein Foto. „Das muss ich meiner Freundin schicken. Die wird Augen machen."

Utas Gehirn arbeitete auf Hochtouren. Sie hatte Teile des Gespräches zwischen Denise und Vettweis belauscht, konnte aber nur spekulieren, was vorgefallen war. Einen Versuch war es wert. Sie musste diesem feisten Typen Paroli bieten, was ihr bei Klaus meist schwerfiel. Vettweis erinnerte sie an einen Terrier, der einem Stöckchen hinterherrannte und sich dann darin verbiss. Eine ganz harte Nuss. Aber was hatte sie zu verlieren?

„Herr Vettweis, wir wissen beide, warum Sie hier sind", raunte Uta ihm zu. Seine Miene gefror, aber er sagte kein Wort. „Ihr Täubchen hat die Flatter gemacht, nicht wahr?" Jetzt schnappte er nach Luft. Sie lag mit ihrer Vermutung also richtig. „Und Sie sind gekommen, um das Vögelchen wieder einzufangen und zurück in den Käfig zu sperren. Wie nennt man so etwas? Nötigung? Stalking?" Sie schüttelte missbilligend den Kopf. „Herr Vettweis, Herr Vettweis, so was macht man nicht!"

Er war inzwischen rot angelaufen. Hatte er vergessen, seine Blutdrucksenker zu nehmen? Uta setzte eine mitfühlende Miene auf und fragte: „Was ist denn eigentlich passiert?" Erneut schwieg Vettweis sich aus. Sie durfte nicht lockerlassen. „Ich stelle mir das so vor, und unterbrechen Sie mich, wenn ich falschliege. Sie finanzieren Denise eine Wohnung, Garderobe und Schmuck. Geben ihr vielleicht noch ein bisschen Taschengeld. Doch die wunderschöne, junge Denise hält es irgendwann nicht mehr aus bei Ihnen."

„Was wissen Sie schon?", schnaubte Vettweis. „Dieses Biest …" Er verstummte.

„Biest?" Uta schaute ihn ungläubig an. „Ich dachte, Denise wäre Ihr *Täubchen*. Was hat sie denn verbrochen? Hat sie Ihnen die Kreditkarte gestohlen?"

Er schluckte.

Ganz nah dran. Noch ein bis zwei Stiche, dann würde aus dem aufgeblasenen Typen die Luft herausgehen.

„Oder war es die wertvolle Uhr?"

Er sagte kein Wort.

„Hat sie einen Kratzer in den Lack Ihres Luxuswagens gemacht?"

Jetzt zuckte Vettweis merklich zusammen.

„Okay. Aber so was zahlt ja normalerweise die Versicherung. Es ist Ihr verletzter Stolz, geben Sie es zu. Glauben Sie wirklich, Sie können Denise zwingen, zu Ihnen zurückzukehren?"

„Das Luder wird mich kennenlernen." Es klang wie ein Donnergrollen. „Und Sie, Frau äh …"

„Mein Name tut nichts zur Sache. Es geht um Denise. Was sagt eigentlich die Gattin dazu, dass Sie eine Geliebte haben? Und dazu noch eine, die jünger ist als Ihre jüngste Tochter."

Vettweis rang nach Luft.

„Meredith heißt die Gattin, nicht wahr? Frau Dr. Meredith Vettweis. Wer kennt sie nicht aus Presse, Funk und Fernsehen? Und Ihre Töchter heißen Juliana und Sophie, nicht wahr?"

Franz-Anton Vettweis starrte Löcher in die Luft.

„Nein, Sophia heißt die Jüngste, jetzt fällt es mir ein. Das arme Ding ist vom Ehemann ganz böse betrogen worden. Sie haben ihr den besten Scheidungsanwalt der Stadt besorgt."

Vettweis geriet ins Wanken. Hoffentlich kollabierte er nicht. „Ich weiß nicht, was Sie das alles angeht."

„Meine Freundin ist Journalistin. Spezialgebiet Gesellschaftsreportagen. Sie hat immer ein offenes Ohr für eine interessante Story."

„Wagen Sie es ja nicht ...", zischte er. „Alles, was dieses Früchtchen Ihnen erzählt hat, ist gelogen. Die Schlampe hat sich strafbar gemacht und ich werde dafür sorgen, dass sie ins Gefängnis wandert."

Uta machte einen Schritt auf Vettweis zu. „Ihr Täubchen steht in Kontakt zu einer renommierten Anwaltskanzlei", sagte sie. „Mal sehen, wer am längeren Hebel sitzt." Sie prüfte mit der Hand den Sitz ihrer Frisur. Dann hielt sie ihr Telefon in die Höhe. „Ich muss jetzt unbedingt meine Freundin anrufen. Sie wird sich auf die Schenkel klopfen vor Lachen, wenn ich ihr erzähle, was hier los ist."

„Hören Sie mit dem Theater auf!", schnaubte Vettweis.

„Und Sie verschwinden jetzt!", funkelte Uta ihn an. „Sonst zeigen wir Sie wegen Hausfriedensbruch an."

47

„Er ist we...heg", flötete Uta. Denise steckte den Kopf zur Tür heraus und blickte sich um. Uta grinste breit. Dann wurde sie ernst: „Mensch, du bist weiß wie die Wand. Vettweis wird so schnell nicht wiederkommen, dafür habe ich gesorgt."

„Trotzdem würde ich lieber drinnen bleiben." Denise zitterte wie Espenlaub.

„Wie du willst."

Sie gingen in die Wohnküche und ließen sich am Esstisch nieder. „Du hast echt was verpasst. Ich habe vielleicht einen Schwachsinn geredet. Meine Freundin ist Journalistin. Das wüsste ich aber." Uta kicherte wie ein Schulmädchen.

„Ich habe euch belauscht", gestand Denise. „Aber wie verrückt ist das denn? Du kennst Franz-Anton?"

„Kennen ist zu viel gesagt. Seine Frau ist ja oft in den Medien. Ab und zu gibt es aber auch Berichte über die anderen Familienmitglieder. Was aber wirklich witzig ist: Ich habe dich mit Vettweis vor zwei Jahren in Mailand gesehen. Erinnerst du dich an die Premiere von Tosca?"

„Du warst auch in der Scala?"

„Ja, mit meiner Freundin. Einmal im Jahr gönnen wir uns einen exklusiven Städtetrip. Miri hat sich das Maul zerrissen. Sie fand es unerhört, dass Vettweis eine so junge Geliebte hat."

Tränen schimmerten in Denise' Augen. Sie senkte den Kopf. „Uta, ich bin da reingerutscht, das musst du mir glauben."

„Du brauchst dich nicht zu rechtfertigen. Wenn du möchtest, kannst du mir aber gerne alles erzählen."

Denise zögerte einen Moment, dann räusperte sie sich. „Ich habe in Köln BWL studiert und in einer Bruchbude gehaust. Musste mir den Lebensunterhalt mit Nebenjobs finanzieren, von meinen Eltern war kaum was zu erwarten. Eine Kommilitonin hat mir eine Escort-Agentur empfohlen. Ich wurde schon bald gebucht. Du kannst dir nicht vorstellen, was man mit Escort an einem Abend verdienen kann."

„Natürlich kann ich das", erwiderte Uta. „Kommt natürlich auf den Service an, den man bietet."

Denise starrte die Tischplatte an und schwieg.

„Und über die Agentur hast du Vettweis kennengelernt?"

„Ja. Er war mein vierter Kunde überhaupt. Er hatte gerade eine Wohnung mit Blick auf den Rhein gekauft. Alles vom Feinsten. Ich durfte dort mietfrei wohnen. Taschengeld habe ich auch bekommen. Dafür musste ich ausschließlich für ihn da sein."

„Dass er verheiratet ist, wusstest du aber?"

Denise nickte. „Er fühlte sich von seiner Frau vernachlässigt. Franz-Anton hat als erfolgreicher Unternehmer seine Schäfchen im Trockenen. Seine Frau ist aber ein Arbeitstier." Denise hielt einen Moment inne, dann sprach sie weiter: „Mir hat es an nichts gefehlt. Nach kurzer Zeit fing Franz-Anton allerdings an, mich zu kontrollieren." Sie schluckte. „Mein größter Fehler war es, das Studium auf sein Drängen hin aufzugeben."

Uta schenkte ihr einen mitfühlenden Blick. „Du hast dich finanziell vollkommen abhängig von ihm gemacht, nicht wahr?"

„Das war mir erst nicht so bewusst. Aber ich habe mich immer mehr von der Außenwelt zurückgezogen. Da ich leidenschaftlich gerne koche, kam ich auf die Idee, einen Podcast zu betreiben."

„Das ist doch super!"

„Eigentlich ja. Ich wollte aber auch wieder am realen Leben teilhaben. Anfang des Jahres habe ich Franz-Anton gesagt, ich würde mir eine eigene Wohnung suchen. Er hat nur gelacht und gefragt, ob ich auf den Strich gehen wolle. Außer meinem Aussehen hätte ich doch nichts zu bieten."

„So ein Idiot!", echauffierte sich Uta.

„Sein Kontrollwahn wurde immer schlimmer. Ich vermute, er hat sogar mein Handy geortet."

Uta schüttelte missbilligend den Kopf.

Denise fuhr fort: „Vor drei Wochen war ich so frustriert, dass ich schon zum Frühstück Alkohol getrunken habe. Franz-Anton war mit seiner Frau zu einer Benefizgala nach Genf geflogen. Sein Luxusschlitten stand vor meiner Tür. Ich bin wie eine Irre über die A4 gebrettert. Auf dem Rückweg über die kurvige Landstraße habe ich die Kontrolle über den Wagen verloren und bin in ein Bushäuschen gekracht."

Uta hing an Denise' Lippen. „Und?", fragte sie.

„Das Auto war Schrott. Das Bushäuschen auch."

„Gab es Personenschaden?"

„Zum Glück nicht."

„Und was war mit dir?"

„Ich muss einen riesigen Schutzengel gehabt haben. Ich bin raus aus dem Auto und eine Weile nur gerannt. Dann bin ich mit dem Taxi zur Wohnung, habe meine Sachen gepackt und bin zu Fuß zum Bahnhof." Sie schluckte trocken. „Ich muss was trinken, möchtest du auch was?", fragte sie.

„Ich hätte gerne noch ein Glas von dem leckeren Wein." Uta lächelte.

„Du meinst den Vinho Verde. Den trinkt Ingo so gerne."

Denise sprang auf, holte Wein und Wasser aus dem Kühlschrank, füllte zwei Gläser und nahm wieder Platz.

„Es war nicht nur der Unfall", sagte sie leise. „Ich habe ab und zu ein bisschen Bares aus Franz-Antons Portemonnaie genommen. Und den Schmuck, den er mir gekauft hat, habe ich zu Geld gemacht. Trotzdem habe ich es nicht geschafft, mich von ihm zu lösen. Es war, als müsste ich vom Zehn-Meter-Brett springen, obwohl ich Höhenangst habe." Sie schwieg einen Moment. Dann flüsterte sie: „Glaubst du echt, Franz-Anton lässt mich in Zukunft in Ruhe?"

Uta streckte das verletzte Bein aus. Nach kurzem Überlegen antwortete sie: „Ich habe ihm jede Menge Argumente geliefert, die ihn davon abhalten werden, dir weiterhin auf die Pelle zu rücken. Und er wird es nicht wagen, dich anzuzeigen. Er hat dich in diese Situation gebracht, dir die Luft zum Atmen genommen. Du darfst dir nicht einreden, er hätte dich in der Hand. Du wirst doch nicht etwa seinem Drängen nachgeben?"

„Auf gar keinen Fall."

„Geh zur Polizei und stell dich!"

„Meinst du?"

Uta nickte. „Ich kenne eine Anwältin, die auf Verkehrsrecht spezialisiert ist. Am besten schreibe ich dir die Adresse auf. Du kannst dich gerne auf mich berufen."

„Das würde mir sehr helfen." Denise schenkte Uta einen dankbaren Blick. „Bitte erzähl vorerst niemandem davon. Auch Marcelo und Ingo nicht."

„Ich werde schweigen wie ein Grab."

Denise kam plötzlich eine Idee. „Sag mal, könntest du mir vielleicht die Haare schneiden?", fragte sie. „Viel falsch machen kannst du nicht. Aber die blöden Zöpfe müssen endlich ab." Sie zog an dem Flechtwerk.

Uta war zunächst verdutzt, dann grinste sie. „Wie du willst. Bring mir Kamm und Schere! Zum Schneiden gehen wir aber besser raus."

Eine Weile arbeitete Uta schweigend vor sich hin. Legte immer wieder den Kopf schief, bevor sie erneut zur Schere griff. Schließlich ließ sie die Arme sinken und rief: „Schau mal in den Spiegel! Ich finde, die Kurzhaarfrisur steht dir echt gut."

Denise flitzte ins Bad und kehrte begeistert zu Uta zurück. „Wow! Das sieht mega aus! Die Zöpfe waren furchtbar verfilzt. Und diese Farbe. Gruselig."

Denise spürte, wie sich der Druck der letzten Wochen förmlich in Luft auflöste. „Ich hätte schon viel eher jemanden wie dich zum Reden gebraucht. Danke, Uta", sagte sie.

Uta nahm Denise in den Arm und sagte: „Du schaffst das."

Denise nickte. „Irgendwann mache ich reinen Tisch. Bin aber noch nicht so weit." Sie hörte Stimmen auf der Treppe.

„Die Jungs kommen", raunte sie Uta zu.

Marcelo betrat die Terrasse, dicht gefolgt von Ingo. Sie blieben wie angewurzelt stehen.

„Wo ist Denise?", fragte Marcelo und schaute sich um. Er erblickte die Haare auf dem Boden, dann musterte er Denise und lachte schallend. „Das glaube ich jetzt nicht!"

48

„Danke für den tollen Nachmittag! Es war so schön bei euch." Uta strahlte erst Denise, dann Ingo an.

„Mach's gut, Uta!" Denise zwinkerte ihr verheißungsvoll zu.

Ingo gab ihr zum Abschied die Hand. „Tschüss, Uta. War schön, dich kennenzulernen."

Marcelo ließ Uta den Vortritt und folgte ihr die Treppe hinunter. Sie stützte sich auf das Geländer. Am Wagen angekommen, sagte sie: „Nett von dir, dass du mich ins Hotel zurückbringst. Ich hätte mir auch ein Taxi rufen können."

„Ist schon okay."

Während der Fahrt dachte Marcelo an Denise. Wie hatte Uta es geschafft, den gehetzten Ausdruck aus ihrem Gesicht zu wischen? Und warum ließ Denise eine Wildfremde an ihre Haare?

Irgendetwas musste geschehen sein, während er mit Ingo auf dem Wasser gewesen war. Marcelo erinnerte sich, wie er einmal zum Haus geblickt hatte. Ein Mann hatte neben Denise auf der Terrasse gestanden. Kurz darauf war sie verschwunden. Dafür war Uta aufgetaucht. Die hatte sich wild gestikulierend mit dem Typen unterhalten. Sollte er Uta darauf ansprechen?

Sie räusperte sich plötzlich und sagte: „Ich habe mich letztens ein bisschen im Ton vergriffen, aber ich hatte tierische Schmerzen. Dich trifft an dem Unfall keine Schuld. Ich hätte besser aufpassen müssen."

Der Meinung war er von Anfang an gewesen.

Sie fuhr fort: „So ein Unfall kann im Grunde überall passieren. Ein Gast aus meinem Hotel ist in der Altstadt in ein Loch getreten und gestürzt. Er hat jetzt die Hand in Gips." Sie schaute ihn an. „Danke, Marcelo! Für alles."

Seine Gedanken kreisten weiter. Wie kam es, dass Uta und Denise sich auf Anhieb so gut verstanden hatten? Er lenkte den Wagen auf den Parkplatz. „Warte, ich helfe dir beim Aussteigen."

„Ich komme schon klar." Uta verließ das Auto fast mühelos. Er staunte, dass sie bereits ohne Gehhilfen auskam. Trotzdem begleitete er sie in die Lobby. Dort angekommen, sah sie ihm ins Gesicht und fragte: „Können wir uns die nächsten Tage wohl noch mal treffen? Also Denise, Ingo, du und ich? Ich fühle mich als Alleinreisende zwischen all den Pärchen und Familien irgendwie blöd."

Selbst wenn Uta nun versöhnliche Töne anschlug, war Marcelo nicht erpicht darauf, sie wiederzusehen.

„Wann geht denn dein Rückflug?", erkundigte er sich in der Hoffnung, dass sich ein weiteres Treffen dann erledigt hätte.

„Kann ich nicht sagen. Ich muss morgen zur Kontrolle ins Krankenhaus. Den Flug werde ich erst buchen, wenn ich vom Arzt grünes Licht bekommen habe." Sie blickte ihn in Erwartung einer Antwort an.

Marcelo wand sich wie ein Aal. „Ich habe momentan viel zu tun. Und ich weiß auch gar nicht, wie lange Denise und Ingo noch bleiben. Am besten sprichst du mit Denise."

„Sie hat doch kein Handy."

„Ach, stimmt ja. Dann rede ich mit den beiden und wir melden uns bei dir, okay?"

„Das wäre toll."

Sie standen vor einem Regal mit Infobroschüren. Marcelo erblickte seine Flyer in der obersten Reihe. Uta schaute ebenfalls darauf.

„Ach, noch was …", sagte sie.

„Ja?" Er wurde langsam ungeduldig.

„Schon gut", murmelte sie.

Sie verabschiedeten sich voneinander. Marcelo verließ das Hotel und lief zum Auto. Nachdem er sich wieder hinters Lenkrad geschwungen hatte, atmete er erleichtert auf. Dann ging sein Blick zum Beifahrersitz. Dort lag ein Zettel. War er Uta aus der Tasche gerutscht? Ein ungutes Gefühl beschlich ihn. Er griff danach, drehte ihn um und starrte auf ein riesiges rotes Herz.

49

Denise lief in figurbetonten schwarzen Shorts und maisgelbem Top durch den Wohnraum. Ingo entging nicht, dass sie sich die Zehen- und Fingernägel rot lackiert hatte. Auch die Wimpern hatte sie getuscht und ihr Teint war nicht mehr so käsig. Wie glücklich sie wirkte.

„Lust auf einen Abendspaziergang?", fragte sie.

Ingos Telefon gab einen Laut von sich. Er blickte aufs Display. „Sorry, da muss ich drangehen", sagte er. „Kann was dauern. Vielleicht komme ich nach."

Beschwingten Schrittes verließ Denise das Grundstück. Lächelnd nahm er das Gespräch an. „Charlie! Schön, dass du anrufst."

„Hi Paps!"

„Lange nichts von dir gehört! Alles in Ordnung?"

„Klar, ich habe nur viel Stress." Ihre Stimme klang müde und abgekämpft. „Was macht die WG?"

„Wir verstehen uns gut. Ich hatte eigentlich nicht geplant, so lange in diesem Haus zu bleiben."

„Wie ist denn das Wetter?"

Ingo betrachtete den wolkenlosen Himmel.

„Ein Traum", antwortete er. „Und bei euch?"

„Grauenhaft."

Sie redeten nur über belanglose Dinge. Was war mit den Neuigkeiten, die Charlie ihm seit Tagen vorenthielt?

„Nicht, dass du für immer im sonnigen Süden bleibst", holte sie ihn aus seinen Gedanken zurück. Schwang da ein bisschen Furcht in ihrem Ton mit?

„Wie kommst du darauf? Charlie, was ist los?"

Sie antwortete nicht.

„Du, ich freue mich auf zu Hause. Aber ich habe die Auszeit echt gebraucht, das ist mir erst jetzt bewusst geworden. Ich schlafe besser und habe kaum noch Albträume." Er zögerte, dann sprach er weiter: „Mein Job hat mir immer Spaß gemacht, ich bin gerne Arzt, das weißt du. Doch es gab einen Vorfall."

„Was für einen Vorfall?", fragte sie alarmiert.

„Mir wäre beinahe ein fataler Fehler unterlaufen. Ich war vollkommen übermüdet. Habe das Narkotikum falsch dosiert. Ein Kollege konnte im letzten Moment eingreifen. Der Gedanke, dass ein Patient durch meine Nachlässigkeit hätte sterben können, hat mir den letzten Nerv geraubt."

„Waaas?", rief Charlie. „Warum hast du nie mit mir darüber gesprochen?"

„Ich wollte es mit mir selbst ausmachen." Er ärgerte sich maßlos, dass er Charlie mit einem Problem belastete, das längst der Vergangenheit angehörte. „Ich habe daraus gelernt. Ich habe beschlossen, die Arbeitszeit zu reduzieren. Nach meiner Rückkehr werde ich mit meinem Vorgesetzten sprechen."

„Super Idee!"

„Jetzt haben wir nur über mich geredet. Ist bei dir wirklich alles gut?"

„Ich kann nicht klagen."

Da war er wieder, dieser Unterton, der Ingo absolut nicht gefiel.

„Jetzt red schon!"

Sie schwieg. Absolut untypisch für sie.

„Ärger mit Chris?", erkundigte er sich. Er hatte Charlies neuen Freund noch nicht kennengelernt, obwohl sie bereits ein halbes Jahr zusammen waren. Charlie hatte mehrmals ein Treffen vorgeschlagen, immer war Ingo etwas dazwischengekommen, was er inzwischen bereute. War die Beziehung zerbrochen?

„Wir lieben uns!", rief Charlie. „Es ist nur ..."

„Was denn?"

„Ach, nichts."

Ein lautes Gähnen schallte Ingo aus dem Hörer entgegen.

„Ich bin hundemüde. Muss mich hinlegen."

Er wollte gerade das Gespräch beenden, als er Charlie flüstern hörte: „Warum kannst du jetzt nicht hier sein und mich in den Arm nehmen?"

Ingo schluckte. Seine Tochter hatte ein Problem. Sollte er sich nicht besser sofort ins Auto setzen und losfahren?

50

Denise ließ sich im warmen Sand nieder und schloss die Augen. Der Wind strich ihr über Arme und Nacken. Sie sog die Luft tief in die Lungen. Dann öffnete sie die Augen wieder und betrachtete die weißen Wellenkämme. Es war ein unaufhaltsamer Lauf. Sobald der Höhepunkt erreicht war, ging es ungebremst bergab. Verhielt es sich im wahren Leben nicht ähnlich? Denise hatte bereits einige Höhen und Tiefen erlebt. Im Moment ging es dank Utas Intervention wieder bergauf. Denise musste schmunzeln. Zu gerne hätte sie Franz-Antons Gesicht gesehen, als Uta ihn vorgeführt hatte. Seitdem fehlte von ihm jede Spur. Denise hatte sich in den vergangenen Tagen ihren Ängsten gestellt, sich stundenlang allein auf der Terrasse aufgehalten, war einkaufen oder am Strand spazieren gegangen. Inzwischen fühlte sie sich stark genug, Franz-Anton die Stirn zu bieten, sollte er tatsächlich noch einmal auftauchen.

Denise' Blick schweifte wieder über den Atlantik. Surfer, die an schwarze Robben erinnerten, saßen oder lagen auf den Brettern und warteten auf die perfekte Welle. Einigen gelang es, sich aufzurichten und sekundenlang durch die Brandung zu gleiten. Denise bewunderte ihre Geduld und Ausdauer und war beeindruckt, wie die Surfer im Einklang mit dem Ozean ihren Weg fanden. Sie fragte sich, in welche Bahnen sie ihr Leben nun lenken sollte. Sollte sie das Studium fortsetzen? Besonders glücklich war sie mit der Wahl des Faches nie gewesen, gestand sie sich ein. Vielleicht konnte sie eine Ausbildung in der Gastronomie machen. Sie lächelte bei der Vorstellung, irgendwann ein eigenes Restaurant zu betreiben.

Cacilda und Henriqueta kamen ihr in den Sinn. Sie schienen ihr Glück gefunden zu haben. Denise sehnte sich nach einem Gespräch mit Cacilda – und sie würde auch Henriqueta gerne wiedersehen. Sie könnte Marcelo bitten, seinen PC benutzen zu dürfen, um mit den beiden in Kontakt zu treten.

Die Sonne senkte sich und verschwand schließlich hinter einer Landzunge. Dann begann ein Schauspiel, das Denise den Atem raubte. Es sah aus, als hätte jemand rosa Zuckerwatte über den Himmel verteilt, dazwischen Pinselstriche gezogen und Figuren gemalt, die sich in Zeitlupe bewegten und ständig die Form änderten. Denise meinte, ein Krokodil, einen Dinosaurier, eine Friedenstaube mit riesigen Flügeln und einen untersetzten Mann zu erkennen, der sich nach und nach auflöste. Franz-Anton?

Das Wasser zog sich langsam zurück. Der feuchte Sand, der dadurch freigelegt wurde, schien zu glühen.

Sie erhob sich, ging ein paar Schritte, blieb stehen und vergrub die nackten Füße im weichen Untergrund. Spürte, wie die Körnchen sich an der Haut rieben. Schuppe für Schuppe würde sie den Ballast der letzten Jahre abstreifen, beschloss sie.

Denise dachte an den Traum, der sie in letzter Zeit regelmäßig heimgesucht hatte. Zwei Ereignisse hatten sich darin vermischt. Der Unfall vor einigen Wochen und das traumatische Erlebnis, als sie hatte zusehen müssen, wie ihr Vater vor ein Auto gelaufen war. Zurück in Deutschland würde sie das Gespräch mit ihm suchen.

Es war nun fast dunkel und am Himmel tauchten Sterne auf. Sie schlenderte über den Strand zur Treppe, sprang die Stufen hinauf und summte dabei die Melodie von *A Sky Full of Stars*. Als sie sich dem Haus näherte, stutzte sie. Sie machte ein paar Schritte zur Seite. Dann erstarrte sie.

51

Hi Paps! Bin heute irgendwie sentimental drauf. Aber mach dir keine Sorgen. Es geht mir wirklich gut. Genieß die schöne Zeit!

Ingo ließ das Smartphone sinken und atmete auf. Das klang nicht nach einer ernsthaften Krise. Hier im Haus war seit Tagen nichts Beunruhigendes mehr vorgefallen, ging es ihm durch den Kopf. Marcelo und Vitor näherten sich einander an. Sie würden es schaffen, mit weiteren Unwägbarkeiten fertig zu werden, davon war Ingo überzeugt. Bald würde er den Heimweg antreten. Er freute sich so darauf, wieder von Angesicht zu Angesicht mit Charlie zu plaudern. Außerdem musste er Chris endlich kennenlernen. Ingo wollte sich soeben ein Glas Wein holen, als Denise in den Raum gestürmt kam. Ihre Wangen waren gerötet.

„Hast du das gesehen?", rief sie atemlos.

„Was?"

„Das Geschmiere an der Hauswand! Das war doch eben noch nicht da."

„Geschmiere?" Das hörte sich nicht gut an.

„Wo ist Marcelo?"

„In seinem Zimmer."

Die Tür schwang auf. Marcelo stand breitbeinig im Rahmen. „Was ist los?", wollte er wissen.

„Kommt mal mit raus! Das müsst ihr euch ansehen!" Denise verließ das Haus. Marcelo und Ingo folgten ihr. Sie lief nach links und deutete auf die Wand. „Da!" Im Schein einer Straßenlaterne erkannte Ingo einen Totenkopf. „Ist das nicht gruselig?", rief Denise.

Marcelo schrie: „Jetzt habe ich aber die Schnauze voll!" Dann senkte er seine Stimme. „Denise, du warst doch draußen. Hast du jemanden gesehen?"

Sie runzelte die Stirn. „Nein. Ich habe aber auch nicht darauf geachtet, ob hier ein Sprayer am Werk ist."

„Da hinten steht noch was!" Ingo deutete nach rechts.

Marcelo leuchtete einen Schriftzug mit der Handylampe an. *Go home!,* stand da. Denise blickte sich unbehaglich um. „Lasst uns besser reingehen!", sagte Ingo und schob die beiden vor sich her.

Kurz darauf saßen sie um den Tisch herum. Denise umklammerte ihre Knie mit den Armen. „Das Haus ist überhaupt nicht sicher", klagte sie. „Ich habe echt Angst."

„Wo sie recht hat …", murmelte Ingo. Er schaute Marcelo an. „Du wolltest doch Kameras installieren. Und das Türschloss kann man ganz einfach knacken."

„Die Kameras sind heute Nachmittag geliefert worden. Morgen früh bringe ich sie an und verknüpfe sie mit meinem Smartphone. Um die Fenster- und Türsicherungen werde ich mich auch kümmern." Marcelo schlug mit der flachen Hand auf den Tisch. „Aber da hat doch einer echt 'nen Schaden."

Denise' Augen füllten sich mit Tränen. „Go home?", flüsterte sie, als ob sie sich fragte, wer von ihnen nach Hause gehen sollte.

Ingo warf Marcelo einen Blick zu. Der nickte und sagte: „Denise, wir müssen dir was erklären." Sie schaute ihn fragend an. Er fuhr fort: „Vor dem Einbruch sind bereits andere – na ja, ich sag mal unschöne Dinge – passiert. Vor einigen Tagen lag eine tote Möwe vor der Tür. Auf einem Blatt mit einer Totenkopfzeichnung." Ingo hielt Denise sein Smartphone vors Gesicht.

Sie betrachtete das Foto. „Echt jetzt? Warum habt ihr mir nichts davon erzählt?" Sie schien völlig fassungslos.

„Wir wollten dich nicht beunruhigen", antwortete Marcelo.

Eine Weile herrschte Schweigen.

Dann sagte er: „Angefangen hat alles vor gut drei Wochen. Ingo hat meinen Opa bewusstlos auf dem Platz über dem Strand aufgefunden."

„Du hast einen Opa?" Denise starrte Marcelo ungläubig an.

„Denkst du, ich wäre als Findelkind angespült worden?"

„Natürlich nicht. Aber wo wohnt dein Opa denn?"

„In seinem Elternhaus in der Altstadt. Dieses Haus hier hat er jahrelang an Feriengäste vermietet. Anfang des Jahres haben wir vereinbart, dass ich es nutzen darf."

„Ich verstehe. Hast du denn noch weitere Verwandte hier?"

„Nein. Wie gesagt, meine Mutter ist vor Kurzem gestorben. Vitor und sie hatten leider den Kontakt zueinander abgebrochen. Ich hatte ihn dreißig Jahre nicht gesehen."

„Dreißig Jahre? Das ist ja eine Ewigkeit!", rief Denise.

„Stimmt. Ich war damals sechs oder sieben. Im Januar bin ich nach Burgau gekommen, um meinen Opa besser kennenzulernen. Anfangs haben wir uns ganz gut verstanden. Ich bin dann für zwei Monate nach Sagres zum Arbeiten. Als ich zurückkam, hat sich Vitor mir gegenüber befremdlich verhalten. Ich vermute inzwischen, es könnte mit dem Unfall zu tun gehabt haben und damit, was danach passiert ist." Marcelo hielt einen Moment inne.

„Jemand hat Vitor ein Foto zugeschickt, auf dem Marcelo zu sehen war", sprang Ingo ihm zur Seite. „Ein Fake. Vitor war völlig verunsichert und hat sich an mich gewandt."

„An dich?"

„Ja, er hat in mir seinen Lebensretter gesehen und mir vertraut."

„Langsam freunden Vitor und ich uns aber an." Marcelo lächelte matt.

„Trotzdem tappen wir im Dunkeln, wer hinter dem Überfall und den anderen Vorkommnissen steckt", sagte Ingo.

„Aber findet ihr es okay, dass ihr mir das alles verschwiegen habt? Ich wohne doch schon eine Weile hier." Denise funkelte Marcelo an.

Er schickte einen düsteren Blick zurück. „Du hast ja gerade gehört, Ingo und ich tappen noch im Dunkeln."

„Und was ist, wenn mal was richtig Schlimmes passiert? Vielleicht fackelt demnächst jemand das Haus ab, während wir schlafen", rief sie aufgebracht. „Was sagst du denn dazu, Ingo?"

Er musste ihr recht geben. Wie hatte er annehmen können, dass nun alles im Lot war? Er schwieg verlegen.

„Marcelo, ich habe Angst!" Ihre Stimme war schrill.

„Ich habe einen sehr leichten Schlaf", versuchte Marcelo, sie zu beruhigen. „Wenn ich heute Nacht was höre, springe ich aus dem Bett. Versprochen. Dann knöpfe ich mir den Kerl vor. Ich kann Karate." Er grinste breit.

Denise schien eine Weile völlig in sich versunken. Marcelo und Ingo schwiegen sich ebenfalls aus.

Plötzlich sagte sie: „Ich möchte deinen Opa kennenlernen. Ich wohne seit Tagen in seinem Haus und würde mich gerne bei ihm bedanken. Oder weiß er gar nichts von mir?"

„Doch. Und ich kann ihn dir gerne vorstellen. Er lebt allerdings sehr zurückgezogen und ich muss checken, wie er sich fühlt. Morgen früh mache ich erst mal die Sauerei an der Wand weg und installiere die Kameras."

„Damit ist das Problem nicht aus der Welt geschafft." Ingo rieb sich das Kinn. „Wir müssen herausfinden, wer dich schikaniert."

Marcelo starrte Denise an. „Mir fällt da gerade was ein. Als Ingo und ich paddeln waren, stand ein Mann hier auf der Terrasse. Wer war das?"

„Was für ein Mann?", fragte sie.

„Älter, untersetzt, Typ Golfspieler."

„Ja, jetzt erinnere ich mich. Der hat sich nach einem bestimmten Restaurant erkundigt."

Ingo sah ihr an, dass sie nicht die Wahrheit sprach, und Marcelo schien ähnlich zu denken. Er brummte: „Dafür hat er sich aber verdammt lange hier aufgehalten. Uta hat sich auch mit ihm unterhalten." Immer noch lag sein Blick auf Denise.

„Der Mann kam aus Hannover. Uta und er haben einen gemeinsamen Bekanntenkreis. Echt witzig. Aber was soll das jetzt, Marcelo? Das war ein harmloser Urlauber! Der hat bestimmt nicht die Wand beschmiert, wenn du das meinst." Sie war erzürnt. Es klang fast so, als wolle sie den Fremden in Schutz nehmen.

„Wir sollten die Polizei einschalten", sagte Ingo.

„Und dann? Wir haben doch nichts Konkretes", widersprach Marcelo. „Wegen einer Wandschmiererei rückt hier nicht die Kavallerie an. Vitors Sturz liegt schon eine Weile zurück, genau wie der Einbruch, bei dem mein Gras geklaut wurde."

„Du hattest Drogen im Haus?", fragte Ingo entsetzt.

„Für den Eigenbedarf. Ich habe mir inzwischen das Rauchen und Kiffen abgewöhnt. Das war gar nicht so leicht und es kann sein, dass ich deshalb schon mal ein bisschen pampig zu euch war."

Denise reagierte nicht auf die Bemerkung. „Nicht zu vergessen der Hackerangriff und die Sache mit dem Paddel", fuhr sie fort. Sie blickte von einem zum anderen. „Da ist jemand sehr kreativ."

Plötzlich lag etwas Verschwörerisches im Raum. Ingo grübelte. Konnte er wirklich abreisen, bevor der Täter gefasst war? Was war mit Vitor? Hütete er ein Geheimnis und jemand hatte mit ihm noch eine Rechnung offen?

Und was, wenn Denise recht hatte und sie schnurstracks auf eine Katastrophe zusteuerten?

52

„Kannst du mich sehen?" Ingo winkte in die Kamera.

Marcelo stand nicht weit von ihm entfernt und starrte aufs Smartphone. „Klar und deutlich", antwortete er. „Wenn es jetzt noch einer wagt ..." Er nahm Kampfhaltung an.

Ingo lachte. „Keine Selbstjustiz. Wenn sich einer am Haus zu schaffen macht, alarmierst du die Polizei."

Marcelo wandte sich an Denise, die sich zu ihnen gesellte: „Die Überwachung steht. Heute Nacht kannst du wieder ruhig schlafen."

„Gott sei Dank." Sie betrachtete die Wand. „Von der Schmiererei ist nichts mehr zu sehen."

„Ich habe zweimal gestrichen. Es war sowieso nötig gewesen." Marcelo schaute Ingo an. „Ich muss noch schnell duschen und die Klamotten wechseln, dann gehen wir los."

„Wo wollt ihr denn hin?", fragte Denise.

„Wir werden Vitor besuchen. Denk daran: Ich habe das Haus stets im Blick." Marcelo hielt sein Smartphone in die Höhe und grinste. Ihm spukte immer noch der seltsame Besucher durch den Kopf. Denise war keine gute Lügnerin. Sie kannte den Mann. Aber was hatte der Typ hier gewollt?

„Vergiss bitte nicht, deinen Opa einzuladen", sagte sie. „Und frag ihn, was er gerne isst."

„Geht klar."

Als sie sich auf den Weg machten, zeigte Marcelos Smartphone einen eingehenden Anruf an. Uta! Er schluckte. Das rote Herz kam ihm in den Sinn. „Die kann mich mal", dachte er und steckte das Gerät in die Hosentasche.

Sie erreichten Vitors Haus. Marcelo klopfte. Nichts rührte sich.

„Komisch. Du hast ihm doch gesagt, dass wir ihn heute Nachmittag besuchen wollen, oder?", fragte Ingo.

„Klar." Marcelo hämmerte gegen die Tür.

Nach einer gefühlten Ewigkeit war von innen ein Rumpeln zu hören. Kurz darauf stand Vitor in einer fleckigen Stoffhose und im Unterhemd vor ihnen. Sein Gesicht war aschfahl.

„Du siehst nicht gut aus", sagte Ingo.

„Bin unheimlich schlapp. Aber kommt rein!" Vitors Stimme klang brüchig. Im Wohnzimmer ließ er sich in einen Sessel fallen. Ingo und Marcelo nahmen auf der Couch Platz.

Er bezweifelte, dass sein Opa in dem Zustand an einem geselligen Abend teilnehmen konnte, doch vielleicht täte ihm die Abwechslung ganz gut. Daher verkündete er feierlich: „Wir möchten dich zum Essen einladen. Passt es dir morgen? Wir können dich gerne mit dem Auto holen."

„Ich fühl mich nicht gut. Bin müde. Und mir ist schwindelig." Er hatte Mühe, die Augen aufzuhalten.

„Leg dich besser hin!" Marcelo und Ingo erhoben sich fast gleichzeitig und betteten Vitor aufs Sofa. Kurz darauf war er eingeschlafen und schnarchte leise.

„Das ist doch nicht normal", flüsterte Marcelo. „Beim letzten Besuch war er auch nicht gerade der Fitteste, aber so schlecht wie heute ..."

„Stimmt", sagte Ingo. „Ich habe ihn auch agiler in Erinnerung. Vielleicht hat er einen Infekt."

„Kannst du ihn nicht mal untersuchen?"

„Wie soll das denn gehen? Ich habe doch nichts dabei. Vermutlich hat er nicht mal ein Fieberthermometer im Haus. Außerdem müsste ich mit seinem Hausarzt reden, um mir ein genaues Bild machen zu können." Ingo überlegte. „Wenn er wieder aufwacht, kann ich natürlich die Stirn fühlen und in den Rachen schauen, um einen Infekt auszuschließen." Er zeigte auf eine weiße Box mit Fächern für die Tageszeiten. „Kennst du dich mit seinen Medikamenten aus?"

„Ich?", rief Marcelo. „Wieso sollte ich?"

Ingo nahm den Behälter in die Hand und betrachtete die beiden kleinen Tabletten, die sich im unteren Fach befanden.

„Könnten Betablocker sein", murmelte er.

Vitor öffnete soeben die Augen.

„Ich würde dir gerne den Puls fühlen", sagte Ingo.

Da der alte Mann nicht widersprach, zückte Ingo sein Handy. Er hielt zwei Finger an die Halsschlagader und stoppte die Zeit.

„Sehr niedrig", stellte er fest. „Hast du Halsschmerzen? Schnupfen? Kopf- und Gliederschmerzen?"

Vitor schüttelte den Kopf.

Ingo legte ihm eine Hand auf die Stirn. Schließlich nahm er einen Löffel vom Tisch. „Öffne bitte mal den Mund!" Der alte Mann gehorchte. Ingo drückte leicht gegen die Zunge und warf einen Blick in den Rachen. Er tastete die Lymphknoten am Hals ab. „Alles unauffällig. Hast du ein Blutdruckmessgerät?", fragte er.

„Nein. Aber Blutdruck ist normal", antwortete Vitor. „Dafür sind die Tabletten." Er zeigte auf die Box.

„Du nimmst sicher noch andere Medikamente. Hast du irgendwo einen Plan?"

Vitor richtete sich wie in Zeitlupe auf und öffnete eine Schublade. Neben ein paar Schachteln lag ein zusammengerolltes Blatt. Ingo zog es heraus und betrachtete es eingehend. „Der Plan ist relativ aktuell", murmelte er und deutete auf die kleinen Tabletten. „Wie viele nimmst du davon pro Tag?"

„Vier. Morgens zwei, abends zwei."

Ingo stutzte. „Bist du sicher?"

Vitor nickte.

„Das ist zu viel." Ingo nahm Marcelo zur Seite: „Wenn er seit Tagen die doppelte Dosis Betablocker genommen hat, könnte das seine Abgeschlagenheit und den niedrigen Puls erklären." Er wandte sich wieder an Vitor. „Wer macht dir die Medikamente zurecht?"

„Manuela. Im Moment ist sie verreist. Sie hat mir erklärt, was ich nehmen muss."

Ingo zeigte auf den Stempel auf dem Medikamentenplan. „Ist Doktor Almeida dein Hausarzt?"

Vitor lächelte. „Ja. Guter Arzt. Hat übrigens studiert in Deutschland."

„Ich muss mit diesem Doktor Almeida reden." Ingo drückte Marcelo das Blatt in die Hand. „Ruf in der Praxis an! Vielleicht macht er Hausbesuche. Oder besser: Wir fahren hin. Die Praxis ist in Luz. Frag, ob er heute Sprechstunde hat!"

Marcelo wählte die Nummer. Die Frau am anderen Ende der Leitung klang streng. Er ließ seinen Charme spielen, schilderte die Situation und erklärte, dass sein Opa in höchsten Tönen von Doktor Almeida schwärme. Man brauche dringend seinen Rat. Die Frau sagte schließlich, dass er mit Vitor in die Praxis kommen solle, sich aber auf eine längere Wartezeit einstellen müsse.

„Und?", fragte Ingo, als das Gespräch beendet war.

„Wir können kommen!" Marcelo war erleichtert.

„Super! Ich hol mein Auto. Und du machst Vitor ausgehfertig!"

Am späten Nachmittag betraten sie das Sprechzimmer. Vitor hatte sich bei Marcelo untergehakt. Wie klein und klapprig er eigentlich war! Er konnte die Füße kaum vom Boden heben.

Doktor Almeida begrüßte sie. Marcelo schätzte ihn auf Mitte vierzig. Das schwarze Haar hatte er ordentlich zur Seite gescheitelt und sein Kinn zierte ein schmales Bärtchen. Er betrachtete Vitor durch eine randlose Brille und begrüßte dann einen nach dem anderen.

Marcelo schob seinem Opa einen Stuhl hin. Sofort plumpste er darauf und machte fortan den Anschein, als ginge ihn das alles gar nichts an. Marcelo stellte sich auf Portugiesisch als Vitors Enkel vor und ergänzte: „Können wir Deutsch reden? Mein Opa hat erzählt, Sie hätten in Deutschland studiert."

„Das stimmt. In Marburg. Sechs Semester. War eine schöne Zeit." Doktor Almeida strahlte.

„Mein Freund hier …" Marcelo zeigte auf Ingo, „ist auch Arzt. Er hat ein paar Fragen an Sie."

„Gerne. Nehmen Sie doch bitte Platz!"

Ingo schilderte Vitors Symptome. Doktor Almeida hörte aufmerksam zu. Dann schaute er auf den Bildschirm.

„Ich sehe, Herr Oliveira hatte vor einigen Wochen einen Krankenhausaufenthalt. Danach war er zur Kontrolle hier. Wir haben ein großes Blutbild und ein EKG gemacht. Die Werte waren für sein Alter in Ordnung." Er betrachtete Vitor, der vollkommen apathisch wirkte, und Marcelo meinte, Sorgenfalten auf der Stirn des Arztes zu erkennen.

Nach eingehender Untersuchung besprach sich Doktor Almeida mit Ingo. Marcelo half seinem Opa derweil beim Ankleiden und schnappte die Bemerkung *Exitus* auf.

Sie wollten soeben das Behandlungszimmer verlassen, als der Arzt Marcelo zur Seite nahm. „Mit Ihnen muss ich auch noch reden." Ingo nickte Marcelo zu und begleitete Vitor hinaus.

„Ihr Opa ist seit Jahren bei mir in Behandlung. Ich mag ihn sehr. Er hat mir oft von seiner Tochter und dem Enkel erzählt, die in Deutschland leben. Schön, dass wir uns endlich kennenlernen. Bleiben Sie länger?"

„Ja. Ich mache mich hier selbstständig", sagte Marcelo stolz.

„Normalerweise hätte ich Herrn Oliveira in die Klinik einweisen müssen. Wenn Sie mir versprechen, dafür zu sorgen, dass Ihr Opa die Medikamente vorschriftsgemäß einnimmt, darf er nach Hause. Ich habe den aktuellen Plan ausgedruckt." Er reichte Marcelo ein Blatt. „Eine überhöhte Dosis Betablocker kann zum Herzstillstand führen. Wenn er sich an den Plan hält, müsste es ihm bald besser gehen. Sollte sich sein Zustand aber verschlechtern, rufen Sie mich bitte sofort an!" Er gab ihm eine Karte mit der Handynummer. Dann erhob er sich und sagte mit Nachdruck: „Passen Sie gut auf Ihren Opa auf."

53

Ingo war in die Karte von Spanien vertieft und machte sich Notizen im Handy. Als Denise neben ihn trat, hob er den Kopf.

„Lass dich nicht stören!", rief sie und lächelte.

„Du störst nicht."

„Was machst du denn gerade?"

„Ich plane die Rückfahrt. In einer Woche will ich los. Ist 'ne lange Strecke. Ich werde drei Zwischenstopps einlegen."

„Und wo übernachtest du? Willst du zelten?"

„Mal sehen."

Denise schaute Ingo plötzlich aufmerksam an. „Könntest du mich wohl mitnehmen?", fragte sie.

„Du willst auch zurück nach Deutschland? Und was ist mit deiner Wanderung?"

„Die verschiebe ich. Also, wie sieht's aus?"

„Natürlich kannst du mit mir fahren. Ich würde mich sogar freuen."

Ihre Augen leuchteten. „Super! Ich werde mich natürlich an den Spritkosten und Mautgebühren beteiligen."

„Darüber sprechen wir noch."

„Wie lange warst du eigentlich unterwegs?", wollte Denise wissen.

„Alles in allem gut sieben Wochen. Ich konnte mit meinem Arbeitgeber vereinbaren, dass ich meinen Resturlaub und den aktuellen Urlaub zusammenpacke. Ich war komplett überarbeitet. Zu Hause brauche ich ein paar Tage zum Wiedereingewöhnen, bevor mich der Klinikalltag wieder einholt. Aber ich fühle mich richtig gut. Dazu hat auch das Paddeln beigetragen. Die Sportart passt zu mir wie Topf auf Deckel. Nicht zu anstrengend und trotzdem bewegt man sich von der Stelle. Vielleicht schaffe ich mir ein eigenes Brett an. Bei mir in der Gegend gibt es Talsperren. Da kann man auch wunderbar paddeln."

„Wo wohnst du eigentlich?"

„Im Bergischen Land. Und du?"

„Wenn ich bis Köln mitfahren könnte, wäre das perfekt", druckste Denise herum. „Mein Vater wohnt im Siegerland. Ich kann von Köln mit dem Zug weiterreisen."

Sie schwiegen eine Weile.

Dann sagte Ingo: „Ich fand die Zeit mit euch echt klasse." Er hielt kurz inne. Dann schob er hinterher: „Trotz aller Widrigkeiten."

„Du denkst auch, es ist noch nicht vorbei", sagte Denise.

Ingo zuckte die Schultern. Er zerbrach sich seit Tagen den Kopf. Warum hatte Vitor seine Medikamente falsch eingenommen? Hatte die Nachbarin ihm absichtlich eine überhöhte Dosis verabreicht?

Denise sorgte sich mehr um den Jüngeren der beiden Oliveiras und fragte: „Meinst du, wir können Marcelo alleine lassen?"

Ingo lachte. „Marcelo wird seinen Weg gehen. Am meisten freut es mich, dass Vitor und er sich inzwischen so gut verstehen."

„Wie geht es Vitor denn jetzt? Was ihr vorgestern erzählt habt, hörte sich ja besorgniserregend an."

„Ich war eben bei ihm. Nach zwei Tagen kann man noch nicht viel sagen. Scheint aber aufwärtszugehen. Er hat schon wieder Scherze gemacht. Er meinte, Marcelo braucht dringend eine Frau, die ihm die Wäsche macht."

„Oh, wie altmodisch."

„Man darf Vitor nicht immer ernst nehmen. Marcelo hat ihn zu uns eingeladen. Ich schätze mal, übermorgen lernst du ihn kennen."

„Ach, das wäre toll!"

„Marcelo will jetzt jeden Tag nach seinem Opa schauen. Morgen wird er übrigens den Weinkeller von dem kleinen Laden streichen, hat er mir erzählt. Wie es sich anhörte, hat er sich mit dem Besitzer angefreundet. Übrigens …" Ingo tippte sich an die Stirn, „bevor wir nach Hause fahren, muss ich unbedingt eine Kiste Vinho Verde kaufen."

54

Marcelo schleppte den Farbeimer und die Malerutensilien die Treppe hinunter. Er schaute sich im Keller um. Adelino hatte den Wein in Kisten verstaut, die nun zusammen mit den Regalen in der Mitte des Raumes standen. Marcelo breitete das Malervlies auf dem Boden aus. Die Neonröhren an der Decke spendeten grelles Licht. Es war angenehm kühl, perfekt zum Arbeiten. Er fegte die Spinnweben von den Wänden und begutachtete den Putz, der noch in erstaunlich gutem Zustand war. Dann nahm Marcelo einen Holzstab zur Hand und rührte die hellgraue Farbe gründlich um. Dabei kam ihm wieder die Schmiererei an der Hauswand in den Sinn. *Go home!* Das war für ihn keine Option. Er würde seine Zelte in Burgau niemals abbrechen. Burgau war für ihn Vergangenheit, Gegenwart und Zukunft. Aber wer gönnte ihm diese Zukunft nicht? Die Vorfälle der letzten Tage grenzten an Mobbing. Und die hinterhältige, feige Art konnte er schon gar nicht ausstehen. Wenn jemand ein Problem mit ihm hatte, sollte er ihm das bitte ins Gesicht sagen. Man konnte über alles reden.

Er hatte seinen Opa inzwischen ins Herz geschlossen, das war ihm spätestens vor drei Tagen bewusst geworden, als er ihn zum Arzt begleitet hatte. Marcelo tastete nach seinem Schlüsselbund, an dem neuerdings der Schlüssel von Vitors Wohnung hing. Er bereitete ihm nun jeden Morgen ein kleines Frühstück zu und trank ein Tässchen Kaffee mit ihm. Dann machte er ihm die Medikamente zurecht. Vitor ging es bereits besser. Das hatte er unter anderem Ingo zu verdanken. Leider rückte dessen Abreise unaufhaltsam näher. Noch sechs Tage. Marcelo wurde plötzlich klar, wie sehr ihm sein Mitbewohner fehlen würde. Und was war mit Denise? Würde sie ebenfalls fortgehen?

Dermaßen in Gedanken vertieft, zuckte Marcelo zusammen, als Adelinos Stimme durch den Raum hallte. Er rief ihm von der Treppe aus zu, er müsse ein paar Erledigungen machen. Er habe ein Abwesenheitsschild an der Tür befestigt, werde aber nicht abschließen, falls Marcelo zum Rauchen hinausgehen wolle.

Bevor er entgegnen konnte, dass er seit kurzem Nichtraucher sei, war Adelino schon wieder verschwunden. Erst jetzt merkte Marcelo, wie leicht es ihm fiel, auf das Rauchen zu verzichten. Natürlich verspürte er ab und zu das Verlangen nach einer Zigarette. In solchen Momenten lenkte er sich mit Musik ab. Er wählte nun eine Playlist mit Songs von *Meatloaf*. Unter den Klängen von *Bat Out of Hell* strich er die erste Wand. Er grölte soeben den Refrain mit, als ihn eine Hand von hinten an der Schulter packte und herumriss. Er starrte in das Gesicht eines jungen Mannes. Die Lippen glichen einem Strich und am Hals erkannte Marcelo eine Totenkopf-Tätowierung. Der Typ blickte ihn aus pechschwarzen Augen an und in seiner Miene lag Hass.

„What the f…?", rief Marcelo.

Wie aus dem Nichts richtete der Typ eine Pistole auf ihn. Hoffentlich war das alles nur ein schlechter Traum. Sein Herz hämmerte in der Brust. Er war unfähig, sich zu rühren. Der Gesang vom Fleischklops tobte durch seine Gehörgänge. Er riss die Kopfhörer heraus. Sie fielen zu Boden.

Der Mann sprach kein Wort. Marcelo spürte, wie ihm die Angst im Nacken saß und Adrenalin wie Strom durch seinen Körper schoss. Seine Lippen fühlten sich blutleer an. Der Typ entsicherte die Waffe. Marcelo sah im Geiste seine Mutter vor sich und ihm wurde warm ums Herz.

55

Ingo lief die Treppe hinauf und betrat die Terrasse. Seine Shorts und das T-Shirt waren klatschnass. Denise kam ihm entgegen.

„Ach, du bist schon zurück", rief sie. „Ich dachte, du verbringst den Nachmittag mit Paddeln."

„Die Wellen sind zu hoch. Ich bin mehrmals vom Brett gefallen. Jetzt habe ich die Nase voll." Ingo lachte.

„Sag mal ..." Denise warf ihm einen herzallerliebsten Blick zu. „Hast du vielleicht Lust, einkaufen zu gehen? Ich wollte Sopa Alentejana machen. Knoblauch, Eier und Kräuter habe ich da. Aber Brot ist aus."

„Kein Problem, ich zieh mich schnell um und dann geh ich zu dem kleinen Laden."

„Das ist lieb, ich wollte nämlich noch ein kompliziertes Nachspeisenrezept ausprobieren." Denise machte auf dem Absatz kehrt und verschwand im Haus.

Er folgte ihr, ging auf sein Zimmer und zog sich Jeans und T-Shirt an. Bevor er das Haus verließ, sagte er zu Denise: „Ich werde im Laden zwei Kisten Vinho Verde vorbestellen. Die will ich mit nach Hause nehmen. Und dann schaue ich mal, wie weit Marcelo mit dem Streichen gekommen ist."

„Mach das! Er freut sich bestimmt."

Schön, dass sich Marcelo mit Adelino angefreundet hatte, ging es Ingo auf dem Weg zum Laden durch den Kopf.

Die Temperaturen waren an diesem Tag extrem hoch. Die Hitze staute sich zwischen den Häusern und Ingo spürte Schweiß auf der Stirn, als er die menschenleere Gasse hinauflief. Lediglich ein großer schwarz-weißer Hund kam ihm entgegen. Ingo erreichte den Laden. An der Tür hing ein Zettel. *Back at 4 p.m.*, las er und schaute auf die Uhr. Viertel vor vier. Mist. Aus einem Impuls heraus drückte er die Klinke. Die Tür ging auf. Durfte er den Laden betreten? Er beschloss, sich nach Marcelo umzuschauen. Sollte er schon weg sein, würde er das Geschäft wieder verlassen und draußen auf die Rückkehr des Ladenbesitzers warten.

Ingo durchquerte den Verkaufsraum. Je näher er der Treppe kam, desto intensiver wurde der Farbgeruch. Er rief: „Marcelo?"

Gemurmel drang von unten an sein Ohr. Er lauschte. Eine Frauenstimme war zu hören. Sie kam ihm bekannt vor. Plötzlich schwoll die Stimme an.

Die Frau rief: „Nuno! No!"

Ein Schuss hallte durch den Gewölbekeller. Es folgte ein Geräusch, als würde ein Körper zu Boden fallen. Ingo war starr vor Schreck. Ein lang gezogener Klagelaut ertönte. Sein Gehirn arbeitete auf Hochtouren. Er musste die Polizei rufen. Aber was war mit Marcelo? War er auch da unten? Und wenn ja, war er verletzt und brauchte dringend Hilfe? In dem Fall galt es, keine Zeit zu verlieren. Ingo zückte das Smartphone und hielt es so, dass er jederzeit einen Notruf absetzen konnte. Dann stieg er so geräuschlos wie möglich die Treppe hinab. Auf halbem Weg blieb er stehen, um sich einen Überblick zu verschaffen. Er entdeckte Marcelo, der an der gegenüberliegenden Wand stand und zur Salzsäule erstarrt schien. Die Frau lag in der Mitte des Raumes. Aus einer Wunde am Oberschenkel sickerte Blut.

Neben ihr kauerte ein junger Mann. „Mama!", schluchzte der. Tränen strömten über seine Wangen. Nicht weit von ihm entfernt lag eine Waffe.

Ingo raste die letzten Stufen hinunter und kniete sich vor die Frau. Ingos und Marcelos Blicke trafen sich für eine Sekunde. Marcelo löste sich von der Wand. Er schwankte leicht, dann ging er auf die Waffe zu und kickte sie in die Ecke. Ingo betrachtete das Gesicht der Frau. Sie hielt die Augen geschlossen. Er hatte sich nicht getäuscht. Es war Manuela. Er untersuchte die Wunde.

„Was ist mit ihr?", hauchte Marcelo, der ihm über die Schulter schaute. „Ist sie …"

„Nein, sie lebt. Ich muss die Blutung stoppen. Danach muss sie schnellstens ins Krankenhaus. Wähl den Notruf!" Er zog sein Shirt über den Kopf und riss es in Streifen, mit denen er die Wunde abband. Mit einem Ohr hörte er, wie Marcelo telefonierte. Seine Stimme hallte von den Wänden wider.

„Polizei und Rettungswagen sind unterwegs", raunte er Ingo schließlich zu und trat wieder neben ihn.

Manuela war noch nicht bei Bewusstsein. Ihr Puls war stabil und der Blutfluss versiegte allmählich.

„Wer hat geschossen?", fragte Ingo und schaute Marcelo an.

Sein Gesicht wirkte im Neonlicht starr und weiß. Er antwortete nicht.

„Bist du in Ordnung?"

„Was? Ja. Geht schon", stammelte er. „Ich war total in die Arbeit vertieft und habe dabei Musik gehört. Plötzlich stand der da …", er deutete auf den jungen Typen, der in sich zusammengesunken schien, „hinter mir und hat mich mit der Waffe bedroht. Boah, ich dachte, der knallt mich ab. Schau dir mal seine Pupillen an. Groß wie Unterteller."

Ingo musterte das Gesicht des Mannes, der immer noch keine Reaktion zeigte. Marcelo lag richtig, der Mann stand unter Drogen.

„Und wieso wurde Manuela angeschossen?", fragte Ingo.

„Sie kam später hinzu. Ich glaube, der Typ ist ihr Sohn. Nuno. Manuela war total hysterisch. Hat auf ihn eingeredet und an ihm rumgezerrt. Plötzlich hat sich ein Schuss gelöst." Er hielt einen Moment inne. Dann fuhr er fort: „Nuno hat die ganze Zeit gefaselt: *Go home.* Jetzt weiß ich, wer die Wand beschmiert hat. Und sieh mal da!" Er deutete auf Nunos Hals. Ingo erkannte einen Totenkopf.

Schritte ertönten. Zwei Männer in schwarzen Stiefeln, dunklen Hosen und hellblauen Hemden stiegen die Treppe herab. Der erste Polizist war etwa so alt wie Ingo. Er trug einen Dreitagebart und auf dem dichten angegrauten Haar saß ein Barrett. Mit der Waffe im Anschlag kam er auf die Anwesenden zu. Der jüngere Kollege, Anfang zwanzig und sehr muskulös, wirkte wie ein Panther vor dem Sprung.

Marcelo hob reflexartig die Hände. Ingo blieb neben Manuela sitzen. Obwohl der Boden mit Vlies ausgelegt war, fröstelte er. Erst jetzt wurde ihm bewusst, dass er nur mit Jeans und Sandalen bekleidet war. An seinen Händen klebte Blut. Der Polizist erblickte die Waffe in der Ecke des Raumes und machte ein paar Schritte darauf zu. In dem Moment kam Leben in Nuno. Er sprang auf die Füße und packte Marcelo am Kragen.

56

Marcelo bekam das Bild vom Lauf der Waffe nicht aus dem Kopf. Die Szenen im Keller liefen wieder und wieder vor seinem geistigen Auge ab. Wie hatte Nuno behaupten können, Marcelo habe auf Manuela geschossen? Er hatte die Waffe nicht einmal angefasst. Da Nuno kein unbeschriebenes Blatt war, hatten die Polizisten ihm seine Version nicht abgenommen. Marcelo beobachtete, wie sich die Gasse leerte. Der Rettungswagen mit Manuela war bereits vor einiger Zeit davongefahren. Zwei der drei Polizeifahrzeuge setzten sich ebenfalls in Bewegung. Auf dem Rücksitz des einen saß Nuno, die Hände in Handschellen. Vor dem Laden steckten Schaulustige die Köpfe zusammen. Adelino diskutierte lautstark mit seinem Bruder und dem jüngeren Polizisten, der Diogo hieß.

Ingo kam schnellen Schrittes den Berg hoch.

„Da bist du ja wieder", rief Marcelo. „Wir sollen gleich unsere Aussagen machen."

„Ich weiß. Aber die Polizisten haben mir erlaubt, dass ich mich kurz frisch mache."

Marcelo betrachtete seine verkrusteten Hände und die Malerkluft, die ebenfalls mit Farbspritzern übersät war. Das weiße Shirt klebte am Körper. Er wollte sich nicht vorstellen, wie viel Schweiß in den letzten Stunden aus seinen Poren geflossen war. Angstschweiß. „Ich wäre mal besser mitgekommen", sagte er. „Ach, egal. Ich werde nachher ausgiebig duschen."

Sie gesellten sich zu Adelino und den Polizisten. Marcelo machte Ingo mit den Männern bekannt. Allgemeines Händeschütteln. Adelino konnte man die Bestürzung über das, was sich in seinem Geschäft abgespielt hatte, noch ansehen. Er war in dem Moment zurückgekehrt, als die Rettungskräfte Manuela auf einer Fahrtrage in den Wagen geschoben hatten.

„Bento ist übrigens Adelinos Bruder", flüsterte Marcelo.

Adelino führte Marcelo, Ingo und die Polizisten in ein kleines Büro. Der Schreibtisch quoll über vor Papier, Ordnern und anderen

Dingen wie einem rosa Sparschwein und einer Banane. Marcelo erblickte zwei Stühle und ein abgenutztes Sofa. Diogo setzte sich auf einen Drehstuhl und klappte einen Laptop auf. Ingo und Marcelo ließen sich auf der Couch nieder, Adelino und Bento auf den Stühlen.

Man einigte sich darauf, Englisch zu sprechen. Bento stellte zahlreiche Fragen. Diogo tippte auf der Tastatur herum. Marcelo schilderte, was im Keller vorgefallen war. Danach berichtete Ingo, wie er die Situation vorgefunden und die Verletzte versorgt hatte. Zuletzt erzählten sie im Wechsel von den Vorfällen der vergangenen Wochen. Die Sache mit dem Paddel und der Diebstahl von Marcelos Gras kamen allerdings nicht zur Sprache.

Nach der Befragung kehrten sie in den Verkaufsraum zurück. Die Polizisten redeten wild gestikulierend mit Adelino. Dann verließen sie das Geschäft.

„Komm, wir machen uns auch vom Acker!", rief Marcelo. Sie verabschiedeten sich von Adelino, der die Tür hinter ihnen verriegelte. Die Sonne war bereits verschwunden.

„Worüber haben die drei eben gestritten?", wollte Ingo wissen.

„Der Laden muss vorerst geschlossen bleiben. Das gefiel Adelino gar nicht. Die Polizei muss aber noch Spuren sichern. Wenn alles freigegeben ist, werde ich den Keller zu Ende streichen."

„Sonst hat Adelino keine Sorgen?" Ingo rollte mit den Augen.

„Ich kann ihn verstehen. Er ist auf den Umsatz angewiesen."

„Wie kann der jetzt an seinen Umsatz denken? Es grenzt an ein Wunder, dass nichts Schlimmeres passiert ist", empörte sich Ingo. Er schaute Marcelo besorgt an und fragte: „Bist du wirklich okay?"

„Geht so. Weiß Denise eigentlich Bescheid?"

„Ja. Ich musste mich aber auf das Wesentliche beschränken. Ach Mist, ich sollte doch Brot kaufen. Nur deshalb war ich ja eigentlich hergekommen." Ingo lachte verkrampft.

Marcelo klopfte gegen die Scheibe. Adelino schloss die Tür wieder auf. Kurz darauf kehrte Marcelo mit zwei Stangen Baguette auf die Straße zurück und drückte sie Ingo in die Hand.

„Schöne Grüße von Adelino. Geht aufs Haus." Er warf Ingo einen dankbaren Blick zu. „Was war ich eben erleichtert, als ich dich auf der Treppe erblickt habe. Aber das war ziemlich leichtsinnig. Nuno hätte dich erschießen können."

„Mir blieb nicht viel Zeit zum Überlegen. Wie es sich anhörte, hast du dein Leben wahrscheinlich Manuela zu verdanken."

„Die kam nicht zufällig in den Keller", schnaubte Marcelo. „Ich vermute, sie hat ihren Sprössling auf mich angesetzt. Als die Sache aus dem Ruder lief, hat sie es mit der Angst zu tun bekommen und ist ihm nach."

„Aber wieso sollte sie?"

„So ganz kapiert habe ich das auch nicht. Ich glaube, sie zockt Vitor ab. Diese falsche Schlange. Sie hat mich schon mehrfach denunziert. Sie hat zum Beispiel behauptet, das Haus wäre verdreckt."

„Ich erinnere mich, dass Müll in der Küche lag", sagte Ingo.

„Den muss sie selbst da platziert haben. Ich hatte aufgeräumt, bevor ich nach Sagres gefahren bin."

Er schwieg eine Weile, dann sagte er: „Wie konnte Nuno eigentlich sicher sein, dass Adelino nicht früher zurückkommen würde?"

„Hier hing ein Zettel." Ingo zeigte auf die Tür. „Er hatte seine Rückkehr für 16 Uhr avisiert. Ich vermute, Nuno hat gesehen, wie er den Laden verlassen hat. Oder Adelino macht immer zur gleichen Zeit Pause."

„Was ist, wenn Nuno mit Adelino unter einer Decke steckt?"

„Ach, jetzt spinnst du aber. Sein Bruder ist Polizist."

„Vitor hat einmal erwähnt, dass die Brüder und Manuela entfernt miteinander verwandt sind."

„Trotzdem erscheint mir das weit hergeholt. Entspann dich mal!"

„Ich kann mich erst entspannen, wenn ich weiß, wer hier mit wem …" Marcelo ging auf das Haus seines Opas zu. „Ich muss mit Vitor reden. Vielleicht bin ich danach schlauer."

„Ich glaube, er hängt an Manuela. Bring ihm bitte schonend bei, was passiert ist", sagte Ingo.

„Dann komm besser mit rein."

57

„Was war los?", fragte Vitor, der die Tür geöffnet hatte, bevor Marcelo klopfen konnte. Er küsste seinen Opa rechts und links auf die Wange.

„Lass uns reingehen! Dann erzählen wir dir alles", sagte er.

Vitor hatte eine gesunde Gesichtsfarbe und bewegte sich zügig vorwärts. Kaum im Wohnzimmer angekommen, platzte es aus Marcelo heraus: „Manuela wurde angeschossen."

„Manuela? Angeschossen?" Vitors Augen wirkten riesig. „Deshalb habe ich gesehen Krankenwagen! Ist es schlimm?"

„Ein Steckschuss im Oberschenkel", antwortete Ingo.

„Wer hat geschossen?"

„Nuno, dieser …" Marcelo musste sich offenbar beherrschen, nicht ausfallend zu werden.

„Nuno?" Vitor hob die Hände. „Er niemals schießen würde auf seine Mutter."

„Der Sohn deiner Haushälterin ist gemeingefährlich", zischte Marcelo.

„Aber ich verstehe nicht. Wie konnte das passieren?", fragte Vitor aufgeregt.

„Ich habe Adelinos Keller gestrichen", erzählte Marcelo. „Nuno hat sich angeschlichen und mich mit der Waffe bedroht. Vielleicht hätte er abgedrückt, wenn Manuela nicht dazwischen gegangen wäre. Und dann hat sich ein Schuss gelöst."

Vitor lauschte mit offenem Mund. Entsetzen stand ihm ins Gesicht geschrieben. Ingo dirigierte ihn zu seinem Sessel. Der alte Mann ließ sich hineinfallen.

„Nuno hat uns terrorisiert!", rief Marcelo. „Er ist bei uns eingebrochen und vor ein paar Tagen hat er die Hauswand beschmiert."

„Warum ihr habt nichts erzählt?", fragte Vitor.

„Wir wollten dich nicht beunruhigen." Ingo setzte sich aufs Sofa und legte das Brot auf den Tisch. Marcelo tigerte durch den Raum. „Der Typ ist irre. Wir sind uns inzwischen sicher, dass er es war, der dich niedergeschlagen hat."

Vitor schaute Ingo an. „Stimmt das?"

Der nickte. „Wir haben gerade mit Bento gesprochen und haben ihn über die Vorfälle der letzten Wochen in Kenntnis gesetzt. Langsam ergibt alles einen Sinn. Nuno wollte Marcelo mit aller Macht von hier vertreiben."

„Da er vorbestraft ist, wandert er nach dieser Aktion mit Sicherheit für längere Zeit in den Bau", ereiferte sich Marcelo. Er ließ sich neben Ingo nieder.

Vitor stierte Löcher in die Luft. Dann räusperte er sich und sagte: „Nuno war Sorgenkind. Immer. Ist ohne Vater aufgewachsen."

„Na und? Das bin ich auch!", schnaubte Marcelo. „Deine liebe Manuela steckt mit ihm unter einer Decke. Es war kein Versehen, dass sie dir die doppelte Dosis Betablocker verabreicht hat. Wenn Ingo nicht gewesen wäre …"

„Ihr meint …"

„Ja", bestätigte Ingo. „Es hätte böse enden können."

Eine ganze Weile sprach niemand ein Wort. Schließlich murmelte Vitor: „Ich kenne Manuela. Lange schon. Sie war liebes Mädchen."

„Mir kommen die Tränen", höhnte Marcelo.

Unbeirrt fuhr Vitor fort: „Sie hatte falschen Mann. Plötzlich er war weg. Manuela hat jahrelang Ferienhaus für mich geputzt." Vitor hustete.

„Soll ich dir ein Glas Wasser holen?", erkundigte sich Marcelo.

„Danke, geht schon", antwortete er. „Irgendwann sie hat gefragt, ob ich sie will heiraten."

„Waaaas?", rief Marcelo. Er stemmte die Hände in die Hüften.

„Nur Heirat auf Papier. Dafür wollte sie sich kümmern um mich."

Marcelo lachte schallend und rief: „Bis dass dein Tod euch scheidet! Sie war scharf auf dein Geld."

„Kann sein. Ich habe abgelehnt."

Vitor hustete erneut. Marcelo sprang auf, ging in die Küche, kehrte mit einem Glas Wasser zurück und reichte es seinem Opa. Dann setzte er sich wieder hin.

„Vor ein paar Wochen sie hat gefragt, ob ich ihr kann was leihen", setzte Vitor seinen Bericht fort.

„Wie viel?", wollte Marcelo wissen.

„Tausend Euro."

„Und du hast ihr das Geld gegeben?" Er starrte Vitor ungläubig an.

Der alte Mann nickte fast unmerklich.

„Na klasse. Du glaubst ja wohl nicht, dass du es je wiedersiehst."
Vitor ging nicht auf die Bemerkung ein und fuhr fort: „Dann sie
wollte mehr. Ich habe Nein gesagt. Ich mag Manuela. Aber sie hat
geredet schlecht über dich. Das gefiel mir nicht."

„Am Anfang hast du ihr geglaubt, gib es zu!" Marcelos Gesicht war
wutverzerrt.

„Ich kannte dich kaum."

„Manuela und Nuno wollten deiner Gesundheit schaden. Wahrscheinlich wärest du irgendwann ein Pflegefall geworden", schaltete
Ingo sich ein. „Vielleicht hättest du dann eingewilligt, Manuela zu
heiraten."

Marcelo ergänzte: „Und falls nicht, hätte sie dich beklaut oder dein
Konto leer geräumt. Hast du mal nachgeschaut ..."

Vitor richtete sich im Sessel auf. „Ich nicht haben viel Geld im
Haus. Und an Konto kann sie nicht." Marcelo lehnte sich zurück
und schien sich zu entspannen.

„Es ist schlimm, was heute passiert ist, aber ich hoffe, jetzt kehrt
Ruhe ein. Meine Abreise rückt immer näher", sagte Ingo.

„Wann fährst du?", wollte Vitor wissen.

„In sechs Tagen geht es los."

„Ist weite Strecke bis Deutschland."

„Stimmt. Zum Glück kommt Denise mit."

„Echt jetzt?", fragte Marcelo und schaute Ingo entgeistert an.

Der schluckte. Mist, Denise hatte es Marcelo noch nicht gesagt.

„Sie hat mich erst gestern darauf angesprochen. Ich war selbst überrascht", erklärte er. „Wahrscheinlich hätte sie heute Abend mit dir
geredet." Marcelo sah aus, als hätte man ihn geohrfeigt.

Vitor war dies anscheinend entgangen. Er tauchte in die Vergangenheit ein. „Als du wurdest geboren, ich bin mit deiner Oma fast
ganze Strecke durchgefahren." Er schenkte Marcelo einen liebevollen
Blick. „Sie war so gespannt auf ihren Enkel. Ich auch."

„Echt? Das hat Mama nie erzählt."

„Was hat sie erzählt über mich?", fragte Vitor.

„Sehr wenig. Leider."

Ingo erhob sich. Er nahm das Baguette vom Tisch.

„Wisst ihr was? Ich lass euch jetzt allein und ihr sprecht euch mal
richtig aus."

58

Als Ingo den Raum verließ, schaute Marcelo ihm hinterher. Irgendwie wirkte Ingo sehr glücklich, trotz allem, was passiert war. War er verliebt? Erst jetzt wurde Marcelo bewusst, wie liebevoll Denise und Ingo stets miteinander umgingen. Oft tauschten sie Blicke. Waren sie sich im Laufe der Zeit nähergekommen? Doch was kümmerte es ihn?

Vitor verschwand im Bad und Marcelo grübelte weiter. Dass Denise nun auch abreisen würde, versetzte ihm einen Stich. Er sah sie vor sich. Die neue Frisur stand ihr so gut. Er mochte ihr Lachen. Sie ließ sich nicht schnell aus der Ruhe bringen und doch geigte sie ihm ab und zu die Meinung. Wie blöd hatte er sich anfangs benommen. Sie würde ihm fehlen, gestand er sich ein. Aber hatte er geglaubt, sie werde ihm ewig Gesellschaft leisten und für ihn kochen?

Vitor kehrte ins Wohnzimmer zurück, ließ sich im Sessel nieder und sah Marcelo an. „Alles in Ordnung, mein Junge?"

„Klar."

„Tut mir leid, dass ich dir nicht habe vertraut. Ich bin sturer Bock." Offenbar hatte Vitor Marcelos Gesichtsausdruck falsch interpretiert. Aber wie selbstkritisch sein Opa sein konnte, ging es Marcelo durch den Kopf. Vitor rutschte unbehaglich hin und her. Er hüstelte. Dann sagte er: „Vor paar Tagen ich habe gedacht, es geht zu Ende. Jetzt mir geht es besser, aber viel Zeit bleibt nicht, das spür ich."

Hatte Vitor eine Todesahnung? Marcelos Kehle fühlte sich plötzlich wie zugeschnürt an. Er hatte noch so viele Fragen. Womit hatte Vitor Geld verdient? Woher konnte er so gut Deutsch? Woran war seine Schwester gestorben? Ein Schicksalsschlag, der ihn vermutlich in die Einsamkeit getrieben hatte.

„Ich will erzählen, was passiert ist damals", hörte Marcelo die raue Stimme seines Opas wie aus der Ferne. Sein Herz begann zu rasen. Wollte er wirklich wissen, was zwischen seiner Mutter und Vitor vorgefallen war? Vielleicht würde er ihn gleich abgrundtief hassen.

Doch Vitor redete unbeirrt weiter: „Antonia und ich haben uns verstanden gut. Mit zwanzig sie wurde schwanger. Ausgerechnet von einem Alemão. Eigentlich kein Problem. Ich auch gearbeitet habe in Deutschland. Als Schweißer." Stolz lag auf seinem Gesicht. Er fuhr fort: „Es gab dort nette Menschen, aber auch nicht so nette. Ich bin nach paar Jahren zurück in Heimat. Kurz darauf habe ich kennengelernt deine Oma." Er hielt inne und es schien, als denke er an seine verstorbene Frau.

„Als Antonia sagte, sie wird gehen nach Deutschland, habe ich sie erklärt für verrückt. Sie kannte niemanden da. Hatte nur eine Adresse von deinem Vater, aber der wollte nichts wissen von ihr."

„Und deswegen habt ihr euch gestritten?"

„Nein, deswegen nicht. Antonia hatte Arbeit, Kinderbetreuung und Freundinnen."

Marcelo nickte. „Daniela und Klaudia. Ich mag die beiden sehr. Sie waren wie Tanten für mich. Sie sind zur Beerdigung gekommen. Und fast alle Kollegen und Kolleginnen. Und die Chorschwestern. Mama hat in zwei Chören gesungen." Er schluckte. „Opa, ich wollte dich anrufen, aber ich war fix und fertig."

„Schon gut, mein Junge. Ich kann mir vorstellen, dass es nicht leicht war für dich."

„Ich habe dich unterbrochen. Sprich bitte weiter!"

„Zweimal im Jahr ist sie mit dir gekommen her. Du warst gerne hier. Hast gelernt schwimmen und gespielt im Sand." Vitor lächelte. Dann wurde seine Miene wieder ernst. „Deine Oma ist gestorben früh. Du warst vier. Antonia und ich haben gesprochen wenig." Er schaute Marcelo nun in die Augen. „Für dich sie hat getan alles. Hat dich behandelt wie kleinen Prinzen. Ich habe gesagt, sie soll dich nicht verweichlichen."

„Und das hat sie wütend gemacht?"

„Nicht direkt." Er hielt einen Moment inne, bevor er fortfuhr. „Es war Samstag. Wespe hatte dich gestochen. Antonia schrie, du bist allergisch und brauchst dringend Arzt. Ich habe gesagt, kein Mensch rennt wegen Wespenstich ins Krankenhaus. Ich war verabredet. Kartenspielen. Ich bin weggefahren und Antonia hing mit dir hier fest." Vitor legte eine lange Pause ein.

Marcelo erinnerte sich ganz vage an den Wespenstich. Das Tier hatte auf einem Geländer gesessen und er hatte es streicheln wollen. Er wusste allerdings nicht mehr, was danach geschehen war.

Mit gedämpfter Stimme sprach Vitor weiter. „Meine Schwester

hat erzählt später, du hättest plötzlich keine Luft bekommen. Sie hat Arzt aus der Nachbarschaft geholt, der hat gegeben Spritze. Dir ging es schnell besser. Antonia war sauer, dass mir Freunde wichtiger waren. Sie ist mit dir gezogen zu meiner Schwester und am Ende der Ferien ihr seid abgereist. Einfach so. Ich habe paarmal geschrieben und gebeten um Verzeihung." In Vitors Augen schimmerten Tränen. „Sie konnte sein so stur."

Kinderstimmen schallten von der Straße her in den Raum.

Vitor sagte mit fester Stimme: „Als du gekommen bist her, habe ich mich gefreut. Aber dann der Sturz. Und dann das Foto. Und wieder habe ich gemacht Fehler."

„Opa, falls es dich tröstet …" Marcelo kämpfte nun ebenfalls gegen die Tränen an. „Ich habe dir längst verziehen." Er wollte eigentlich aufstehen und Vitor umarmen. Ihm fiel jedoch ein, dass er immer noch seine schmutzige Arbeitskleidung trug. Aber er konnte Vitor jetzt nicht alleine lassen. Außerdem waren noch nicht alle Fragen beantwortet. „Was mich aber noch interessieren würde: Woran ist denn deine Schwester gestorben?"

„Vor vier Monaten sie lag tot im Bett. Sie war eigentlich gesund."

Marcelo kratzte sich am Kinn. Sollte Manuela hier ebenfalls ihre Finger im Spiel gehabt haben?

Vitor schien seine Gedanken zu erraten. „Der Arzt hat geschrieben in Totenschein: Herzversagen. Meine Schwester und Manuela verstanden sich gut", sagte er betont ruhig.

Marcelo ließ die Information sacken. Sein Magen knurrte. Ihm fiel ein, dass er kaum etwas gegessen hatte. Er sprang auf und rief: „Opa, ich schau mal im Kühlschrank, ob ich was Essbares für uns finde. Sonst bestellen wir uns was. Adelino hat leider zu."

Erst viel später verließ er Vitors Haus, ging zum Strand und blickte auf den dunklen Atlantik. Die Freude darüber, dass Vitor und er sich ausgesprochen hatten, war groß. Doch in das Glücksgefühl mischte sich die Neuigkeit, dass Denise abreisen würde. Die Vorstellung, sie würde sich mit Ingo ein Zelt teilen, machte ihn rasend.

59

Denise musste ständig an Marcelo denken. Er hätte tot sein können! Sie schaute auf die Uhr. Fast neun. Am liebsten wäre sie losgerannt, um ihn zu trösten. Doch Ingo hatte erzählt, Marcelo sei bei seinem Opa. Da wollte sie nicht stören.

Um sich abzulenken, bereitete sie Teig für zwanzig Pastéis de Nata zu und rührte Pudding an. Nachdem sie das Blech in den Ofen geschoben hatte, wienerte sie die Arbeitsflächen und stellte die Spülmaschine an.

Ingo betrat die Küche und schnupperte. „Boah, es riecht schon wieder so gut. Soll ich uns einen Tee machen?"

„Gerne."

„Ich habe Charlie gerade alles erzählt. Sie meinte, ich hätte mich leichtsinnig verhalten. Hätte sofort die Polizei rufen sollen."

Denise nickte. „Da hat deine Tochter recht."

„Ich habe ihr von dem medizinischen Notfall berichtet und dann konnte sie nachvollziehen, warum ich nicht lange überlegt habe. Sie ist ja selbst Ärztin." Er lächelte und man sah ihm den Vaterstolz an. „Ich werde bald ihren neuen Freund kennenlernen. Bin ja so gespannt", sagte er. „Bisher hatte sie nur kurze Beziehungen, aber Chris scheint der Richtige zu sein." Er schaute Denise an. „Sag mal, hast du Marcelo eigentlich erzählt, dass …"

Ein Geräusch aus dem Flur ließ sie zusammenzucken.

Kurz darauf stand Marcelo im Raum. Er war blass und die Haare standen in alle Richtungen.

„Marcelo!", rief Denise. „Ingo hat erzählt, was passiert ist. Ach, wie furchtbar. Wie geht es dir?"

Er warf ihr einen Blick zu, den sie nicht deuten konnte, und antwortete: „Mach dir mal keinen Kopf um mich. Unkraut vergeht nicht."

„Wir wollten gerade Tee trinken. Möchtest du auch einen?", fragte Ingo.

Marcelo verzog angewidert das Gesicht. „Ich muss dringend duschen", sagte er und wandte sich ab.

Nach einiger Zeit erschien er wieder im Wohnraum und ließ sich auf einem Stuhl nieder. Er trug schwarze Shorts und ein dunkelgraues T-Shirt mit dem Aufdruck *Versengold*. Das feuchte Haar hatte er nach hinten gekämmt.

„Bist du wirklich okay?", erkundigte sich Denise.

„Klar."

Vermutlich brauchte er Zeit, das Geschehene zu verarbeiten.

Denise hatte den Ofen inzwischen ausgeschaltet. Appetit auf etwas Süßes verspürte sie keinen. Im Raum war es still. Nur das Rauschen der Wellen war zu hören. Plötzlich ging ein Leuchten über Marcelos Gesicht. „Was ist?", fragte Ingo.

„Es ist so unglaublich", murmelte Marcelo. „Wisst ihr, warum meine Mutter die ganzen Jahre nicht mit Vitor gesprochen hat?"

Ingo schüttelte den Kopf und Denise schaute Marcelo fragend an.

„Es ging um einen Wespenstich. Einen dämlichen Wespenstich! Als Kind bin ich mal im Urlaub gestochen worden. Vitor hatte gemeint, mit einem Wespenstich rennt kein Mensch zum Arzt. Wie er halt so ist. Was er allerdings nicht wissen konnte: Ich reagiere allergisch auf das Gift. Er ist aber fröhlich pfeifend ins Auto gestiegen und zu seinen Kumpels gefahren, obwohl meine Mutter ihn angefleht hat, zu bleiben. Ich bekam plötzlich keine Luft mehr und meine Mutter hing ohne Auto in Burgau fest. Meine Tante hat einen Arzt aus der Nachbarschaft geholt."

„Und der hat dich gerettet?", wollte Denise wissen.

„Sieht ja wohl so aus", entgegnete Marcelo schroff.

Sie schämte sich, eine so blöde Frage gestellt zu haben. Aber was war mit ihm los? Stand er noch unter Schock von dem Überfall?

„Ob ich an dem Stich verreckt wäre, ist fraglich", fuhr er fort. „Aber das war doch kein Grund, jahrelang nicht mit dem eigenen Vater zu reden. Vitor hat sich doch entschuldigt!"

Denise versuchte sich die Situation vor Augen zu führen. Ein Kleinkind kurz vor dem Ersticken. Eine verzweifelte Mutter. Der Großvater lässt sie hängen. Denise sagte: „Also, ich kann es schon irgendwie verstehen. Deine Mutter war in größter Sorge um dich. Nach ein paar Tagen hätte sie deinem Opa allerdings verzeihen sollen, das stimmt schon."

Ingo nickte. „Der Meinung bin ich auch. Vielleicht hatten die beiden sich ja schon vorher auseinandergelebt."

„Ich hätte mir gerne mein eigenes Bild gemacht", schnaubte Marcelo. „Ich kann es nicht ausstehen, wenn man mir die Wahrheit verschweigt." Er blickte Denise mit düsterer Miene an. War er sauer, weil sie immer noch nichts über ihre Vergangenheit erzählt hatte? Das ging ihn nichts an.

„Hast du keinen Hunger?", fragte sie zaghaft. „Ingo und ich haben schon gegessen. Aber es ist noch genug Suppe da. Und Pastéis de Nata sind auch gleich fertig."

„Vitor und ich haben uns ein paar Brote gemacht. Und dazu haben wir Schnaps getrunken." Marcelo lachte nun aus vollem Halse. „Ach, ich find ihn cool."

„Hört sich an, als ginge es ihm besser. Wann lerne ich ihn denn endlich kennen?", wollte Denise wissen.

„Mal sehen", murmelte er.

Sollte sie ihm sagen, dass sie bald abreisen würde? Oder hatte Ingo es ihm schon erzählt? Vielleicht schaute Marcelo sie deshalb die ganze Zeit so komisch an. Denise verspürte ein dumpfes Gefühl in der Magengrube. Sollte sie wirklich abreisen? Sie fühlte sich hier richtig wohl. In Deutschland musste sie quasi bei null anfangen. Aber sie würde es hinbekommen, davon war sie überzeugt. Sie holte tief Luft und sagte: „Marcelo, ich werde mit Ingo fahren."

Marcelo nickte und erhob sich. „Mach das!"

60

Marcelo arbeitete zügig und konzentriert. Auf Musik verzichtete er. Seine Sinne waren geschärft. Die Angst, Nuno könne wieder im Keller auftauchen, saß ihm im Nacken, obwohl Bento ihm vor zwei Stunden versichert hatte, dass sich der Widersacher hinter Schloss und Riegel befand.

Von oben drangen aufgeregte Stimmen an Marcelos Ohr. Adelino konnte sich vor Kundschaft kaum retten. Fast jeder im Ort musste plötzlich bei ihm einkaufen. Und er erzählte die Geschichte in allen möglichen Varianten. Marcelo hatte die Blicke der Anwesenden auf sich gespürt, als er den Laden betreten hatte. Er scherte sich nicht darum, was die Leute dachten, er hatte nichts verbrochen. Im Gegenteil, er war das Opfer.

Er spürte einen Luftzug am Hals und drehte sich ruckartig um. Er war allein. Während er weiterarbeitete, kreisten seine Gedanken. Die Tatsache, dass Denise und Ingo bald abreisen würden, machte ihm zu schaffen. Dabei war es absehbar gewesen. Aber waren die beiden wirklich ein Paar? Und wenn ja, würde die Beziehung in Deutschland fortbestehen? Das Vibrieren des Handys unterbrach seine Grübeleien. Ein Anruf mit unbekannter Nummer. Er nahm das Gespräch an.

„Marcelo? Fátima hier."

Fátima? Er kannte nur eine Fátima. Und ja, es war ihre Stimme. Was für eine Überraschung! Und sie sprach Deutsch?

„Fátima!" Er bemühte sich, nicht zu euphorisch zu klingen.

„Wie gehts dir denn so?"

Die Verbindung war unterbrochen. Mist. Marcelo sprintete die Treppe hinauf, verließ den Laden und rief zurück. „Was kann ich für dich tun?", rief er. Am liebsten wäre er durch den Hörer gekrochen.

„Ich brauche deine Hilfe."

„Wobei genau?"

„Beim Renovieren. Und beim Umzug."

„Ach, ziehst du bei Ralph aus?"

Sein Herz machte einen Hüpfer.

„Ja, wir haben uns getrennt."

„Och, das tut mir aber leid." Nein, es tat ihm überhaupt nicht leid. „Er hat eine Geliebte in Lissabon. Ich habe es schon länger geahnt. Zum Glück habe ich jetzt eine Wohnung in Lagos gefunden. Einziges Problem, ich brauche jemanden, der mir kurzfristig helfen kann."

„Ach, wo ist denn da das Problem?", säuselte Marcelo. Ein bisschen voreilig, wie er im Nachhinein fand. Doch er würde sich die Zeit nehmen. Für Fátima sowieso. Er hatte plötzlich ein Schlafzimmer vor Augen. In der Mitte ein Doppelbett, sorgfältig mit einer Plane umhüllt. Marcelo strich die Wand. Fátima stand neben ihm mit einem Shirt und einer roten Latzhose bekleidet. Sie hatte das lange Haar zu einem Pferdeschwanz gebunden und einen Farbklecks auf der Wange. Mintgrün. Passend zu ihrem Lidschatten. Plötzlich malte sie ihm ein Herz auf den Arm und dann ging alles ganz schnell. Kleidungsstücke wirbelten durch die Luft und er landete mit Fátima auf der Plane. Das Knistern störte ihn nicht. Im Gegenteil, er fand es erotisch. Sie liebten sich bis zum Morgengrauen, dann schliefen sie eng umschlungen ein.

„Ich werde dir deine Arbeit natürlich bezahlen", holte ihn Fátima aus seinem Tagtraum zurück. „Und Massimo wird natürlich auch helfen."

„Massimo ist wer genau?" Marcelo hatte die Frage nicht laut stellen wollen.

„Mein Kollege und ja …" Sie kicherte. „Wir gehen miteinander aus."

Marcelo landete hart auf dem Boden der Tatsachen. „Fátima, sei mir nicht böse. Ich muss leider passen. Bei mir ist gerade viel los. Ich muss mich um meinen Opa kümmern, mein Haus fertig renovieren, gebe jeden Tag Kurse. All so Sachen halt."

„Ach, okay. Na, da kann man nichts machen."

Nachdem das Gespräch beendet war, wurde Marcelo eins klar: Fátima war nicht die Frau seiner Träume. Ein anderes Bild trat vor seine Augen. Sanfter Blick, Stupsnase, Sommersprossen. Er wusste es eigentlich seit Tagen. Er hatte sich in Denise verliebt.

61

„Du hast dich ewig nicht gemeldet." Der Vorwurf lag schwer im Raum, obwohl Miriam Tausende Kilometer entfernt war.

„Du warst doch auf der Fortbildung. Da wollte ich dich nicht stören", sagte Uta. Sollte sie aus Höflichkeit fragen, wie das Seminar gelaufen war? Früher hätte sie gar nicht darüber nachdenken müssen. Es hatte sich etwas zwischen Miriam und ihr verändert – und das lag nicht an der räumlichen Distanz.

„Geht es deinem Bein denn besser?", fragte Miriam.

„Danke der Nachfrage. Ich kann schon ohne Krücken laufen."

Die vergangenen Tage hatte Uta es sich gut gehen lassen. Sie schlief ohne Tabletten durch. Aß mit viel Appetit. Der Hosenbund kniff bereits. Ab und an flirtete sie mit einem der Kellner. Augenkontakt und nette Worte, mehr nicht. Doch mit Dolce Vita war nun Schluss.

„Ich habe eben den Rückflug gebucht", sagte sie.

„Ach, echt?"

„Ich fliege übermorgen von Faro nach Hamburg."

„Soll ich dich abholen?"

„Nee, lass mal! Ich nehme den Zug."

„Wie du willst."

In Miriams Stimme hatte Erleichterung gelegen, das war Uta nicht entgangen.

„Klaus ruft ständig unter einem fadenscheinigen Vorwand an", erzählte Uta. „Kann mich nicht erinnern, jemals so viel mit ihm telefoniert zu haben." Sie kicherte. Aber sie schwor sich: Zurück in Hannover würde er sie von einer neuen Seite kennenlernen. Sie würde mehr Gehalt und kürzere Arbeitszeiten fordern.

„Du hast aber immer noch nicht das getan, wozu du eigentlich runtergeflogen bist, stimmt's?"

Sofort stand die Katastrophe wieder vor Utas geistigem Auge. Sie hätte Miriam erwürgen können. „Ich kann noch keine langen Strecken laufen", versuchte sie sich zu rechtfertigen.

„Ich dachte, das Hotel ist nicht weit von besagter Stelle entfernt."

„Es geht sehr steil den Berg hoch."

„Na und? Du kannst dir ja Zeit lassen."

Wie Tischtennisbälle flogen die Sätze hin und her. Auch wenn Miriams Stimme freundlich klang, so lag doch etwas Forderndes darin. „Morgen mache ich mich auf den Weg", sagte Uta.

„Das hast du schon mal gesagt."

„Du willst ja wohl nicht behaupten, ich wäre absichtlich umgeknickt." Uta schwoll der Kamm.

„Nein, natürlich nicht."

Aber es stimmte schon. Sie durfte nicht kneifen. Danach würde sie stolz auf sich sein. Andererseits sah sie sich mit einer Aufgabe konfrontiert, die sie kaum allein bewältigen konnte. Auf einmal kam ihr eine Idee, wen sie um Hilfe bitten könnte.

62

Ingo und Vitor steckten die Köpfe zusammen. Dann brachen sie in schallendes Gelächter aus und prosteten sich zum wiederholten Male zu.

Marcelo schüttelte missbilligend den Kopf und sagte: „Vitor sollte nicht so viel trinken. Er ist gerade erst auf dem Wege der Besserung. Das weißt du ja wohl am allerbesten."

„Keine Angst. Dein Opa ist nicht betrunken, er hat einfach nur Spaß", entgegnete Ingo. „Mach dich locker, Marcelo! Es ist unser letzter gemeinsamer Abend."

Bei der Vorstellung, demnächst ohne Denise und Ingo hier zu wohnen, konnte er sich nicht lockermachen. Besonders der Gedanke, dass Denise am nächsten Tag fort sein würde, fühlte sich an wie ein Dolchstoß mitten ins Herz. Er suchte Augenkontakt zu ihr, doch sie schaute zu Boden.

Plötzlich erhob sie sich und murmelte: „Ich muss mal an die Luft." Eilig verließ sie den Raum.

Die letzten Tage hatte sie sich wieder in die Küchenarbeit vergraben. Ingo war es offenbar auch aufgefallen. Er hatte am Vorabend Essen für alle bei einem Lieferservice bestellt.

Nachdem Marcelo den Tisch abgeräumt hatte, wandte er sich an Vitor: „Wenn du müde bist, bring ich dich nach Hause."

„Ich möchte noch ein bisschen bleiben", quengelte der und setzte die Konversation mit Ingo fort.

Marcelo machte sich ebenfalls auf den Weg nach draußen. Wie gerne hätte er sich jetzt eine Zigarette angesteckt. Er hatte sich jedoch geschworen, standhaft zu bleiben.

Denise saß mit dem Rücken zu ihm auf dem Mäuerchen. Das helle Haar leuchtete im Mondschein. Er traute sich kaum zu atmen. Am liebsten hätte er sie stundenlang angeschaut.

„Ein toller Mensch", flüsterte sie plötzlich.

Sie hatte ihn also bemerkt. Er setzte sich mit etwas Abstand neben sie.

„Vitor?"

Sie nickte. „Er hat viel von früher erzählt. Unglaublich, wie arm die Leute damals waren. Und trotzdem war man glücklich. Die Ansprüche waren einfach nicht so hoch."

Eine Weile schwiegen sie.

„Er ist froh, dass du jetzt in seiner Nähe wohnst. Und er ist stolz auf dich. Vitor und du, ihr seid euch so ähnlich, finde ich."

Marcelo horchte auf und fragte: „Vom Aussehen oder vom Charakter her?"

Denise kicherte. „Ihr habt die gleiche sture Art und einen starken Willen."

„Möglich. Ich wünschte, ich hätte ihn schon eher kennengelernt", seufzte Marcelo. „An damals kann ich mich kaum erinnern."

„Man kann die Uhr nicht zurückdrehen. Du hast dir nichts vorzuwerfen", sagte sie mit sanfter Stimme. „Dein Opa ist zäh. Er wird bestimmt uralt."

Wieder schwiegen sie. Die Wellen rauschten an diesem Abend besonders laut. Er betrachtete ihr Profil. Die Haut hatte einen Bronzeton angenommen. Sie war so wunderschön. Neben Denise, dieser zarten Person, kam er sich wie ein Trampel vor. Er hätte sie am liebsten in den Arm genommen und nie mehr losgelassen. Empfand sie ebenfalls etwas für ihn? Und wenn ja, warum blieb sie nicht hier? Aber er wusste so gut wie gar nichts über sie. Hatte sie sich vor der Reise von jemandem getrennt? Was war mit dem Kerl, der vor ein paar Tagen aufgetaucht war? Zu alt. Zu dick. Der Gedanke, dass Denise und Ingo mehr als nur Freundschaft verband, lag ihm plötzlich fern. Aber er wollte Klarheit. Sofort. Die Zeit rann ihm wie Sand durch die Finger. Er rückte ein Stück näher an sie heran. Sie schaute ihm in die Augen und er musste einen Kloß hinunterschlucken, bevor er sprechen konnte.

„Ich habe immer gedacht, du bist flexibel und es zieht dich nichts heim. Warum hast du es plötzlich so eilig?"

Denise grinste über das ganze Gesicht. Eine Reaktion, mit der er nicht gerechnet hatte.

„Das fragst ausgerechnet du? Erinnerst du dich, wie du mich am Anfang behandelt hast?"

Marcelo spürte, dass ihm das Blut ins Gesicht schoss. „Das war echt blöd von mir", brummte er.

Sie lachte: „Na ja, ich sah ja auch furchtbar aus." Sie rückte ebenfalls ein Stückchen näher zu ihm hin. „Weißt du, für mich ist es superpraktisch, dass ich mit Ingo fahren kann. Ich fliege nicht gerne. Und mit dem Zug dauert es ewig."

Warum dachte die verträumte Denise auf einmal so pragmatisch? Marcelo suchte nach Argumenten, die sie umstimmen konnten, doch sie sprach weiter. „Klar hatten wir viel Spaß und ich werde das hier", sie machte eine ausholende Handbewegung, „total vermissen. Vielen Dank für die schöne Zeit, Marcelo." Sie schenkte ihm einen liebevollen Blick.

Sein Herz hämmerte gegen die Rippen. Vermutlich würde er gleich von der Mauer kippen. Er kam sich plötzlich wie ein Teenager vor. Mit der Hand strich er über ihr Haar. Es fühlte sich wie Seide an. Dann streichelte er ihre Wange. Jetzt oder nie! Was hatte er schon zu verlieren?

Aus dem Flur ertönte eine Stimme: „Marcelo? Bist du draußen? Vitor will jetzt nach Hause." Ingo erschien im Türrahmen. Er schaute erst Marcelo, dann Denise an. Dann sagte er: „Sorry! Wollte euch nicht stören!"

63

Es dämmerte. Die Möwen riefen: „Bleib hier! Bleib hier!" Das jedenfalls bildete Denise sich ein. Sie hatte die ganze Nacht gegrübelt. Bleiben oder abreisen? Noch immer hatte sie keine Antwort auf diese Frage. Ihre Gedanken gingen zurück zu dem Moment, als Marcelo ihre Wange gestreichelt hatte. Im Geiste hatte sie bereits seine Lippen auf ihren gespürt. Doch Ingo hatte sie mit seinem Auftritt in die Realität zurückgeholt.

Denise wollte so gerne auf ihr Herz hören, aber der Verstand mahnte sie, ihr Leben in Deutschland zu ordnen. Oder konnte das warten? Sie erinnerte sich, wie Marcelo damals, schnaubend wie ein Stier, vor ihr gestanden und sie aus dunklen Augen angeschaut hatte. Belustigt und verärgert zugleich. Wann hatte sie sich in ihn verliebt? Es war eher schleichend passiert. Er trug das Herz auf der Zunge, auch auf die Gefahr hin, sein Gegenüber vor den Kopf zu stoßen. Doch er war auch selbstkritisch und stand zu seinen Fehlern. Unter der harten Schale steckte ein weicher Kern. Aber er hatte ein Ziel vor Augen und ließ sich nicht vom Weg abbringen, worum sie ihn beneidete. All das hatte sie ihm am Vorabend sagen wollen, doch sie hatte nur Unfug geredet.

Wie in Trance hatte sie sich von Vitor verabschiedet und war in ihr Zimmer gegangen. Später hatte sie Marcelo in der Küche herumlaufen hören und gehofft, er würde an ihre Tür klopfen. Doch das war nicht passiert.

Sie schaute sich um. Ihre Sachen lagen auf Kommode, Bett und Boden verstreut. Im Nachthemd lief sie ins Bad. Stellte die Dusche an und zuckte zusammen, als das eiskalte Wasser ihren Körper berührte. Reglos stand sie da, bis sie den Schmerz nicht mehr spürte. Dann drehte sie den Wasserhahn zu und schnappte sich ihr Handtuch. Beim Trockenrubbeln dachte sie erneut an Marcelo. Sie wollte sich nicht wieder in die Abhängigkeit eines Mannes begeben. Doch der Vergleich zu Franz-Anton hinkte extrem. Und wer sagte, dass Marcelo eine feste Beziehung suchte? Sie schlang das Handtuch um den Körper. Mit dem Nachthemd in der Hand kehrte sie ins Zimmer zurück und schlüpfte in Jeans und T-Shirt. Dann stopfte sie die herumliegenden Sachen in den Rucksack. Mit großen Schritten verließ sie den Raum, durchquerte das Haus und öffnete die Tür. Sie trat auf die Terrasse und sog die Luft tief in die Lungen. Der Strand lag menschenleer vor ihr. Die Möwen standen in Grüppchen zusammen. Ein letzter Funken Hoffnung keimte in ihr auf: Würde Marcelo gleich auftauchen und sie mit einem leidenschaftlichen Kuss vom Bleiben überzeugen? – Er kam nicht.

In der Küche roch es nach Kaffee. Ingo lief hin und her. Er zeigte auf den gedeckten Tisch. „Guten Morgen, Denise", rief er. „Lass uns frühstücken! Danach möchte ich los!"

„Ich habe keinen Hunger", murmelte sie. „Aber einen Kaffee trinke ich gerne mit."

„Wir nehmen ein paar Brote mit. Unterwegs können wir ein Picknick machen, okay?"

Denise wollte schreien: „Lass mich einfach in Ruhe!", doch sie blieb stumm. Am liebsten wäre sie in Marcelos Zimmer gerannt und zu ihm unter die Decke gekrochen.

Schweigend nippte sie an ihrem Kaffee. Ingo schaufelte Müsli in sich hinein. Wie würde er reagieren, wenn sie ihm sagen würde, dass er allein fahren musste?

Bevor sie den Gedanken laut aussprechen konnte, sprang er auf und sagte: „Ich packe jetzt den Rest zusammen. In zehn Minuten ist Abfahrt."

Nachdem er verschwunden war, erschien Marcelo im Wohnraum. Schatten lagen unter seinen Augen. Er musterte Denise. Ihr Herz raste. Wollte er ihr etwas mitteilen? Plötzlich hielt er sein Handy in die Höhe und der Song *Denise, Denise* ertönte. Wollte er sie veräppeln? Oder war das seine Art, ihr seine Liebe zu gestehen? Sie spürte einen Kloß im Hals und wandte sich ab. Bloß nicht weinen. Wie gerne hätte sie sich an Marcelo geschmiegt. Sie sah sich mit ihm am Strand sitzen und auf die Wellen schauen. Immer wieder berührten sich ihre Lippen. Sie würden sich unter freiem Himmel lieben und hinterher stundenlang die Sterne betrachten. Als das Lied zu Ende war, holte sie der Klingelton seines Smartphones in die Realität zurück.

Er entfernte sich ein paar Schritte und nahm das Gespräch an. „Hi!"

Denise machte sich auf den Weg nach hinten, um den Rucksack zu holen. Ihre Zukunft lag in Deutschland, wurde ihr auf einmal klar. Als sie zurückkam, hörte sie, wie Marcelo sagte: „Nee, echt nicht. Tut mir leid, Uta." Das Gespräch war beendet.

„Uta ist noch hier?", fragte Denise.

Er nickte. „Sie fliegt morgen zurück."

„Ach, ich hätte so gerne noch mal mit ihr gesprochen."

Marcelo deutete auf Ingo, der eine Reisetasche in den Wohnraum schleppte. „Deine Mitfahrgelegenheit wartet." Seine Stimme klang kalt wie Stahl.

„Was wollte Uta denn?" Denise war völlig verwirrt.

„Sie hat gefragt, ob ich sie auf eine Wanderung begleiten würde." Er wirkte plötzlich verunsichert. „Also eigentlich wollte sie, dass du sie begleitest", sagte er kleinlaut.

„Ich? Und was hast du gesagt?"

„Dass du so gut wie weg bist."

„Wie bitte? Wohin will sie denn wandern?"

„Keine Ahnung. Zu irgendeiner Stelle an den Klippen. Sie hat was von einem Unfall und von Trauma-Verarbeitung gefaselt."

„Wo ist die Stelle?", fragte sie.

„Oberhalb von Porto Mós. Richtung Luz."

Denise schluckte. Uta hatte erzählt, ihr Partner sei vor einem Jahr tödlich verunglückt. Dunkel erinnerte sie sich, gelesen zu haben, dass damals ein Deutscher in der Nähe von Praia da Luz abgestürzt war. Utas Partner! „Das ist doch nicht weit. Ingo, können wir Uta nicht begleiten?"

Ingo, dem die Ungeduld ins Gesicht geschrieben stand, antwortete: „Ich würde jetzt echt gerne los. Wir haben eine lange Strecke vor uns."

Denise wandte sich an Marcelo. „Und warum tust du ihr nicht den Gefallen?"

Er rollte mit den Augen. „Och, Denise. Ich bin Wassersportler und kein Wanderführer. Und erst recht kein Therapeut."

Denise' Gedanken kreisten. War Utas Anruf ein Wink des Schicksals gewesen beziehungsweise ein Grund zu bleiben? Ingo schaute auf die Uhr. Sie musste sich jetzt entscheiden.

64

Denise war fort. Der Klang ihrer Stimme lag ihm noch in den Ohren. Marcelo fühlte sich wie betäubt. Der Abschied war ein einziger Krampf gewesen. Während der Nacht hatte er gegrübelt, wie er sie zum Bleiben überreden konnte. Im Internet war er auf dieses Lied gestoßen. Und als er es Denise vorgespielt hatte, schien sie verstanden zu haben. Utas Anruf hatte ihn dann aus dem Konzept gebracht. Warum nur hatte er das Gespräch entgegengenommen? Er blickte sich um. Der Raum war so leer. Kein Ingo mehr, der lesend am Tisch saß. Keine Denise, die strahlend durch die Küche wirbelte, weil sie ein neues Kochrezept ausprobieren wollte.

„Denise, Denise", sang er. Ja, er war so verliebt in sie. Er würde sie niemals vergessen können.

„Oh, Denise, dooby-doo", jaulte Marcelo. Denise war die Frau, auf die er gewartet hatte. Und er hatte sie gehen lassen. Einfach so. Das machte ihn fix und fertig. Er schaute auf die Uhr. Gleich neun. Beinahe hätte er den Besuch bei seinem Opa vergessen. Vitor vermisste ihn bestimmt schon. Sollte er ihm sein Leid klagen? Nein, das kam nicht infrage.

Er dachte an Denise' Abschiedsworte. „Marcelo, bitte geh mit Uta zu der Unfallstelle. Mir zuliebe!", hatte sie gefleht. „Ich schulde ihr einen Gefallen."

Warum schuldete Denise Uta einen Gefallen? Weil sie ihr die Haare geschnitten hatte? Aber hatte er tatsächlich geantwortet: „Okay, ich werde sie begleiten?" Er war sich nicht mehr sicher.

Die Erinnerung, wie Denise kurz darauf mit ihrem großen Rucksack zur Tür hinausgestapft war, stand ihm noch vor Augen.

Auf dem Weg zu Vitors Haus wählte er Utas Nummer. Sie war sofort in der Leitung. „Ich komme mit", sagte er knapp. Er beschloss, kurz nach Vitor zu schauen und sich dann um Uta zu kümmern. Danach würde er nie wieder einen Gedanken an diese Frau verlieren.

„Echt?", hauchte sie. „Marcelo, das werde ich dir nie vergessen", säuselte sie.

Schon jetzt bereute er es, sie angerufen zu haben. Er wollte sich gar nicht vorstellen, wie es sein würde, stundenlang mit ihr die Küste entlangzuwandern. „Ich hole dich in einer guten halben Stunde ab", brummte er.

„Super. Bis gleich."

Der Zettel mit dem Herz ging ihm durch den Kopf. Vielleicht war ihr das Papier damals aus der Tasche gerutscht und gar nicht für ihn bestimmt gewesen. Er hoffte, dass der Tag ein gutes Ende nehmen würde. Aber ohne Denise war das unmöglich.

Als er Vitor gegenüberstand, fühlte er sich wie ein kleiner Junge. Der Opa musterte ihn ausgiebig und fragte schließlich: „Was ist los?"

Marcelo schwieg.

„Ist es wegen Mädchens? Denise?"

Marcelo schluckte.

„Sie passt zu dir." Vitor lächelte.

„Sie ist abgereist", blaffte Marcelo ihn an, bereute es aber sofort wieder. Was konnte Vitor dafür? „Ich habe immer alleine gelebt und daran wird sich auch in Zukunft nichts ändern."

Uta wartete vor dem Hotel und kam eilig auf ihn zu. Wie selbstverständlich kletterte sie auf den Beifahrersitz. Sie wirkte völlig niedergeschlagen und übernächtigt. Marcelo erkannte zahlreiche Falten am Hals und im Gesicht. Ihre Hände umklammerten einen Blumenstrauß.

„Hi! Ich bin so froh, dass du mitkommst. Allein würde ich das nicht packen."

Er wollte ihr erklären, dass sie seinen Sinneswandel einzig und alleine Denise zu verdanken hatte. „Wo müssen wir hin?", fragte er stattdessen.

„Am besten parkst du auf dem großen Platz am Strand. Von da ist es eine gute halbe Stunde Fußmarsch."

Am Ziel angekommen, sah er zahlreiche Surfer Richtung Wasser laufen. Er schaute nach rechts zur Steilwand. Sollte er sich die Wanderung mit Uta wirklich antun?

65

„Halt an! Ich will raus!", rief Denise.

Ingo zuckte zusammen. Wollte sie ihn auf den Arm nehmen? Er blickte sich um. Sie fuhren durch den dichten Verkehr Richtung Lagos. „Ich kann hier nirgendwo halten. Was ist denn los?", fragte er.

„Ich will hierbleiben!"

„Und das fällt dir *jetzt* ein?"

Denise stammelte: „Ja ... nee ... ach, verdammt, ich weiß auch nicht."

Ingo seufzte. Weit waren sie noch nicht gekommen. Er hatte den Wein bei Adelino abgeholt und Getränke für die Fahrt gekauft. Denise hatte derweil im Auto gewartet und Zeit zum Nachdenken gehabt. Warum jetzt der Sinneswandel?

Ingo steuerte eine Parkbucht an und stellte den Motor ab. „Willst du reden?", fragte er.

Sie schüttelte den Kopf.

„Ist es wegen Marcelo?"

Sie nickte.

„Okay", grummelte Ingo. „Soll ich ihn anrufen? Vielleicht kann er uns ein Stück entgegenkommen."

„Nee, lass mal! Ich möchte ihn überraschen. Wahrscheinlich ist er mit Uta unterwegs. Er wollte sie zu der Unglücksstelle begleiten. Kannst du mich nach Porto Mós bringen?" Sie warf ihm einen herzallerliebsten Blick zu.

Ingo schaute auf die Beschilderung. Nach Porto Mós ging es an der nächsten Kreuzung rechts. „Kein Problem", sagte er und startete den Motor. „Soll ich Marcelo nicht besser doch anrufen?"

„Nein! Wir sehen ja, ob sein Bus auf dem Parkplatz steht. Wenn nicht, kannst du ihm immer noch eine Nachricht senden."

Ingo grübelte. Er hatte sich so auf die Rückfahrt gefreut. Drei Tage ganz allein mit Denise. Konnte es sein, dass seine Gefühle zu ihr inzwischen weit über Freundschaft hinausgingen? Sie hätte seine Tochter sein können! Die vergangenen Tage hatte er kaum den Blick von ihr wenden können. Vielleicht war es ganz gut, dass sich ihre Wege gleich trennen würden. Es erstaunte ihn allerdings, dass Marcelo der Grund war. Es hatte eigentlich keine Anzeichen dafür gegeben. Oder doch? Ingo kam das Bild vom Vorabend in den Sinn. Denise und Marcelo hatten total entrückt gewirkt, als er auf die Terrasse getreten war. „Denise, darf ich dich was fragen?"

„Schieß los!"

„Zwischen Marcelo und dir …" Er hielt inne.

„Du willst wissen, ob was gelaufen ist?" Sie grinste. „Noch nicht. Es klingt vielleicht verrückt, aber ich finde, die Umstände, unter denen wir uns kennengelernt haben, waren absolut ungewöhnlich. War es nicht ein Wink des Schicksals, dass ich dich getroffen habe und du mich mit nach Burgau genommen hast in sein Haus? Marcelo ist manchmal ein Trampel. Aber er hat auch eine ganz sensible Seite."

Inzwischen konnte Ingo sogar zustimmen.

Denise fuhr fort: „Ich möchte ihn näher kennenlernen."

„Irgendwie kann ich dich sogar verstehen", sagte er. „Du bist jung. Du bist ungebunden. Was also spricht dagegen?" Er redete so einen Unsinn. Am liebsten hätte er sie gepackt und geschrien: „Du hast einen Schaden, Mädchen. Das geht niemals gut mit euch!"

Er fuhr auf den Strandparkplatz von Porto Mós. Pkw wechselten sich mit Campingfahrzeugen und Motorrädern ab. Menschen mit Wanderstöcken zogen Richtung Felswand. Familien schleppten Körbe, Taschen und Schwimmzubehör zum Strand.

„Da hinten steht Marcelos Bus!", rief Denise. Ihre Augen leuchteten.

Ingo lenkte den Wagen in die benachbarte Parklücke. Sie sprang hinaus und schaute sich um. „Marcelo und Uta sind nicht zu sehen. Wahrscheinlich sind sie schon unterwegs." In ihrer Stimme lag Enttäuschung. „Ach, egal. Ich schnapp mir meinen Rucksack und werde hier warten. Dann kannst du fahren."

Ingo betrachtete den Steilhang. Er hatte plötzlich ein ungutes Gefühl. Es hing mit Uta zusammen. Sie hatte an dem Abend im Haus völlig überdreht gewirkt. Nahm sie Antidepressiva? Er ärgerte sich maßlos, dass er sich ständig Gedanken um andere machte und seine Nase in Dinge steckte, die ihn nichts angingen. Aber Marcelo war inzwischen fast schon ein Freund für ihn geworden. Was, wenn er wieder in Gefahr war? Ingo schüttelte den Kopf. Er konnte ihm nicht ewig zur Seite stehen. Aber das Unbehagen wollte nicht weichen.

„Ich habe eine bessere Idee. Da hinten geht eine Straße den Berg hoch", sagte er und machte eine Handbewegung in die Ferne. „Oben ist ein Pfad, der direkt an die Steilküste führt. Ich bin da mal langgelaufen. Los, steig ein!"

66

Ein Blick in die Tiefe ließ Marcelo erschaudern. Sein Magen verkrampfte sich. Schweiß trat ihm auf die Stirn. Dass seine Höhenangst so ausgeprägt war, hätte er nicht vermutet. Er wandte sich ab.

Uta, die vor ihm hergelaufen war, blieb stehen und fragte: „Was ist los?" Der böige Wind wirbelte durch ihren Pagenschnitt.

„Kurze Pause", murmelte er.

Erneut schaute er nach unten. Die Menschen wirkten wie Spielzeugfiguren. Surfbretter, Handtücher und Gummitiere lagen über den Strand verteilt. Die hellen Wellenkämme erinnerten Marcelo an verlaufene Farbe. Wie gerne würde er sich jetzt im Wasser tummeln. Stattdessen musste er mit Uta in schwindelerregender Höhe über Stock und Stein stapfen.

„Können wir weiter?", fragte sie schließlich und setzte sich, ohne eine Antwort abzuwarten, wieder in Bewegung. Sie humpelte kaum noch.

Missmutig trottete er hinter ihr her. Der rotsandige Weg war breit ausgetreten. Links mahnten zahlreiche Tafeln mit der Aufschrift *Arribas Instáveis/Instable Cliffs*, nicht zu nah an den Klippenrand zu treten. Das musste man Marcelo nicht zweimal sagen.

Uta bewegte sich wie ferngesteuert vorwärts. Einmal drehte sie sich um und sagte: „Noch etwa zehn Minuten, dann sind wir da."

Marcelo vergrub sich in seine Gedanken an Denise. Er sah ihr ebenmäßiges Gesicht, die wohlgeformten Lippen und stellte sich vor, wie sie nun neben Ingo saß und aus dem Fenster schaute. Bereute sie ihre Entscheidung bereits? Warum musste alles Schöne im Leben so schnell vorbei sein? Er hatte sich wohlgefühlt in dieser Wohngemeinschaft. Selbst wenn sich die Kunden bald die Klinke in die Hand gäben, es würde nie mehr so sein wie mit Ingo und Denise.

Eine entgegenkommende Wandergruppe riss ihn aus seinen Grübeleien. Er musste aufpassen, nicht über den Stock einer Frau zu stolpern. Uta blickte immer wieder nach links.

Plötzlich verlangsamte sie das Tempo, ging ein paar Schritte auf die Abbruchkante zu und sagte: „Hier! Genau hier war es!" Sie senkte den Blick und schien zu stutzen. „Das gibts doch gar nicht!", stieß sie hervor.

„Was ist denn?"

Sie gab keine Antwort.

Marcelo wäre lieber auf dem sicheren Weg geblieben, doch er war neugierig geworden und gesellte sich zu Uta. Eine kleine quadratische Metallplatte war in die Erde eingelassen. *R.I.P. Olli*, stand darauf. Utas Gesicht verzog sich zu einer Grimasse. Eine Zornesfalte zeigte sich über ihrer Nasenwurzel. Sie machte einen Schritt nach vorne und warf die Blumen in die Tiefe. Dabei schwankte sie bedenklich. Marcelo befürchtete, sie würde hinterherspringen, und packte sie instinktiv am Arm.

Sie schüttelte ihn ab und schnaubte: „Keine Angst. Ich mach schon keine Dummheiten. Aber ich wäre jetzt gerne einen Moment allein."

Marcelo kam sich wie ein Idiot vor. Warum hatte er sie überhaupt begleitet? Mit großen Schritten entfernte er sich und ließ sich auf einem Stein vor einem Gebüsch nieder. Seine Gedanken nahmen erneut Fahrt auf. Er dachte an diesen Olli. Der arme Kerl. Aus dieser Höhe ungebremst auf ein Kiesbett zu stürzen musste wie Bungee-Jumping ohne Seil sein. Wie hatte er so unvorsichtig sein können? Uta hatte den Unfall offenbar mit ansehen müssen. So ein Erlebnis wünschte man nicht einmal seinem ärgsten Feind. Auf einmal tat sie ihm leid.

Zwei junge Männer mit azurblauen Wanderrucksäcken marschierten auf dem Hauptweg vorbei. Marcelo schaute ihnen lange nach. Wieder musste er an Denise denken. Was hatte er sich über ihr riesiges Gepäckstück lustig gemacht!

Er begann, sich zu langweilen. Hoffentlich war Uta bald fertig mit der Andacht, er hatte nicht ewig Zeit. Sie kehrte ihm den Rücken zu und regte sich nicht. Weit und breit war jetzt kein Mensch mehr zu sehen. Ein Geräusch aus dem Busch ließ ihn aufhorchen. Ein Tier? Er drehte sich um und lauschte. Stille. Er schaute wieder in Utas Richtung. Sie stand unverändert dort. Wie aus heiterem Himmel spürte er einen Schlag auf den Kopf. Die Landschaft schwankte und dann wurde es dunkel.

67

Uta fuhr herum. Marcelo lag etwa hundert Meter entfernt auf dem Boden und rührte sich nicht. War ihm die Hitze zu Kopf gestiegen? Sie wollte ihm zu Hilfe eilen, als sie jemanden rufen hörte: „Oje, was ist denn mit dem los?" Sie kannte die Stimme. Aber konnte das sein? Eine Person mit grüner Kappe und Sonnenbrille kam auf Uta zu. Über den kräftigen Oberschenkeln spannte der Stoff einer hellgrauen Trekkinghose. Der unverhältnismäßig schmale Oberkörper steckte in einem rotschwarz karierten Holzfällerhemd.

„Miri!", rief sie befremdet. „Wo kommst du denn her? Und wie siehst du überhaupt aus?"

„Hallöchen, Uta. Freust du dich, mich zu sehen?"

Uta blieb die Antwort im Halse stecken. Von Freude konnte keine Rede sein, eher von Verwunderung oder Unbehagen. „Warum hast du mir nicht gesagt, dass du hier bist?"

„Ich wollte dich überraschen."

„Das ist dir gelungen. Ich muss mich um Marcelo kümmern. Er ist bewusstlos."

Miriam zog plötzlich einen Knüppel hinter dem Rücken hervor und schwang ihn grinsend hin und her. Erst jetzt sah Uta das Blut, das an dem Teil klebte. Neben Marcelos Kopf war der rostrote Sand dunkel gefärbt. „Was hast du getan?", schrie sie und kniete sich hin. Marcelo war immer noch ohne Bewusstsein. Der Blutfluss versiegte allmählich.

„Er wird es überleben", zischte Miriam. „Und jetzt komm hoch! Wir haben nicht ewig Zeit." Sie ließ den Knüppel durch die Luft sausen und packte Uta am Arm.

„Miri! Was ist nur los mit dir?"

Miriam stieß sie vorwärts. Sie erreichten die Metallplakette.

„Ich versteh das alles nicht!", rief Uta. „Wo kommt das Schild her?"

„Überleg mal ganz scharf."

„Hast du das da angebracht? Wie konntest du wissen, wo ..."

„Du hast mir ja genügend Fotos gezeigt, erinnerst du dich? Ausgerechnet zwischen zwei Warntafeln ist Olli abgestürzt, ich konnte es nicht fassen. Sollte er wirklich so leichtsinnig gewesen sein?"

„Er … er war abgelenkt. Ein Stück Fels ist … abgebrochen", stammelte Uta.

„Und du hast tatenlos danebengestanden? Ausgerechnet die gewissenhafte, vernünftige Uta hat ihren Verlobten ins Verderben rennen lassen? Wer's glaubt, wird selig."

Uta flüsterte: „Mich macht das alles so fertig. Ich will endlich mit der Sache abschließen."

„Sache?" Miriams Stimme hallte über die Ebene. „Olli ist hier in den Tod gestürzt! Und du nennst es *Sache*?"

Uta schluckte schwer. Sie spürte Tränen auf den Wangen.

„Ich will wissen, wie es passiert ist. Jedes Detail", schnaubte Miriam.

„Ich habe es dir doch schon erzählt."

„Erzähl es noch mal!" Miriams Kopf war hochrot.

„Er hatte die Delfine entdeckt", begann Uta leise. „Und dann hat er Fotos gemacht. Ich stand nicht weit entfernt. Ich habe in meiner Tasche nach dem Fernglas gekramt. In dem Moment habe ich seinen Schrei gehört."

„Du lügst! Jetzt sag schon! Wie ist es wirklich abgelaufen?" Uta schwieg. „Du hast ihn gestoßen, gib es zu!", brüllte Miriam.

Uta spürte ihren Herzschlag. Sie sah auf einmal alles glasklar vor sich. Oliver, wie er schwankte, taumelte, nach vorne kippte.

„Du hast das so clever angestellt. Es gab keine Zeugen und die Polizei hat dir dein Märchen vom Unfall abgenommen."

„Ich habe ihn geliebt!", schluchzte Uta.

„Mag sein. Aber er wollte dich verlassen!"

„Das stimmt nicht!"

„Olli hatte eine andere und du wusstest es."

„Wer soll das denn gewesen sein?"

Miriam antwortete nicht. Sie senkte den Blick.

Uta schaute sie fassungslos an. „Du?"

„Ja. Und jetzt hör mit dem Theater auf. Kurz vor seinem Tod hat er mir geschrieben, du würdest etwas ahnen. Wahrscheinlich hast du ihm hinterhergeschnüffelt und meine Nachrichten auf seinem Handy gelesen. Wir waren allerdings stets vorsichtig gewesen. Aber es muss für dich wie ein Schlag ins Gesicht gewesen sein, zu erkennen, dass er dich seit Monaten betrogen hat." Uta sah Miriam nur verschwommen vor sich. Ausgerechnet Miriam! Wie hatte Oliver ihr das antun können?

„Er hat mir geschrieben, er wollte nach dem Urlaub sofort Schluss mit dir machen. Er hatte die Nase voll von dir und deiner affektierten Art. Und im Bett ..."

„Sei still!"

„Kurz vor seinem Tod hat er mir eine Sprachnachricht geschickt und gesagt, dass er mich liebt und jede Sekunde an mich denkt." Miriam weinte nun ebenfalls. „Ich weiß nicht, wie ich es die letzten Monate geschafft habe, dir weiterhin Freundschaft vorzugaukeln. Ich hatte mir geschworen, mich an dir zu rächen. Du solltest genauso sterben wie er. Aber ich musste mich gedulden." Sie wischte sich die Tränen von der Wange. „Seit Tagen folge ich dir wie ein Schatten. Als du umgeknickt bist, habe ich aus der Ferne zugeschaut."

„Du warst das mit dem Paddel?"

„Nein, das hat ein junger Typ erledigt. Ich habe mich schlapp gelacht. Allerdings hatte ich Angst, dass du nicht mehr in der Lage sein könntest, herzukommen. Dann hätte ich mir was anderes einfallen lassen müssen." Sie lächelte boshaft und machte einen Schritt auf Uta zu. Die wagte es nicht, sich umzudrehen. Sie stand am Abgrund und konnte die Tiefe, die sich hinter ihr auftat, förmlich spüren. Miriam hatte sich wie ein Bollwerk vor ihr aufgebaut. Verzweifelt sah Uta sich um. Niemand zu sehen. Marcelo war noch immer ohnmächtig.

„Wenn dieser Paddelfritze wieder zu sich kommt, ist alles vorbei", sagte Miriam. „Er wird sich wundern, wo du geblieben bist. Warum musste der Trottel dich begleiten? Ich habe ihm letztens einen Zettel mit einer Liebesbotschaft von dir zugesteckt. Er sollte glauben, du stalkst ihn. Ich dachte, dann würde er sich von dir fernhalten. Tja, hat leider nicht geklappt."

Uta schüttelte fassungslos den Kopf. War das der Grund gewesen, warum Marcelo nie auf ihre Nachrichten geantwortet hatte? Hatte er wirklich angenommen, sie hätte sich in ihn verliebt?

Miriam schwang wieder den Knüppel. „So, und nun dreh dich um und spring! Oder soll ich nachhelfen?" Miriam stand so nah, dass Uta ihren Schweiß riechen konnte. Sie würde niemals freiwillig in den Tod gehen.

68

Sie liefen über die Hochebene, den Atlantik vor Augen. „Herrlich!", schwärmte Denise. „Verstehst du jetzt, warum ich hierbleiben will?"

„Klar." Ingo lachte. „Ich werde die Landschaft, die gute Luft und das Licht natürlich vermissen. Aber ich habe unzählige Fotos gemacht und Videos gedreht. Und ich wohne im Bergischen auch ganz nett."

Denise wusste aber plötzlich, es war die richtige Entscheidung. Sie musste sich Gewissheit verschaffen, ob Marcelo sie liebte und ob sie zusammenpassten.

Ingo reckte den Hals und rief: „Da vorne ist der Wanderweg!"

Denise' Herz schlug höher. Gleich würde sie Marcelo wiedersehen. Am liebsten wäre sie losgerannt. Doch sie beherrschte sich. „Ich weiß noch, wie ich die Rota Vicentina entlanggelaufen bin und mich mit dem Rucksack abgequält habe." Denise ließ den Blick schweifen. Sie waren etwa zweihundert Meter vom Wanderweg entfernt. „Ich sehe niemanden. Du?", fragte sie.

„Nein!", antwortete Ingo. „Vielleicht sind die beiden bereits auf dem Rückweg. Soll ich Marcelo nicht doch besser anrufen?"

„Okay. Aber verrat ihm nicht, warum wir hier sind."

Ingo zückte sein Smartphone, tippte auf dem Display herum und lauschte. „Mailbox", murmelte er und steckte das Gerät wieder weg. „Wir laufen ein Stück Richtung Praia da Luz. Wenn wir die beiden nicht treffen, kehren wir um und gehen zum Wagen zurück."

Sie setzten ihren Weg fort. Plötzlich zeigte Denise nach links. „Da hinten stehen zwei", rief sie. „Wir könnten sie fragen, ob ihnen jemand begegnet ist." Sie stutzte. „Ist das nicht Uta?"

„Klar!", antwortete Ingo. „Aber wer ist die andere Person? Der Kleidung nach müsste es ein Mann sein. Marcelo ist es jedenfalls nicht."

Denise wollte gerade winken.

„Warte!" Ingo packte sie am Arm.

„Was ist denn?"

„Da stimmt was nicht. Der Mann hat eine seltsame Körperhaltung. Und er hat was in der Hand."

„Ja, einen Wanderstock."

„Das Teil ist dicker. Eher ein Knüppel."

„Stimmt!" Denise hielt die Luft an. „Ist der wahnsinnig? Uta steht ganz nah am Abgrund."

Sie pirschten sich heran. Die Person, die sich vor Uta aufgebaut hatte, kehrte ihnen den Rücken zu. Uta stand wie zur Salzsäule erstarrt. Ihr Blick sprach Bände.

Eine Frauenstimme ertönte: „Mörderin! Du wirst in der Hölle schmoren!"

Ingo zog Denise hinter einen Busch. Sie hockten sich auf die Erde. „Hast du das gehört?", fragte er.

Sie nickte stumm.

„Ich bin unschuldig", jammerte Uta.

Wo steckte Marcelo? Denise' Blick ging am Gebüsch vorbei. Sie sah zwei Füße. Sie erkannte die Turnschuhe sofort wieder. Ihr Herz setzte einen Schlag aus. „Marcelo liegt da", wisperte sie und wollte aufspringen.

Ingo hielt sie zurück und drückte ihr sein Smartphone in die Hand. „Ruf die Polizei! Ich kümmere mich um ihn."

69

Marcelo öffnete die Augen und blickte in ein besorgtes Gesicht. „Marcelo! Hörst du mich?"

Träumte er? Nein. Sie war tatsächlich hier. „Denise", hauchte er. Er wollte sie umarmen, sie spüren, sich an ihr festhalten, doch ihm fehlte die Kraft. Nach dem dritten Anlauf schaffte er es, sich aufzusetzen. Sein Schädel brummte, als hätte er zu viel Medronho getrunken. Ein Mann in Neongelb drängte Denise zur Seite. Er fragte Marcelo nach seinem Namen und dem Wochentag. Beides konnte er beantworten. Dann zog der Sanitäter eine Flasche mit brauner Flüssigkeit aus dem Koffer, gab etwas davon auf ein Tuch und legte es auf Marcelos Hinterkopf. „Verdammt! Das brennt!", rief er.

„Stell dich nicht so an! Das ist Jod." Ingo. Auch das noch. Er stand neben dem Sanitäter und schaute ihm bei der Arbeit zu.

„Ich träum das alles, oder?", murmelte Marcelo.

„Nein", flüsterte Denise und lächelte matt. „Man hat dir eins mit 'nem Knüppel übergebraten."

„Wer … wer war das?", polterte er. „Nuno?"

„Nein, der sitzt im Knast", antwortete Ingo. „Es war Miriam. Eine Bekannte von Uta."

„Echt? Ich sag's ja immer: Frauen!" Er grinste und zwinkerte Denise zu.

„An was kannst du dich denn erinnern?", fragte Ingo.

Marcelo dachte nach. „Ich bin mit Uta hier oben rumgelaufen. Sie stand da vorne." Er zeigte zur Klippe. „Sie wollte ihre Ruhe haben. Ich bin zu dem Gebüsch und dann … Filmriss. Aber was ich nicht verstehe, warum seid ihr hier?" Er blickte von Denise zu Ingo.

„Ja, also …", stammelte sie. „Es gab eine Planänderung."

Was hieß *Planänderung*? Bedeutete das, Denise würde bleiben? Marcelo tat nichts mehr weh. Er wollte aufspringen, einen Luftsprung machen, ihr um den Hals fallen. Der Sanitäter, der ihm inzwischen einen Kopfverband angelegt hatte, hielt ihn zurück und erklärte, man werde ihn ins Krankenhaus bringen. „So ein Quatsch", protestierte er. „Mir fehlt nichts."

„Sie müssen deinen Schädel röntgen", erklärte Ingo.

„Quatsch", sagte er wieder und rappelte sich hoch. Seine Beine waren schwer wie Blei.

Ingo stützte ihn und raunte ihm zu: „Sei vernünftig! Denise darf dich bestimmt begleiten."

„Natürlich komme ich mit!", rief sie. „Aber mein Gepäck ist noch in deinem Wagen, Ingo. Du willst doch bestimmt gleich weiter."

Er schüttelte den Kopf. „Die Rückfahrt muss warten. Die Polizei wird mich befragen wollen. Das kann dauern."

Erst jetzt sah Marcelo zwei Wagen der GNR, die hinter dem Krankenwagen parkten. Bento und eine junge Kollegin unterhielten sich mit Uta. Gestenreich redete sie auf die Polizistin ein. Auf der Rückbank des zweiten Fahrzeugs saß eine Frau mit grüner Kappe.

Uta schaute in Marcelos Richtung und sprintete los. „Marcelo! Wie gehts dir?"

„Passt schon. Aber deine Bekannte kann mich offenbar nicht leiden."

„Miriam muss den Verstand verloren haben!", kreischte Uta. „Sie hat mir aufgelauert. Wollte mich zwingen, in die Tiefe zu springen. Sie hatte aber nicht damit gerechnet, dass ich in Begleitung komme."

Der Sanitäter machte sich wieder bemerkbar. Marcelo bat ihn, noch eine Minute zu warten.

„Warum wollte deine Freundin dich denn umbringen?", fragte er.

„Sie gibt mir die Schuld am Tod meines Verlobten. Die Schlampe hatte ein Verhältnis mit Olli." Uta hielt sich die Hände vors Gesicht. Ihr Körper bebte. Als sie sich ein wenig beruhigt hatte, seufzte sie: „Wenn Ingo nicht aufgetaucht wäre …" Erneut schüttelte sie ein Weinkrampf.

Denise schaute Marcelo an. „Eigentlich wollten wir dich überraschen. Dann sahen wir Uta und die Frau, die wie ein Kerl angezogen war. Von dir fehlte jede Spur."

Uta übernahm wieder das Reden: „Miriam war wie von Sinnen. Plötzlich war Ingo da. Ich habe seinen Namen gerufen. Miriam hat sich ganz kurz umgeschaut und ich habe sie zur Seite gestoßen."

Ingo fuhr fort: „Deine Freundin hat mir gesagt, es handele sich um ein Missverständnis. Sie habe dir nur Angst machen wollen."

„Diese Bitch!", schrie Uta und blickte in Richtung des Polizeifahrzeugs. „Die hätte das durchgezogen! Das schwöre ich euch."

70

„Hier schließt sich der Kreis", sagte Ingo. „Erst habe ich Vitor verarztet …" Er warf dem alten Mann, der sich reflexartig an die Stirn fasste, einen Blick zu. „Und heute habe ich Marcelo geholfen, der ebenfalls bewusstlos war und eine Platzwunde hatte."

„Mich hat es aber am Hinterkopf erwischt." Marcelo grinste und deutete auf eine Stelle unter dem Verband.

Denise war aufgefallen, dass Opa und Enkel den Kopf leicht schief legten, bevor sie zu sprechen begannen. Auch wenn Marcelo es sich nicht eingestehen wollte, er war Vitor in mancher Hinsicht ähnlich.

„Marcelo ist genäht worden. Fünf Stiche", berichtete sie.

Er ergriff ihre Hand, streichelte sie und legte den verbundenen Kopf wie ein verschmuster Kater an ihre Schulter. Was war sie froh, dass nichts Schlimmeres passiert war.

„Und jetzt du hast Rückfahrt verschoben, Ingo", stellte Vitor fest.

„Nur um einen Tag. Morgen früh bin ich endgültig weg", rief Ingo.

Marcelo rollte mit den Augen. „Wer's glaubt …!"

„Denise, bist du dir denn ganz sicher, dass du bleiben willst?" Ingo sah sie fragend an. „Bis morgen früh kannst du es dir noch überlegen."

„Denise wird passen auf. Auf den Opa und den Enkel", sagte Vitor und lächelte versonnen.

Denise und Marcelo lachten. Er drückte ihre Hand.

Denise dachte an Uta. Die beste Freundin hatte sie in den Tod schicken wollen. Wie furchtbar.

Ingo schien ebenfalls an die tragischen Szenen zu denken. „Wisst ihr, was Bento erzählt hat?", fragte er und beantwortete die Frage sofort selbst. „Miriam hat behauptet, Uta hätte ihren Verlobten damals die Klippen hinabgestoßen. Wenn es so war, wird es schwer sein, nach einem Jahr dafür Beweise zu finden."

„Uta soll ihren Freund in die Tiefe gestoßen haben?" Denise war entsetzt. „Niemals!"

Marcelo stimmte ihr zu. „Uta ist zwar ein bisschen crazy, aber sie war fix und fertig, als sie an der Absturzstelle stand."

„Was, wenn es eine Kurzschlusshandlung war? Vielleicht hat sie gedacht, wenn sie ihren Traummann nicht haben kann, soll ihn die andere auch nicht bekommen", meldete sich Ingo wieder zu Wort.

Marcelo widersprach: „Ich traue ihr das nicht zu. Diese Miriam habe ich allerdings gefressen." Er griff sich wieder an den Verband. „Was brummt mir der Schädel."

„Miriam ist in Untersuchungshaft", sagte Ingo. Er wandte sich an Vitor. „Wie geht es eigentlich Manuela?"

„Sie kommt bald aus Krankenhaus. Hat Probleme beim Laufen", antwortete er.

„Und wer kümmert sich dann um sie?", wollte Denise wissen.

„Ihr Freund."

„Sie hat einen Freund?" Marcelo schaute Vitor ungläubig an.

„Ja ... jüngster Bruder von Adelino. Beziehung war kaputt wegen Nuno. Aber jetzt, wo Nuno im Gefängnis sitzt, alles ist gut."

Es klopfte an der Haustür.

„Der Pizzabote! Endlich!" Marcelo sprang auf.

Vitor schob ihm einen Schein zu. „Ich zahle", flüsterte er.

„Ich hätte uns gerne was Leckeres gekocht", seufzte Denise. „Wir haben im Krankenhaus lange warten müssen. Ich habe aber schon eine Idee, was ich morgen machen werde."

„Denise! Du bleibst doch nicht hier, um Marcelo den Haushalt zu schmeißen und für ihn zu kochen", tadelte Ingo sie.

„Warum denn sonst?", fragte Marcelo und grinste breit. „Spaß! Ihr denkt wohl, ich wäre der totale Macho. Denise und ich haben konkrete Vorstellungen. Sie will mich in Akquise und Buchhaltung unterstützen."

„Außerdem will Marcelo Kochen lernen und mich auch mal verwöhnen." Ganz kurz beschlich sie ein mulmiges Gefühl, als sie daran dachte, dass sie Marcelo noch von Franz-Anton erzählen musste. Was den Unfall vor ein paar Wochen anging, würde sie sich ihrer Verantwortung stellen. Bald.

Nach dem Essen griff Ingo zum Telefon. „Ich muss Charlie anrufen und ihr sagen, dass sich meine Rückreise um einen Tag verschiebt." Er ging nach draußen, ließ aber die Haustür offenstehen.

„Waaaas? Und jetzt?", hörte Denise seine Stimme.

Als er zurückkehrte, wirkte er aufgewühlt.

„Was ist los?", fragte sie.

„Charlie ist heute auf der Arbeit zusammengeklappt. Ein Schwächeanfall. Sie ist ein paar Tage krankgeschrieben." Dann strahlte er und rief: „Leute, ich werde Opa! Ist das nicht fantastisch? Eigentlich wollte sie es mir nach meiner Rückkehr sagen. Jetzt ist es raus."

„Super!" Denise sprang auf und umarmte ihn.

Vitor lächelte und schaute Marcelo liebevoll an.

„Ich weiß noch, als du wurdest geboren … Zwei Tage und Nächte ich bin durchgefahren."

Marcelo und Ingo grinsten sich an.

„Ich bringe Vitor jetzt nach Hause", verkündete Marcelo nach dem Essen. Ingo verabschiedete sich endgültig von dem alten Mann und verzog sich auf sein Zimmer. Denise war hundemüde und ging ebenfalls nach hinten. Kaum war sie auf ihr Bett gesunken, fielen ihr die Augen zu.

Im Traum hörte sie ein Hämmern. Doch es war kein Traum. Das Geräusch kam von draußen. Jemand klopfte an die Scheibe. Denise sprang aus dem Bett und öffnete das Fenster. Marcelo strahlte sie an und flüsterte: „Komm raus! Es ist so eine herrliche Nacht."

Sie flitzte durchs Haus und öffnete die Tür. Auf der Terrasse stand Marcelo mit einem Kübel voller Rosen.

„Wow!", war alles, was sie hervorbringen konnte.

„Die Rosen hat Vitor heute Nachmittag für mich organisiert. Er kennt da eine Blumenhändlerin. Mein Opa denkt mit!"

„Dein Opa ist der Hammer", hauchte Denise.

Marcelo stellte die Vase ab. Dann nahm er sie an die Hand und sie liefen an den Strand. Denise betrachtete den mit Sternen übersäten Himmel. „Unglaublich", schwärmte sie. „Jetzt weißt du, warum ich bleiben will."

„Nur deshalb?", fragte Marcelo und schaute sie entrüstet an.

Sie schwieg.

Er zog sie an sich. Sie küssten sich erst zaghaft und dann voller Leidenschaft.

71

Uta streute Futter ins Aquarium. Die Fische flitzten durch das Becken und rissen die Mäuler auf. Kein Wunder. Miriam hatte sie im Stich gelassen.

Oliver hatte das Aquarium vor Jahren mit in die Beziehung gebracht. Das gestreifte Exemplar, das Uta nun aus großen, schwarzen Augen anschaute, war ein Blauer Antennenwels. Der Kopf ähnelte dem einer Echse mit in die Höhe gerichteten Fühlern. In seinem Blick lag etwas Vorwurfsvolles. Ahnte er, was vor einem Jahr wirklich geschehen war? Wie sollte sie ihm klarmachen, wie schamlos Oliver sie betrogen hatte?

Utas Gedanken drifteten in die Vergangenheit. Einige Wochen vor dem Unglück war ihr aufgefallen, dass Oliver sich immer mehr von ihr zurückzog. Die Reise in die Algarve sollte frischen Wind in die Beziehung bringen. Sie verbrachten eine wunderbare Zeit, verstanden sich super, auch im Bett.

Am Tag vor der Rückreise hatte Olivers Handy unbeaufsichtigt auf dem Nachttisch des Hotelzimmers gelegen. Ungewöhnlich, normalerweise nahm er das Gerät sogar mit ins Bad. Aus einem seltsamen Gefühl heraus hatte Uta den PIN-Code eingegeben, ihr Geburtsdatum, und einen Lidschlag später war ihre heile Welt wie ein Kartenhaus in sich zusammengestürzt.

Sie sah wieder die Nachricht vor sich, die ihr damals vom Display entgegengesprungen war und sich für immer in ihr Gedächtnis gebrannt hatte.

Morgen werde ich Uta die Wahrheit sagen. Sobald ich zurück in Deutschland bin, ziehe ich aus. Dann bin ich frei für dich, mein Schatz.

Die Adressatin war aus dem Mailverkehr, dem zahlreiche Liebesschwüre vorangegangen waren, nicht zu erkennen gewesen. Wie in Trance hatte Uta zugestimmt, eine letzte Küstenwanderung zu unternehmen. Sie hatte die Landschaft kaum wahrgenommen. Alles lag in grauem Nebel, obwohl die Sonne vom strahlendblauen Himmel schien. Als Oliver die Delfine entdeckte, waren Utas Wut und Enttäuschung wie heiße Lava an die Oberfläche getreten. Natürlich hatte sie nachgeholfen, da lag Miriam schon richtig. Ein einziger Schubs. Keine Sekunde hatte sie über die Folgen nachgedacht. Erst bei der Beerdigung hatte sich ihr Verstand wieder gemeldet. Was hatte sie nur angerichtet? Olivers Mutter war am Grab zusammengebrochen. Freunde, Arbeitskollegen und Bekannte hatten um ihn geweint. Danach hatte Uta die gesamte Wohnung auf den Kopf gestellt. Es gab keinen Hinweis auf die Nebenbuhlerin.

Vor ein paar Tagen war Uta dann ein Licht aufgegangen. Miriams drängender, fast unverschämter Ton hatte sie verraten. Wie lange würde es dauern, bis Miriam nach Deutschland überführt werden würde? Vermutlich einige Wochen. Sie würde ihre Strafe bekommen, diese Verräterin! Aber das brachte Oliver auch nicht mehr zurück. Uta seufzte tief und wischte sich eine Träne von der Wange.

Nachwort

Die Geschichte und sämtliche Figuren des Romans sind erfunden. Ähnlichkeiten mit wahren Begebenheiten oder lebenden beziehungsweise verstorbenen Personen sind rein zufällig.

Die von mir beschriebenen Orte und Schauplätze gibt es tatsächlich. Ich reise oft in die Algarve und habe dort gründlich für dieses Buch recherchiert. Einiges musste ich auf dem Papier umgestalten. So auch das Haus, in dem Marcelo, Ingo und Denise wohnen. Es handelt sich um eine Ruine oberhalb des Strandes von Burgau. Auf dem Dach befindet sich ein Leuchtfeuer. Im Kopf habe ich das Gebäude saniert und ausgebaut.

Das Stehpaddeln habe ich ausprobiert und an einem Kurs, wie Marcelo ihn anbietet, teilgenommen. Ich teile Ingos Begeisterung für diese Sportart.

Monika Arend

Danksagung

Ich danke meinem Mann Frank für die Unterstützung, fürs Gegenlesen, Zuhören und seine Ideen, die in diese Geschichte eingeflossen sind. Außerdem habe ich Respekt vor der Toleranz und Geduld, die er seiner schriftstellernden Frau gegenüber aufbringt.

Einen großen Dank an meine Freundin Birgit, die mich ebenfalls unabdingbar mit Korrekturlesen unterstützt und immer ein offenes Ohr für meine Fragen und Unsicherheiten hat.

Ich danke auch meiner Testleserin Ulrike Schön, die letzte Zweifel am Gelingen meines Manuskriptes ausgeräumt und kleine Schwachstellen aufgedeckt hat.

Ganz besonders danke ich dem Team vom Herzsprung-Verlag, allen voran Frau Meier, die es mir ermöglicht hat, nach drei Romanen nun mein viertes Buch in den Händen zu halten.

Die Zahl meiner Leser wächst stetig. Euer Zuspruch und die lobenden Worte spornen mich an, weitere Geschichten zu erfinden.

Monika Arend

Die Autorin

Monika Arend, geboren 1964 in Köln, lebt mit ihrem Mann im Oberbergischen. Sie hat ein Studium in kreativem Schreiben absolviert und verfasst kurze und lange Geschichten in diversen Genres. Monika Arend fährt Mountainbike, schwimmt gerne und ist sehr naturverbunden. Die Autorin ist Mitglied im Netzwerk Mörderische Schwestern e. V.

Monika Arend:
Ruhe sanft am IJsselmeer
ISBN: 978-3-98627-020-9

Das Angebot klingt verlockend: ein Job im beschaulichen Stavoren, Kost und Logis frei. Die Schauspielerin Melinda Caspari reist aus dem Ruhrgebiet ans IJsselmeer, um die Hauptrolle in einem Theaterstück zu übernehmen. Sie hofft, dass der Stalker, der ihr seit Wochen das Leben zur Hölle macht, sie dort nicht aufspürt.

Der Plan scheint aufzugehen. Doch dann stößt Melinda in der Nähe des einsam gelegenen Ferienhauses auf eine Leiche. kennen, der ihr Schlüssel zum Glück wird.

Buchtipp

Monika Arend
Einmal Steinzeit und zurück
ISBN: 978-3-96074-363-7

Urlaub im Luxushotel und Auszeit in einer Höhle. Zwischen den Lebensmodellen von Vanessa und Leon liegen Welten. Als sie sich in einer Bucht in der malerischen Felsalgarve zum ersten Mal begegnen, steht Vanessa vor den Scherben ihrer Beziehung zu einem Sternekoch. Sie plant einen privaten und beruflichen Neuanfang in Deutschland. Leon dagegen muss einen Schicksalsschlag verarbeiten und will sein Eremitendasein in Portugal nicht aufgeben. Er zieht sich mit seinem Hund Sparky an einen noch einsameren Ort zurück.

Buchtipp

Monika Arend: Auszeit in die Liebe
ISBN: 978-3-96074-049-0

Die erfolgreiche Liebesromanautorin Julia Reuter hat von Männern die Nase gestrichen voll. Einzig ihr Jugendfreund Robert, genannt Romeo, ihre Muse, ihr Kummerkasten, steht noch hoch in ihrer Gunst. Auf den Spuren der Tagebucheintragungen ihrer Oma Marie reist Julia in das beschauliche Städtchen Fritzlar, um sich eine Auszeit zu gönnen. Hier lernt sie einen hochbetagten Maler kennen, der ihr Schlüssel zum Glück wird.

Hat euch das Buch gefallen? Dann würden wir uns über eine Rezension bei Amazon freuen:

Du kannst auch direkt über diesen Link gehen:
https://amazon.de/ryp

Printed in Poland
by Amazon Fulfillment
Poland Sp. z o.o., Wrocław

68267456R00127